막내딸과 함께한 거침없는 대안교육 에세이

쫄지마, 학교밖으로!

막내딸과 함께한 거침없는 대안교육 에세이

쫄지 마, 학교 밖으로!

초판 1쇄 인쇄 2014년 1월 20일
초판 1쇄 발행 2014년 1월 25일
-
지은이 송경호
펴낸이 이방원
기획위원 이윤석
편집 조환열·김명희·안효희·강윤경
디자인 박선옥·손경화
마케팅 최성수
-
펴낸곳 세창미디어
출판신고 2013년 1월 4일 제312-2013-000002호
주소 120-050 서울시 서대문구 경기대로 88 냉천빌딩 4층
전화 02-723-8660
팩스 02-720-4579
이메일 sc1992@empal.com
홈페이지 http://www.sechangpub.co.kr/
-
ISBN 978-89-5586-197-6 03800

이 도서의 국립중앙도서관 출판시도서목록(CIP)은 서지정보유통지원시스템 홈페이지(http://seoji.nl.go.kr)와
국가자료공동목록시스템(http://www.nl.go.kr/kolisnet)에서 이용하실 수 있습니다. (CIP제어번호: CIP2014000981)

막내딸과 함께한 거침없는 대안교육 에세이

쫄지마,
학교밖으로!

송경호 지음

세창미디어

책을 내기까지 고민이 컸다. 이른바 전문가들이 즐비한 영역에 감히 끼어들 엄두가 나지 않았다. 전문가들의 학문적 성취에 견줄 때 개인의 경험이라는 것은 상대적으로 초라해 보였다. 막내딸 너굴의 대안교육 6년 동안 듣고 보고 경험한 거의 모든 것들은 시쳇말로 '족보 없는' 것들이라 세상에 내놓기 부끄러웠다. 빛나는 계통도, 이렇다 할 체계도 없이 쓴 글을 거의 전문가들만의 영토에 올리는 데서 오는 부담이 컸다.

게다가 이 글은 개인적 기록에서 출발했다. 블로그라는 온라인 사적 공간을 통해 이웃과 공유했던 것인데 일이 커진 거다.

시작은 미약했다. 열세 살 계집애가 학교 밖으로 나왔다는 (사회적으로 하찮은 일이지만 나로서는 큰) 사건에서 비롯됐다. 대안학교 역시 낯선 얘기가 아니겠지만 집안에서는 초미의 관심사였다. 마침내 그곳마저 때려치우고 거리로 나갔다는 것 또한 새삼스러울 것 없겠지만, 나의 온라인 이웃들에게는 걱정스런 일이었다. 시간이 흐르면서 블로그는 너굴의 요란스런 행보와 걱정으로 채워졌고, 블로그 이웃들의 성원과 걱정이 줄을 이었다. 대형 포털 사이트의 파워 블로거가 된 뒤에는 방문자도 늘었고, 덩달아 이런저런 질문공세도 폭주했다. 모름지기 상담은 전문가와 하는 게 상식이지만, 대책 없이 날아드는 질문은 절절한 것이어서 거절하기 어려웠다. 나름의 경험과 상식을 엮어 응대했고, 그게 쌓이고 쌓여 제법 상당한 분량이 됐다. 사이버 공간 속 이웃과의 방담이 결국 여기까지 이르게 된 셈이다.

지극히 개인적인 기록을 두루 엮어 결국 책으로 내게 된 데는 당연히 몇 가지 명분이 있기 때문이다. 몇몇 벗들의 추임새도 한몫했지만 결정적 이유는 못 된다. 그들이야 그렇게 얘기할 수밖에 없을 테니 말이다. 개인적 기록의 사회화가 갖는 의미와 가치도 좋은 명분이 돼줬지만, 딱히 이 때문이라 말하기 어렵다. 출판을 결정하게 된 가장 큰 이유는 (뜬금없는 얘기지만) 이른바 '전문가들만 판치는 세상'에 대한 거부감 때문이다.

우리 사회 어느 구석이고 간에 전문가들의 권위는 대단하다. 그들이 그 자리에 오르기까지 투자(?)한 시간과 돈과 열정은 마땅히 높이 사야 하겠지만 과유불급이랄까, 지나치다는 생각이다. 어떤 사회적 이슈나 문제든 일단 전문가들의 손을 거쳐야 하며, 전문가들의 진단과 내놓는 대안만이 사회적 권위를 획득한다. 대중은 이를 비교적 신뢰하며 마치 어린 양처럼 말없이 따른다.

문제는 이 땅 전문가 절대다수가 돈과 권력이 쏠리는 쪽에 서서 그들의 이해와 요구를 대변한다는 데 있다. 국가나 자치단체의 제도나 정책을 내는 데도 수용자인 국민이나 시민 쪽보다는 공급자 쪽에 서 있다는 것이다.

굳이 폴리페서(정치성향교수, Polyfesor)라 부르는 권력 인수위나 심지어 정부의 이러저러한 자리에 앉아 있는 이들만 그런 게 아니다. 우리 사회 주류 질서의 전복을 꿈꾸는 대안교육 영토 또한 크게 다르지 않은 풍경이다. 대안교육 현장의 풍요로운 목소리는 낮고, 교수·박사·변호사 등 빛나는 계급장을 단 전문가들의 목소리는 높다. 관련 정책 또한 관료들과 전문가, 지식인들이 머리 맞대고 빚어낸다. 이 과정에서 가방끈 짧은 학부모들은 '여론 수렴'의 대상일 뿐이다.

물론 소수 헌신적이며 열정적 지식인과 전문가들의 역할은 높이 평가되어 마땅하지만, 대체로 돌아가는 양상은 크게 다를 바 없다.

대안교육 관련 서적들의 출판 양상도 그렇다. 높은 사회적 지위와 학력을 가진 자들이 공급하며, 대다수 대안교육 가족들은 이를 소비한다. '현장'의 다양한 목소리는 '책상'의 권위에 눌려 낮게 떠돌아다닌다. 그들이 이끌면 우리는 따르는, 어디서나 볼 수 있는 흔하디흔한 풍경이다.

짧은 경험이지만 내게 있어 대안교육 현장은 그 자체가 움직이는 책과 같았다. 애당초 없는 길을 내면서 가다 보니 하루하루가 새로움의 연속이다. 저마다 길을 내는 노하우가 다르며, 가는 길도 제각각이다. 그 모든 길에 관한 이야기는 끝이 없다. 무엇 하나 고정되거나 완성된 것도 없는 대안교육이라는 영토와 눈부시게 푸르고 빛나는 아이들이 만나 빚어내는 이야기다. 섣부른 비교일 수 있겠지만 이 메시지의 힘은 어느 전문가의 그것보다 결코 가볍지 않을 터, 어떤 방식으로든 두루 널리 나뉘어야 한다고 믿는다. 아래로부터 솟구치는, 현장에서 비롯된 말과 글의 힘이 더 많은 변화를 일으킬 것이기 때문이다.

나 또한 너굴의 6년 대안교육 여정 동안 수많은 메시지를 만났지만 이 모두를 알량한 글발로 옮길 수 없었다. 그저 되는 대로 보고 듣고 느낀 것들을 틈나는 대로 주워담았다. 대안교육 현장의 목소리를 되도록 날것 그대로 담아 전하고 싶었다. 실제 그리됐는지는 확신할 수 없지만 하느라고 했다. 가다 못 가면 쉬었다 가면 되니, 허술하고 부족한 부분은 이후 과제로 넘기기로 했다. 더 많은 '현장'의 이야기는 비슷한 고민을 하는 대안교육 식구들의 몫이기도 하다.

아울러 덧붙이고 싶은 것은, 대부분 글이 그렇듯 이 책 내용 또한 매우 주관적이다. 막내와 나의 경험을 밑거름 삼아 생각나는 대로 쓴 것이다. 강한 주장과 주의도 상대적으로 더 심하면 심했지 덜하지 않을 것이다. 그런데도 버젓이 내놓는 것은 세상에 이런 관점과 주장도 있을 수 있으며, 있어야 한다고 보기 때문이다.

학교 밖에서 아이와 함께 대안교육의 길을 가는 개개인의 경험은 천태만상이다. 이를 통해 얻는 교훈 또한 천차만별이다. 그러한 개별적 경험에 기반을 둔 주의 주장도 제각각이다. 개별적 경험을 앞세운 주장 앞에 논리적 정합성 따위를 들먹여 봐야 결국 헛헛할 거다. 이 책 또한 교육학 등과는 거리가 먼 대안교육 학부모라는 '비전문가' 입장에서 경험을 바탕으로 썼다는 점에서 크게 다르지 않다. 그런데도 굳이 묻거나 따지고 싶은 게 있다면 이메일(dodorisong@gmail.com)로 성실하게 응대하겠다는 약속드린다.

지난해 말 막내딸 너굴은 19번째 생일을 맞아 성인이 됐다. 초등학교 졸업 이후 만 6년 동안의 대안교육 과정도 함께 끝났다. 대안학교 2년 반, 로드스쿨러 생활 3년 반이다. 이후 배낭 하나 메고 '세계'라는 가장 큰 대학으로 떠난다. 학제도 교과 과정도 없으며, 언제 돌아온다는 기약 없는 여정이다. 계획은 없을수록 편하고 좋다 믿으니 그저 맘 끌리는 대로, 발길 닿는 대로 떠돈다면 좋겠다.

이 책은 그런 너굴에게 전하는 졸업(?) 축하 선물이기도 하다. 너굴이 좋아할지 아닌지 알 수 없으니 그저, 주는 쪽의 희망 사항일 뿐이다. 그래도 스스로 걸어온 6년의 궤적을 담고 있으니, 어렵고 힘들 때 돌아보면서 힘을 낼 수 있을지도 모른다. '왕년의 대안학교 시절'이나 '로드스쿨러였을 때'를 떠올리면서 스스로 대견해 할 수 있다면 그것으로 족하다.

이 책의 많은 부분은 빚을 져 이뤄졌다. 이 책의 주인공인 만큼 최종 검수(?)는 너굴이 했다. "쪽팔린다"는 이유로 몇 문장을 고치긴 했지만, 대체로 동의해 주었다. 한때 너굴이 다닌 대안학교 '더불어 가는 배움터 길'은 내게 대안교육을 바라보는 눈을 뜨게 해줬다. 그곳 교사들과 학부모, 아이들 모두 나의 교사였던 셈이다. 배움터 길을 통해 알게 된 대안교육연대나 민들레 등 대안교육 기관이나 학교들도 다양한 대안교육 세계를 바라볼 수 있는 길라잡이가 돼줬다. 내 머릿속 대안교육 관련 지식과 정보는 상당 부분은 그곳으로부터 온 것이니 크게 빚진 셈이다.

책을 내는 데 도움을 아끼지 않은 이윤석 선생이나 세창미디어 이방원 대표와 조환열 팀장에게도 고마운 마음을 전한다.

무엇보다 책의 주인공인 막내딸 너굴과, 온갖 불편 감수하면서 묵묵히 뒷바라지까지 해 준 아내와 큰딸 등 가족에게도 사랑과 고마운 마음을 함께 전한다.

차례

4 대안학교를 벗어나 거리로

너굴,
학교 밖으로
나가다

1

등장인물 '너굴'은 필자의 두 딸 중 막내의 별명이다. 평소 다른 별명이 있는지 알 수 없지만, 본명을 쓰는 건 곤란하다 해 주변 사람의 별명을 무단 도용했다. 막내 역시 괜찮은 별명이라며 흔쾌히 받아들였다.

1994년 12월생인 너굴의 주민등록상 생년월일은 이듬해 1월이다. 연말연시는 본디 분주하다는 핑계와 며칠 새 한 살 더 먹는 게 좀 그렇다는 가족의 배려(?)가 맞물려 발생한 일이다. '겨우 며칠'이니 진짜와 가짜 사이 틈새는 좁지만, 해가 바뀐다는 데서 오는 차이는 제법 크다. 학교에 다니는 대부분 또래 아이들은 고3이거나, 재수생 혹은 대학 1학년일 수도 있다. '진짜'로는 지난해 말 성인이 되지만 행정적으로는 내년 초 만 19세가 된다. 진짜에 맞출 것인지 아니면 가짜에 맞출 것인지는 그때그때 다르며, 전적으로 너굴 맘이다.

본문에서 자세히 밝히겠지만 너굴은 초등학교 졸업을 끝으로 공교육과 결별했다. 이후 대안학교에 2년 반 다닌 뒤 그마저도 그만두곤 거리학교(로드스쿨링)로 나왔다. 그렇게 3년 반을 보냈다. 중고등학교 과정을 대안학교와 로드스쿨링이라는 '대안교육' 과정으로 대신한 것이다.

대안교육 과정은 이렇다 할 틀이 없기는 하지만, 만 19세가 되는 순간 졸업하는 것으로 했다. 그렇다고 대학에 진학하려는 건 아니다. 이제껏 그러했던 것처럼 대학을 대신할 '대안'을 '대안적'으로 모색한 끝에 세계 배낭여행을 선택했다. 세계라는 가장 큰 대학에서 더 많은 것을 보고 느끼고 체험해가며 배우겠다는 것이다. 뭘 배우겠다는 것인지 딱히 정한 것은 없지만, 적어도 남들 대학에 다니는 동안은 자유롭게 제멋대로 세계를 떠돌 생각이다. 성인이 된 이상 그 무엇을 하든 그건 전적으로 너굴의 권리며 책임이다.

같이 갈래, 말래?

너굴이 학교와 멀어지게 된 건 전적으로 부모 탓이다. 살림살이가 어려워지면서 가족은 신도시를 떠나야 했고, 너굴도 덩달아 5년 동안 다닌 학교와 친구들을 등지게 됐다. 초등학교 졸업을 1년 앞두고 학교를 옮겼으니 적응이 쉽지 않았을 것이다. 초등학교 졸업을 끝으로 6년간 '학교 밖 생활'을 하게 되는 (나름 파란만장한) 너굴의 행보는 여기서 비롯됐다 해도 좋다.

역시나 아이는 전학 간 학교 아이들과 쉽게 어울리지 못했다. 너굴은 마치 이방인이 된 것 같다 했다. 그도 그럴 것이, 신도시 변방의 도시도 농촌도 아닌 동네 아이들은 거의 모두 형이나 동생, 누나나 언니 등으로 촘촘하게 얽혀 있었다. 태어나 골목으로 뛰쳐나올 네댓 살 나이 때부터 형성된 관계는 초등학교를 거쳐 동네에 딱 하나뿐인 중학교 진학 이후까지 이어진다. 게다가 떠나는 사람만 간혹 있을 뿐 전입 주민이라고는 거의 없는 마을이다. 그런 동네 아이들에게 졸업반인 6학년으로 전학 온 너굴이 신기했을 것이고, 너굴 또한 적잖게 스트레스를 받았을 거다.

그렇다고 여느 학교에서 흔히 볼 수 있는 '왕따' 신세는 아니었다.

농촌도 도시도 아닌 작은 마을 아이들은 마을과 닮은 듯했다. 쉽게 친해지지도 않았고, 그렇다고 배타적이지도 않았다. 너굴도 크게 불행하다 생각하지 않았으며, 똑 부러지게 '즐거운 우리 학교'라고도 생각하지 않았다. 다만 토박이들의 탄탄한 관계에 쉽사리 끼어들기 힘든 소외감이 컸다.

바야흐로 상황은 너굴의 12년 인생(?) 가운데 처음 만난 고비로 보였다. 끼어들려야 끼어들 수 없었고, 뛰쳐나오려 해도 쉽지 않은 갈림길에서 너굴은 고민에 고민을 거듭했다. 더 큰 걱정은 이런 상황이 초등학교 졸업 이후인 중학교까지 이어질 수도 있었다는 것. 너굴 말마따나 이방인 신세가 1년으로 끝나는 게 아닐지도 모른다는 불안감도 컸다.

졸지에 아이 인생에 큰 고민거리를 안긴 부모로서 어떻게든 짐을 나눠서 져야 할 무거운 책임감을 느꼈다. 부모야 비록 등 떠밀려 낯선 곳으로 이주해 왔다지만 아이까지 외부 환경 변화에 따라 규정되는 삶을 살도록 하고 싶지 않았다. 무엇보다 살림살이 어려운 것이 곧 삶의 불행으로 이어지는 현실은 어떻게든 넘어서고 싶었다. 아이 문제에 관한 한 더욱 그랬다. 어른이야 그렇다 하더라도, 아직은 먹고사는 일로부터 자유로운 10대 아이에게는 집안 살림살이와 무관하게 행복할 권리가 있다고 생각했다.

게다가 너굴은 이제 겨우 열두 살이다. 세상 모든 열두 살은 가기 싫은 길이라면 안 가면 되고, 하고 싶은 게 있다면 해도 좋을 나이다. 세상의 열두 살들은 현실이야 어떠하든 어떤 꿈이라도 꿀 수 있어야 하며, 그에 필요한 시간 또한 충분히 갖고 있다. 설령 부모로서 재정적 뒷받침은 제대로 할 수 없다 하더라도 아이 스스로 행복한 길을 가도록 응원할 필요가 있다. 그게 학교 안이라면 더할 나위 없이 좋겠지만, 시간이 흐를수록 상황은 그쪽으로 흐르지 않았다.

졸업이 가까워지면서 아이는 진학을 부담스러워했고, 부담을 덜어낼 수 있는 뾰족한 수는 보이지 않았다. 너굴 앞에 놓인 길이라고는 '졸업 후 진학'이라는 딱 하나의 외길뿐 달리 선택 여지는 없었다. 제도권은 하도 완고해 감히 거스르기 어려워 보였다. 주어진 길을 가든지, 아니면 스스로 길을 내가며 가든지 둘 중 하나였다.

같이 갈래, 말래? 끊임없이 닥치는 질문 앞에 한동안 시름이 깊었다.

일단, 학교 밖으로

시간은 많지 않았다. 중학교 진학 절차는 일사천리로 진행되는 것이어서 누굴 기다려 주지 않았다. 고민 깊고 갈등 크다 해 따로 시간을 더 주는 것도 아니었다. 그럴 필요도 없었다. 그 누구도 '의무교육' 과정인 중학교 진학을 망설이는 경우는 거의 없을 테니까.

짧은 시간에 무거운 결정을 내리기 위해서는 고려할 것을 되도록 적게 했다. 이것저것 묻고 따질 겨를이 없었고, 고민스러운 갖가지 요소에 대한 정보도 그리 많지 않았다. 물어본들 답이 없었고, 따져본들 예측할 수도 없었다. 하루에도 열두 번씩 마음이 바뀌는 열두 살짜리의 앞날을 짚어본다는 건 애당초 가능한 일이 아니었다. 어떤 꿈이든 꿀 수 있고, 하고 싶은 것은 부지기수인 나이니 그렇다.

결국, 판단은 아이 몫으로 넘겼다. 하고 싶은 게 있다면 뭐든 해보라 했다. 학교 가기 싫으면 안 가도 좋은데, 학교 밖으로 나온 뒤 하고 싶은 게 무엇인지 물었다. 이도 답 없는 질문이긴 마찬가지였다. 6년 동안 초등학교에 머물렀으니 학교 밖 사정을 알 턱이 없었다. 물론 학교에서 풀려난 방과 후 시간에 남들 다 하는 학원 몇 개 돌아다니거나, 아니면 빈둥거려 보긴 했다. 하지만 그런 시간조차 학교와 어떻게든 엮여 있는 것이어서, 완전히 단절된 '학교 밖 생활'을 내다보는 데 도움이 된다고 할 수 없다.

학교 밖에서 하고 싶은 것도 나온 뒤 생각하기로 했다. 좋아하는 것과 하고 싶은 것을 결정한 뒤 진학 여부를 판단한다는 건 논리적으로 옳지만, 현실과는 동떨어진 이야기였다. 그러니 판단 순서는 간단명료하게 정리됐다. 진학할 것인가 말 것인가를 먼저 결정한 뒤, 학교 밖으로 나올 경우 무엇을 어떻게 할지 천천히 따져보기로 했다.

아이의 진학 관련 상담도 간단하게 진행됐으며 실무적으로 처리됐다. 부모는 보호자로서 확인서 한 장 써서 보낸 게 전부다. 아이의 담임교사 한 번 만나지 못했다. 굳이 만날 필요 없으니 피차 안 한 것일 수도 있다. 의무교육법 위반 등 몇 가지 법률적 문제가 있을 거로 생각했지만 예상외로 쉽게 넘어갔다. 학교로서도 그리 호들갑 떨 문제가 아니었던 것 같다. 가까운 신도시에서 낯선 아이 하나 전학 온 뒤, 어영부영 1년 동안 6학년 과정을 마치고는 진학을 포기했다는, 얼마든지 있을 수 있는 가벼운 사안이었을 것이다.

학교와 관계자들만이 주고받는 보고서에는 '학교 부적응자'로 적혔을 가능성이 높다. 그게 가장 폭넓게 쓸 수 있는 사유이며, 딱히 다른 사연을 댈 만한 게 없었다. 절대다수 학생이 거의 예외 없이 진학하는 상황에서 대오를 벗어난다는 것은 드문 일이며 '문제적 사안'이다. 원인을 따져야 하는데, 학교 문제일 수는 없는 일이니 전적으로 학생 문제로 돌려야 했을 거다. 결국, 그런 상황에 잘 어울리는 낱말인 '학교 부적응'으로 결론나기 십상이다. '부적응'이란 곧 '문제적 아이'를 말한다는 게 교육 관료 사회의 일반적 판단이니 말이다.

동의하기는 어려워도 원만한 실무적 처리를 위해 적극 협조했다. 학부모 자필 서명과 도장을 받아 오란다며 너굴이 들고 온 몇 장 서류는 읽어보지도 않은 채 서명하고 날인해줬다. 얼핏 '부적응' 운운하는 글귀가 눈에 띄긴 했지만 그리 신경 쓸 일은 아니었다. 그 낱말은 학교와 학부모 사이의 원만한 행정 처리를 위해 불러들인 의미 없는 글자에 불과하기 때문이다.

물론 너굴이 '부적응자'로 규정됐다는 게 기분 좋은 일은 아니지만 그렇다고 '적응자'라 할 수도 없었다. 게다가 적응자가 좋은 것이거나 바른 것이며, 부적응자는 나쁜 것이거나 그릇된 것이라고 봐야 할 일도 아니다. 반듯하게 세워진 제도와 규칙에 수많은 아이가 하나같이 잘 따른다는 것이 과연 바람직한가 하는 생각도 들었다. 제각각 다른 환경에서 자랐으며, 의식과 정서가 제각각인 아이들이 같은 학교 같은 교사로부터 같은 내용의 교육을 받는 것만이 '정상'이며 잘 '적응'하는 것일까 하는 의문도 꼬리를 물었다. 그렇다면 기계적으로 잘 짜인 제도와 규범을 벗어난다는 것은 학교 쪽으로 볼 때 '부적응'일 수 있겠지만, 너굴 입장에서는 '차이', 즉 '조금 다른 것'일 뿐이라는 확신이 들었다. 그릇되거나 나쁜 길이 아닌 '조금 다른 길'을 가는 것 정도야 이제 겨우 열두 살인 아이로서 얼마든지 있을 수 있는 일이다.

　이렇게 해서 너굴은 딱 1년 동안 6학년 과정만 다닌 초등학교에서 졸업장과 함께 '학교 부적응자'라는 꼬리표까지 덤으로 받고는 학교 밖으로 나왔다. 이후, 너굴은 '초졸(初卒)'이라는 별칭도 마치 훈장인 양 자랑스럽게 달고 다니게 됐다.

대안이 된 대안학교

학교 밖으로 나온 너굴의 다음 행보는 뜻밖에도 일찍 정해졌
다. 학교 밖으로 나온 뒤 처음 다가온 기회에 선뜻 합류하기로 한
것인데, 그게 바로 대안학교 입학이었다. 어찌 보면 당연한 일인지
도 모른다. 아무런 준비도 대책도 없이 학교 밖으로 나오니 딱히 뭘
해야 할지 막막한 상황을 오래도록 이어가기 어려웠기 때문이다.
제도권 학교라는 울타리 안에서 다람쥐 쳇바퀴 굴리듯 돌아가는 생
활을 오래 경험할수록 그 막막함은 더할 것이다.

너굴 또한 6년이라는 시간을 학교 안에서 보냈으니, 학교 밖 생활
에 적응하거나 익숙해진다는 것이 그리 쉬운 일은 아니었다. 마치
오랜 시간 길든 오른팔을 쓰다가 갑자기 왼팔을 써야 하는 것처럼
불편하고 어색했을 것이다. 일정한 틀 안에 머물지 않는 한, 시간이
흐른다고 불편함이 익숙함으로 바뀌는 것도 아닐 것이다. 제도권
학교가 아니라도 대안학교든 공동체든 그 어느 곳에 소속되는 데서
오는 안정감이 절실한 나이이기 때문이다.

대안학교라는 대안은 학교 밖으로 나온 뒤 닥친 잠깐의 막막한 상
황에서 우연하게 다가왔다. 언론에 몸담고 있던 시절, 인근 도시에

막 설립된 대안학교를 취재한 게 인연이 됐다. 주로 지방이나 농촌 지역에 있는 '기숙형 대안학교'와 달리 아이들이 학교와 가정을 오가는 '도시형 대안학교'인데, 중고등학교 통합과정을 운영하는 이 대안학교가 마침 신입생을 모집한다는 이야기를 우연히 전해 들었다. 취재 이후 잊고 있었지만, 막상 이야기를 들으니 취재 당시 받았던 강한 매력을 떠올릴 수 있었다. 설립을 주도한 사람들의 뜨거운 열정과 헌신, 매력적이며 숭고한 교육철학, 무엇보다 학생들을 학교의 당당한 주체로 여긴다는 운영 방침 등은 꽤 인상적이었다. 특히 학벌주의로부터 자유로우며, 세속적 출세를 위한 교육이 아닌 인간 존엄성과 가치 중심 교육을 지향한다는 것은 신선한 충격이었다.

가뜩이나 학교 밖으로 나온 아이와 함께 어디로 튀어야 하나 전전긍긍하던 차에 날아든 잘 아는 대안학교의 신입생 모집 소식은 그야말로 복된 소식이었다. 이제 겨우 설립 첫해를 넘긴 대안학교이기에 여기저기 부족한 것 투성이였지만 그런 것을 따질 상황은 아니었다. 어차피 대안학교는 영원히 미완성 상태일 것이며, 구성원 모두가 '더불어' 만들고 꾸려 나가는 학교다. 그러니 학교 밖으로 나온 너굴이 그저 하루하루 즐겁고 행복하게 지낼 수 있다면 그것으로 족하겠다 싶었다. 집이나 거리에서 저 혼자 놀고, 저 혼자 쉬고, 저 혼자 책 보고, 저 혼자 돌아다니는 것보다는 비슷한 처지의 몇몇 친구들과 어울려 논다면 한층 더 즐겁겠다고 생각했다.

대책 없던 너굴도 그리 나쁘지 않겠다는 반응을 보였다. 함께 둘

러본 허름한 상가 3층 한구석의 대안학교 현장 풍경에는 매우 실망스러워했지만 그래도 혼자 견디는 것보다는 낫겠다 싶었다. 지푸라기라도 잡아보겠다는 심정이었다.

물론 너굴은 대안학교라는 게 뭘 하는 곳인지 잘 알지 못했다. 그곳에서 뭘 어떻게 가르치는지 장황한 설명을 듣기는 했지만 그걸 이해할 수는 없었다. 5년 과정을 마친 뒤에는 또 뭘 하는 것인지 도통 모르겠다고도 했다. 다만, 여행을 많이 다니고, 농사도 짓고, 학교에서 함께 밥도 해먹는 건 정말 좋다고 했다. 중고등학교 과정을 5년 만에 끝낸다는 것도 즐거운 일인 데다, 시험도 없고, 머리며 복장 따위로 혼날 일도 없다는 것이 참 신기하고 신이 나는 일이라고 했다.

대안학교의 매력(?)도 그렇거니와 달리 선택의 여지가 없었으니, 입학 절차도 일사천리로 밟아나갔다. 수십 쪽에 이르는 입학지원 서류를 작성하고, 추천서까지 첨부해 제출했다. 학부모 면접도 꽤 긴 시간 치렀다. 대안학교의 취지를 잘 이해하지 못하거나 동의하지 않을 경우 입학은 정중하게 거절된다. 뜻을 같이하지 않으면서 같은 길을 함께 간다는 건 불가능하기 때문이다. 다행히도 대안학교 취재 경험으로 체득한 약간의 정보를 가진 데다, 세부적인 것은 몰라도 큰 틀에서 뜻을 같이한다고 인정돼 입학이 허락됐다. 너굴의 학교 밖 여정은 그렇듯 심사숙고나 좌고우면, 묻고 따져볼 겨를 없이 순식간에 정해졌다.

하지만 언제까지 그 길을 따라갈 것인지는 나나 너굴이나 장담할 수 없었다. 학교 밖으로 나온 건 대안학교에 가기 위한 게 아니었다. 그러니 대안학교 5년 과정을 성실하게 마쳐야 한다는 부담감은 없었다. 대안학교는 그야말로 대책 없이 시작한 학교 밖 생활에서 처음 만난 길이었다. 그 길이 얼마나 외길로 이어질지, 앞으로 어느 지점에서 갈림길을 만날지 생각하지 않기로 했다. 그저 가는 사람 별로 없는 낯선 숲 속 호젓한 오솔길을 걸을 수 있는 만큼 걷는 셈이다. 몇몇 안 되지만 '더불어 함께' 걷는 동무들이 있으니 그나마 다행이었다.

어찌 보면 대안학교 입학은 학교 밖 생활에 대한 첫 번째 적응 과정이었다. 낯설고 걱정스럽기도 한 학교 밖의 첫걸음을 안정적으로 내딛고 싶은 마음에서 선택한 것이니 그렇다. 언제일지 알 수 없지만 익숙해지고 자신감이 붙는다면 좀 더 다른 길을 찾아 나설 수도 있을 거다. 그러다 힘들면 쉬었다 가고, 가는 길이 막히면 돌아오면 되는 거다. 너굴은 얼마든지 그럴 수 있는, 이제 겨우 열두 살이니까.

열두 살이면 충분해

아이들에 관한 어른들의 편견은 꽤 심한 편이다. 대표적인 게 "애들이 뭘 알겠냐"는 건데, 이런 말을 마치 아이들을 위하는 것인 양 아무렇지도 않게 한다. 너굴이 학교 밖으로 나와 대안학교에 들어간 뒤 주변으로부터 가장 많이 들은 게 이런 얘기다. 말이야 빙빙 에둘러 하지만 정작 하고 싶은 말은 "애가 뭘 알아 대안학교 갔겠냐"와 "다 부모가 가라 하니까 간 거 아니겠냐"는 거다.

아이들에 대한 어른들의 이런 태도는 새삼스러울 것 없다. 주어진 제도와 상식의 잣대로 견줘 볼 때 이와 어긋나는 일이 벌어진다면 그게 다 어른들의 잘못일 뿐 "아무것도 모르는 아이들이 뭘 잘못이 겠냐"며 폼 잡는 어른들도 흔하다. 시위 현장에 어린이라도 데리고 나오면 "철없는 아이들을 부추겼다"며 입방아를 찧는 것만 봐도 그렇다.

학교 현장 또한 예외는 아니다. 외려 더하면 더했지 덜하지 않다. 학교에서 아이들은 철저히 타율적 존재다. 아이들의 시간과 행동거지, 지켜야 할 일들, 움직일 수 있는 공간, 먹을 것과 입을 것 등 거의 모든 사항은 어른들에 의해 정해지며 아이들은 무조건 따라야 한다. 정해진 궤도를 벗어날 경우 그에 따라 적절한 제재도 받는다. 아무것도 모르고, 철없으니 그리해야 한다는 거다. 그러고는 그게 다 아이들을 위한 거라고 말한다.

그처럼 아이들을 위하고, 아이들의 일거수일투족을 꼼꼼하게 챙기고 다스리는데 왜 우리 아이들은 날이 갈수록 그리 아파할까. 게다가 시간이 흐를수록 청소년 문제는 더 큰 사회적 문제가 돼가는 것일까. 아프다 못해 마음이 병든 아이들이 날로 늘어나고, 심지어 스스로 세상을 등지는 아이들은 (어른들이 만들어내는 갖가지 대책과 처방에도 불구하고) 왜 그리 크게 늘어나는 것일까. 대부분 어른이 생각하는 대로 여전히 '철모르는 것들'이기 때문일까. 어른들의 가르침과 관리 감독이 부실해서일까. 통제와 제재가 꼼꼼하지 못해서일까. 사회 일각에서 제기하는 대로 사회적 오염물질과 불순물이 너무 많아졌기 때문일까.

조금만 생각해도 그건 아니라는 것을 알 수 있을 것이다. 아이들이 몰라도 너무 모르는 것이 아니라 되레 그 반대로 너무 많은 것을 알고 있기 때문이다. 문제는 꿈 많고 생각 많은 아이를 마치 아무것도 알지 못하는 양 가두고 제약하고 통제하며 억누르는 데서 비롯된다고 봐야 할 것이다.

암만 봐도 비범하다는 것과는 거리가 먼 너굴만 봐도 그렇다. 그 또래 아이들이라면 다 가진 꿈을 꾸며, 다들 바라는 것을 똑같이 바라며 생각한다. 사람이라면 누구나 원하는 자유로움을 꿈꾸고, 하고 싶은 거 원 없이 할 수 있기를 간절히 바란다. 모든 사람이 그렇듯 자유를 절실하게 갈망하며, 일체의 제약과 억압, 통제는 끔찍하게 싫어한다. 그러고는 꿈꾸는 것을 이루기 위해 뭘 해야 하는지 나름의 방식으로 생각하고 고민한다. 자유로움을 억누르는 것들과 어떻게 맞설 것인지 궁리하고, 더 큰 행복을 얻기 위해 부산하게 움직인다. 너굴이 특별한 게 아니라 이 땅 모든 아이라면 다 그럴 것이다. 그게 겉으로 잘 드러나지 않는 것은 애써 숨기고 있거나, 드러내서는 안 되기 때문일 것이다. 그게 아니라면 어른들이 말한 대로 '미래의 성공'을 위해 참아야 한다고 배웠으니 순종하는 것뿐이겠다.

사회 현상에 대해서도 아이들은 아이들 방식대로 이해하고 해석한다. 그런 아이들의 '시선'은 때때로 어른들이 미처 간파하지 못한 부분을 짚어내는 등 어른들을 넘어서기도 한다. 별로 비범할 것 없는 너굴도 그랬으니 그보다 뛰어난 수많은 아이는 오죽하겠나 싶다.

이를테면 대학문제에 대해서도 너굴은 "일단 좀 놀면서 하고 싶은 거 실컷 한 다음에 천천히 생각해보겠다"고 했다. 누구나 열아홉에서 스무 살 무렵에는 대학에 가야 한다는 것은 어른들이 규정해 놓은 일종의 사회 불문율이다. 이 때문에 이 땅 모든 10대는 거의 10년 세월을 '대입'이라는 외길에서 치열한 혼전을 벌이고 있다. 마치 세상에 그보다 더 가치 있는 것은 하나도 없다는 듯! 하지만 대부분 십대들은 정작 그리 생각하지 않을 수 있다. 너굴도 마찬가지다. 누구나 자기 나이 때에 꼭 하고 싶은 게 있다. 십대들도 그 나이에는 꼭 해보고 싶은 게 있을 것이다. 사회와 부모가 강요하는 "공부 잘해 좋은 대학 가는 것"은 하기 싫어도 해야 할 뿐, 하고 싶은 게 아니다. 아이들도 잘 알고 있고, 어른들도 모르는 바 아니다.

어른들이 말하는 '철든다'는 것은 곧 어른스러운(?) 방식으로 생각한다는 걸 말한다. 아이들이 어른스럽게 생각한다는 건 확실히 비정상적인 일인데도 불구하고 '철들지 않았다'고 아이들을 통제하고 억압하는 것은 분명 모순이다. 이러한 모순이 결국 아이들을 아프고 병들게 하는 근본적 이유일지 모른다.

아이들은 아이들만의 시선으로 세상을 바라보고 해석한다. 학교라는 울타리 안에서 선생님 말씀 잘 듣고 공부 열심히 하라는 소리를 귀가 아프게 들었어도 이를 받아들이고 풀이하는 방식은 제각각이다. 대부분 아이는 별 문제의식 없이 어른들이 말하는 이른바 '성공'이라는 것을 위해 잘 따르고 있다. 하지만 왜 그렇게 해야 하는지 도저히 이해할 수 없는 아이들도 적잖을 것이고, 굳이 그 실체를 알 수 없는 성공이라는 것을 위해 하고 싶은 것을 포기할 생각이 없는 아이들도 꽤 있을 것이다. 이런 아이들은 종종 어른들이 촘촘하게 쳐놓은 제도라는 그물을 빠져나가기 위해 몸부림치거나 파행적인 방식으로 기성세대 질서와 충돌하려 한다. 다들 제 나름대로 '생각'이 있기 때문이다.

너굴도 마찬가지다. 또래와 잘 어울리면서 하루하루를 재미있게 보낸다는 게 열두 살 너굴양의 소박한 꿈이었다. 하지만 그 꿈은 전학과 함께 크게 어긋났고, 학교는 재미없는 곳이 됐다. 그런 가운데 맞은 일 년은 무척 지겨웠을 텐데, 부모로서는 그걸 견뎌준 것만으로도 대견하다고 봐야 한다. 마침내 졸업을 앞두고 중학교 진학을 앞둔 너굴은 다시는 (비록 그 열매는 달다지만) '쓰디쓴 인내'를 달게 받을 이유가 없다고 생각했을 것이다. 아이의 생각이 그럴진대, 굳이 그걸 누르고 부모가 바라는 대로 갈 것을 강요하거나 강제할 근거도 권리도 없다고 생각한다. 대학이란 곳도 마찬가지다. 가기 싫으면 안 가면 되고, 나중에라도 가고 싶다면 그때 가도 괜찮을 거다. 그런들 크게 잘못될 것도 없다. 비록 열두 살에 불과하지만 그렇다고 생각이 없는 건 아닐 것이며, 너굴 또한 제 생각대로 살 권리가 있기 때문이다.

부모는 객석으로

학교 밖으로 나온 너굴을 대안학교에 보낸 뒤 주변 사람들로부터 적잖은 질문을 받았다. 질문 총량도 많았고 내용도 갖가지였다. 낯설고 흔치 않은 풍경에 대한 호기심도 있었을 것이고, 더러는 무모하다 보고 걱정스러워 물었을 거다. 순전히 흥미롭게 여겨 던져 본 질문도 있었다. 물론 상황이 남의 일로만 여길 수 없는 학부모의 진지한 질문도 종종 날아들었다.

이 가운데 제법 날카롭다 할 수 있는, 그래서 답하기 곤혹스러웠던 질문이 있다. 과연 아이가 대안학교가 뭔지 알고나 갔냐, 부모가 일방적으로 찍어 준 거 아니냐, 일방적이지는 않더라도 최소한 그쪽으로 유도한 건 아니냐는 질문이다.

그러한 질문은 얼마든지 있을 수 있는 것들이며, 제법 정곡을 짚었다 하겠다. 이제 갓 초등학교를 나온 너굴이 대안학교를 알면 얼마나 알았겠나. 일방적이지는 않더라도 대안학교로 방향을 튼 데는 어느 정도 부모의 역할이 있었다는 것 또한 부정하기 어렵다. 유도하지 않았냐는 질문에도 확실하게 아니라고 답하기 어렵다. 그러니 세 가지 질문 모두에 똑 부러지게 답할 수 없었다. 그렇게 볼 수도 있고, 달리 볼 수 있는 여지도 있으니 말이다.

사실은 이렇다. 아이는 대안학교를 '선택'하지 않았다. 선택이라는 건 모름지기 대안학교 말고도 다른 길이 있을 때 어느 한쪽을 택하는 건데, 아이에게 다른 길은 애당초 없었다. 일단 학교 밖으로 나온 뒤 갈 길을 찾자 했을 뿐이다. 막상 나와 보니 허허벌판이었다. 어디로 갈지, 뭘 해야 할지 막막하기는 나나 너굴이나 마찬가지였다. 너굴은 너굴대로 나는 나대로 일단 오솔길이든 뭐든 찾아보자 했고, 그러던 중 대안학교를 만난 것뿐이다.

대안학교란 게 (취재 경험이 있는) 내게는 새롭지 않았지만 너굴에게는 낯선 것이었다. 이런저런 설명을 했지만 그게 뭔 뜻인지 너굴은 알아듣기 어려웠다. 인근 도시에 있는 대안학교를 함께 찾아가 둘러봤고, 교육 과정에 대해서도 관계자로부터 이런저런 설명을 들었다. 하지만 대안학교에 대한 일련의 탐사 과정은 그리 큰 보탬이 되지 않았다. 대안학교가 세워진 배경과 목적 및 취지, 교육철학, 추구하는 가치, 그에 따른 교과 과정 등등은 아이가 그곳에 갈 것인가 말 것인가를 판단하는 결단 근거가 돼주지 못했다. 다만, 그런 과정에서 불쑥불쑥 튀어나온 말들, 예컨대 여행을 많이 다닌다든지, 수업 시간이 많지 않다든지, 하지 말라는 것이 별로 없다는 등은 매력적이었던 것 같다. 게다가 대안학교에 가지 않는다면 당최 어디서 뭘 할 건지도 막막했다.

결국, 너굴의 대안학교 진입은 애초 '선택' 여지 자체가 없던 거였다. 장기판 용어로 외통수였기에 부모가 끼어들 여지도 거의 없었다. 고작해야 그런 곳이 있으며, 어떤 곳인지 얄팍한 식견을 보탠 게 다였다. 최종 판단은 너굴 몫이었으며, 안 간다 한들 강요할 생각도 없었다. 너굴의 학교 밖 여정에 관한 한 부모 역할은 그 정도로 제한될 게 뻔했다. 낯선 여정에 관한 정보에 어둡기는 부모나 너굴이나 피차 마찬가지니 누가 누굴 이끌고 말고 할 것은 없었다.

그러니 부모 자리는 관중석으로 제한됐으며, 역할은 힘찬 박수와 함께 응원을 보내는 것으로 한정 지었다. 코치나 감독은 물론 이렇다 할 동료도 없이 허허벌판에 선 너굴은 갈 곳이 어디든 저 혼자 알아서 가야 했다. 가다 못 가면 쉬었다 가고, 막히면 돌아가면 될 거다. 그런 과정 하나하나가 삶의 지혜로 축적될 것이며, 그렇게 얻은 배움이 교실 안 지식만 못하다 할 수도 없을 것이다.

내 경험은 아이의 약이 되지 못한다

어른들이 흔히 하는 말이 있다. 내가 해보니 어떻다든가, 겪어봐서 잘 안다는 말이다. 국가 최고통수권자부터 동네의 나잇살께나 먹은 어른들까지, 저마다 해봐서 알고, 겪어봐서 잘 안다며 새 길을 떠나는 이들에게 되잖은 훈수를 둔다. 대부분 훈수는 제대로 잘 가라는 응원이라기보다 부정적인 쪽에 가깝다. 가지 말라거나, 해선 안 된다, 헛수고하지 말라는 등등의 말로 마무리되기 일쑤다. 경험의 힘에 잇대 뭔가를 제지하거나 억압할 때 써먹는 상투적 수법이다.

물론 경험만큼 훌륭한 교사도 없다. 세상 모든 걸 다 경험해 볼 순 없으니 남의 경험을 빌려 쓴다는 건 확실히 좋은 방법이다. 책을 읽는 것 또한 같은 이치다. 경험을 앞세운 것은 제법 권위 있고 무게 또한 묵직하다.

그렇다고 경험론이 보편적인 정합성을 갖는 건 아니다. 언제 어디서나 누구에게나 다 먹히는 건 아니라는 거다. 특히 개개인 삶에 있어 경험론은 별 도움이 안 되거나 무의미하다. '내 어릴 적'을 들먹인다든지, 내 흘러간 시절을 두루 엮어 오늘의 10대에게 역설하는 것 또한 씨도 안 먹히는 얘기다. 도움은커녕 훼방 쪽에 가깝다. 너굴 부모이면서도 지도나 계도, 훈육 등 역할을 과감하게 접은 이유는 바로 이 때문이다.

실제 내가 좌충우돌하며 통과해온 지난 반세기 궤적은 너굴의 반면교사가 될 수 없다고 본다. 오래전 나의 10대, 20대 시절이 오늘 그 또래인 두 딸에게 교훈이 될 수 있는 요소 자체가 별로 없다고 보기 때문이다. 지금 내 아이들이 처한 환경은 30여 년 전 내가 달려온 코스와 아주 딴판이다. 환경뿐 아니라 추구하는 가치 등 그 어느 하나 비슷하다 할 수 있는 게 없다. 물론 세상 모든 사람이 처한 환경 또한 그럴 것이다.

그런데도 어른들은 툭하면 "내 어릴 적"을 들먹인다. 외견상 비슷한 모양을 한 코스에 대해 아주 잘 꿰고 있다는 확신을 한다. 그리고는 코스 밖의 감독 노릇을 자처하는 정도를 넘어 아예 아이들 곁에서 같이 뛰며 거든다. 소소한 작전 지시부터 훈계와 계도, 통제 등 가능한 모든 수단을 다 동원한다. 이 모든 것의 배경에는 "달려봐서 아는데"라는 경험칙에 대한 확신이 강하게 깃들어 있다.

그러나 정말 그럴까. 우리 아이들이 달려가는 길은 20~30년 전 내가 "돌아봐서 아는 길"과 맞기는 맞을까. 전혀 아니라고 본다. 외견상 비슷해 보일 뿐, 전혀 다른 길일 것이다. 이미 선수 조건과 상황이 다르고, 바람이나 기온 등 기후 조건이 다르며, 근본적으로 경기 종목과 이르고자 하는 결승점이 다르다. 내가 그 무렵 달리기를 할 때 목표 지점은 오늘 아이의 그것과 완전히 달랐을 거다. 사실 내 아이가 어떤 경기를 벌이고 있는지, 나는 전혀 알지 못한다. 당신은 아는가?

경험론이 먹혀드는 상황은 극히 제한적이다. 시대적 상황이라는 객관적 조건과 사람마다 가진 주체적 상황이 어느 정도 맞아떨어질 때 비로소 먹힐 수 있다. 그런데 수많은 사람이 가고 있는 수많은 길은 그 어느 것도 같은 게 없다. 하물며, 빛의 속도로 변화하는 사회 속에서 우리 다음 세대인 오늘의 아이들이 가고 있는 길을 감히 가봤으며, 안다 하는 건 무리다.

그러니 어쭙잖은 경험론을 들어 가르치거나 훈수 두지 않는 게 좋다. 그저 지지와 성원의 박수를 보낼 뿐 끼어들지는 말자고 마음먹었다. 나는 이미 객석으로 물러난 경기장 서포터나 응원단 일원일 뿐 감독이나 코치 자격이 없으니 말이다.

배워야 할 모든 것, 학교 밖에도 있다

학교 밖으로 나가겠다는 너굴을 굳이 말리지 않은 데는 또 다른 이유가 있었다. 학교 안에서 행복하지 못했으나 학교 밖에서는 행복했던 내 어린 시절이 떠올랐기 때문이다.

돌아보면 "살아보니 어떻다"는 건 시쳇말로 '꼰대'들의 어법이다. 나 또한 열몇 살 무렵 꼰대들의 그런 얘길 귓등으로도 듣지 않았다. 듣기는커녕 가장 듣기 싫은 얘기였다. 교사든 부모든 친인척 어른들이든 꼰대들은 나를 길들이려 했다. 울타리를 쳐놓고는 그 안에 머물 것을 강요했다. 나의 시간 또한 내 것이 아니었다. 그들이 설정한 대로 움직여야 했다. 먹고 자고 놀고 공부하는 시간은 따로 정해졌으며, 그들은 이에 따라 행동하라 했다. 비록 힘들고 고통스러울지라도 그렇게 하다 보면 보상이 클 것이라 그들은 장담했다.

초등학교 때는 그런대로 규범에 잘 따랐다. 개근상은 한 번도 받아보지 못했지만 되도록 조화롭게 지내려 했다. 다소 소심해서인지 어려운 규범도 제법 잘 따랐다. 이따금 땡땡이도 치고, 학교 밖을 배회하기도 했지만 크게 어긋나진 않았다. 하긴, 당시의 초등학생들은 딱히 지켜야 할 규범이 별로 없었다. 고입, 대입도 아직 먼 얘기였다. 방과 후 책가방 집어 던지고 일단 놀고 봐도 별 탈 없었다. 대부분 그랬다.

하지만 턱수염이 삐죽삐죽 날 무렵부터는 학교 안이 갑갑했다. 아니, 학교 담장 밖이 더 궁금했다는 편이 맞을 거다. 동네 골목을 누비는 형들 기타 솜씨가 부러웠고, 멋진 휘파람과 나팔바지가 부러웠다. 학교 뒷산 곳곳에 숨어 있는 수많은 이야기가 궁금했고, 서클 선배들이 무시로 드나드는 독서실에서의 시간이 행복했다.

중학교 때는 다락방이나 책상 밑에서 세계고전문학전집과 한국근현대소설전집 등을 통독하느라 대부분 시간을 보냈다. 책가방은 그저 학교를 오갈 때 들고 다니는 짐일 뿐이었다, 책을 읽지 않는 시간은 동네 형들로부터 야매로 클래식 기타 주법을 전수받았다. 이도 저도 지겨우면 뒷산에 올라 능선을 넘나들었다. 언제 어느 방향에서 오르든 친구며 선후배들을 만날 수 있었다. 돌이켜보면 교과서 들춰보는 시간은 거의 없었지만, 진짜배기 국어와 음악, 체육 수업 등을 제대로 한 것 아닌가 생각한다.

고등학교 때는 매년 수십 일씩 학교에 가지 않았다. 학업 외에 할 일이 너무 많아 바빴고, 학업에는 별 뜻이 없었다. 그 대신 독서실에서 많은 시간을 보냈는데, 이 또한 대입 준비 따위와는 거리가 멀었다. 독서실을 운영하는 선배는 내게 독서실에 공짜로 다니는 대신 허드렛일을 돕도록 했다. 땡땡이를 치는 최상의 조건인 셈이다. 부모로서는 아들이 학교에 갔거나 독서실에 있거나 둘 중 하나라고 믿을 수밖에 없는 상황이다.

독서실에서는 갖가지 문학이나 철학 서적 등을 손에 잡히는 대로 읽었다. 읽기는 읽었으나 뭔 뜻인지 알 수 없었으니 대단한 것은 아니다. 그저 폼 나게 시간 죽이는 데는 그만한 게 없었으며, 독서실에 드나드는 여학생들에게 뭔가 있어 보이게 하는 방법이기도 했다. 그렇다고 잘 먹혀든 건 아니지만.

이 무렵 담배도 배웠고 술도 가끔 마셨다. 선배 책상 위 담뱃갑에서 한두 개비 훔쳐 피운 담배는 이내 중독이 됐고, 그 뒤 30여 년 세월 가장 가까운 벗이 됐다. 독서실 옥상은 인근 도시로 함께 통학하던 벗들의 아지트였다. 거기서 한잔 술을 마시며 문학을 논하고, 시절을 한탄했다. 기타를 퉁기며 엘비스 프레슬리 흉내를 내거나, 개다리춤을 춰대기도 하는 등 우리만을 위한 우리식 축제를 날마다 벌였다. 축제는 이따금 예의 없는(?) 몇몇 부모들의 난입으로 난장판이 되곤 했다.

어른들의 잣대를 들이대면 심각한 수준의 '문제아'일 수 있는 고교 시절은 외려 내 살아온 시절 중 가장 찬란한 시기로 자리매김하고 있다. 같은 학교에 다닌 학우들의 얼굴과 이름은 가물가물하며, 이름을 기억하는 교사는 거의 없을 정도로 학교는 삶의 액세서리일 뿐이었다. 대신, 독서실에서 보낸 수많은 불면의 밤에 대한 기억은 또렷하게 남아 있다. 독서실 옥상에서 불러댔던 '불후의 명곡'들과 읊어댔던 수많은 시(詩)들, 난상토론 교재가 됐던 이러저러한 책들 또한 머리든 가슴이든, 몸과 마음 어딘가에 지금까지 묵직하게 자리하고 있다.

그러니 나의 진짜배기 학교는 동네 골목이나 뒷산, 독서실이었던 셈이다. 거기서 함께 어울린 동네 형들이나 친구들, 서클 선배들이 나의 참 스승이었다. 그들은 교과서에 나오는 준엄한 정의를 조롱했고, 꼰대들의 입장과 관점을 몇 마디 말로 엎어버렸다. 암울했던 세상 돌아가는 이치를 제대로 풀어줬고, 너와 내가 조화롭게 살아가는 데 필요한 덕목을 몸으로 보여주곤 했다. 그들의 가르침은 암기할 필요가 없었으며, 글 아닌 말과 몸으로 설명되었기에 온몸으로 다가와 몸속 깊숙이 박혔다. 가르치려 하지 않고 보여줬으며, 설명하지 않고도 느끼도록 했다.

물론, 학교 밖에서 보낸 시간보다는 학교 안에서 보낸 시간이 압도적으로 많다. 학교 안에서 수많은 교사도 만났다. 하지만 당시 대부분 교사는 존경 대상이 못 됐다. 권위적이거나 심지어 폭압적이었으며, 그저 그런 월급쟁이로 보였다. 그들은 늘 피곤해했고, 신경질적이었으며, 종종 폭력적이었다. 그들에게 엉뚱한 질문을 던진다는 것은 상당한 위험을 감수하여야 했다.

더욱이 가난한 집 네 형제 중 둘째를 살갑게 대해주는 교사는 거의 없었다. 60~70명에 이르는 한 학급 아이 중 부잣집 아이들은 얼마든지 많았고, 그 아이들을 챙기는 것만도 그들에게는 과도한 업무였을 것이다. 고교 시절, 시간이 흐를수록 교사에 대한 불신은 눈덩

이처럼 부풀었다. 급기야 고3 때는 한 해에 80여 일에 가까운 결석 일수를 기록했다. 그러니 기억하는 교사 이름 하나 없는 건 당연한 일이다.

이렇듯 학교에 다니는 둥 마는 둥 했다 해서 내 인생에 무슨 큰 흠결이 생긴 건 아니다. 마찬가지로, 열심히 다녔다 해서 크게 이룰 것 별반 없는 세상이었으며, 학교 밖을 떠돈들 크게 잃을 것도 없었다. 그런 예측은 얼추 들어맞았다. 범생이나 나나 다들 그렇고 그런 삶을 살고 있고, 제각각인 개개인 삶의 자리 또한 학업 성적 따위와는 아무런 상관도 없다.

돌아보면, 세상살이에 필요한 기본적 지혜와 상식은 학교 밖에서 다들 배우고 익혔다. 반면, 학교에서 배운 지식은 교문 밖으로 나오는 순간 대부분 쓰레기통에 처박았다. 내 선배들이 그랬던 것처럼 나도 그랬고, 30년 세월이 지난 지금도 상황은 크게 다르지 않다고 본다.

그러니 굳이 학교에 목맬 것 없다. 거의 모두가 가진 중고등학교 졸업장은 물론이고, 별로 빛나지 않는 대학 졸업장을 딴들 그게 삶의 질을 좌우하는 시대도 아니다. 이 시대 대학도 그 정도 흐름은 꿰고 있는지라, 학문의 전당이길 포기하고 고등 취업교육기관으로 발빠르게 변신하고 있기도 하다.

우리는 이미 세상이라는 큰 학교와 가정과 이웃, 여러 공동체라는 참 교사(校舍) 안에 일상적으로 머물고 있다. 겨우 200년 남짓한 공교육 개념이 성립되기 아주 오래전부터 인류는 언제나 그렇게 배우고 익혔다. 지금도 적잖은 나라의 수많은 사람은 여전히 그렇게 삶의 지혜와 보편적 상식을 일상생활 속에서 배우고 익혀나간다. 그래도 별일 없이 잘 살며, 다툼 없이 서로 도우며 제각각 작아도 값진 행복을 엮어나간다. 내가 너굴의 학교 밖 탈출을 굳이 말리지 않은 여러 이유 중 하나다.

달라질 건 없어, 쫄지 말자

흔한 말이 된 '쫀다'는 것은 두려움의 시쳇말이다. '쫀다'는 건 대체로 가진 것을 잃거나, 장차 얻고 싶은 것을 얻지 못하게 될까 걱정하는 데서 온다. 그러니 가진 게 많을수록, 얻거나 누릴 게 클수록 걱정은 더 커진다. 반면, 잃을 것도 얻을 것도 별반 없는 이들은 쫄지 않는다. '못 먹어도 고'는 잃을 것 없는 자들이 누리는 호기로움이다.

너굴이 학교 밖으로 나올 때 쫄지 않았냐는 질문도 심심찮게 받았다. 그랬는지, 안 그랬는지 거의 기억나지 않는 걸 보면 그리 쫄지 않았던 것 같다. 학교 안이든 밖이든 세상 사는 이치야 별반 다르지 않을 거라고 봤기 때문이다. 그러니 걱정할 것 별로 없었다. 너굴 역시 태평했는데, '모르는 게 약'이 된 것이다. 너굴에게 학교 밖은 경험하지 못한 신세계며 호기심 천국이다. 걱정은커녕 마냥 즐거운 신천지였다. 답답했던 1년 동안의 초등학교 생활을 끝으로 학교라는 곳과 영영 결별하는 데서 오는 해방감도 컸을 것이다.

학교 밖에 대한 낙관은 시간이 흐르면서 흔들리거나 약해지기는커녕 되레 더욱 굳어졌다. 너굴 역시 학교 밖 생활 7년 차에 접어든 오늘날까지 학교 안쪽을 기웃거린 적이 없다. 남들 가지 않는 길을 간다는 데서 오는 심리적 위축감은커녕 스스로 '아호가 초졸(初卒)'이라 할 정도로 여유로워졌다. 그새 학교 밖 행보는 대안학교에서 홈스쿨러, 로드스쿨러, 대학 부설 평생학습원생, 인문강좌 수강생, 영어회화 학원생 등 그야말로 어지러울 정도로 버라이어티했다. 나이도 어느덧 만 19세를 넘겼으니 이제는 뭘 하든 알아서 할 때가 됐다. 부모 또한 슬슬 응원석마저 털고 일어나 물러나도 좋은 때가 온 것이다.

너굴의 학교 밖 생활이 걱정스럽지 않았던 건 걱정한들 달라질 게 없기 때문이다. 학교 안으로 다시 들어간들 크게 좋아질 것 없을 거고, 그대로 머문다 해서 딱히 나쁠 것도 없었다. 승자독식과 양극화로 규정되는 사회의 폐해는 이미 학교 안까지 파고들어 있는 상황이라는 것을 고려하면, 학교 안이든 밖이든 어느 쪽에 머무느냐는 그리 큰 차이가 없는 것으로 봤다. 학교 안에 머문다 해도 치열한 경쟁은 불가피할 것이다. 그렇게 해서 운 좋게 시스템 안으로 편입된다 하더라도 항구적 안녕은 보장받지 못하는, 그래서 두려움과 불안은 상대적으로 더욱 커지는 상태가 지속할 것이라는 게 저명한 사회학자 '지그문트 바우만'의 얘기다.

그러느니 너굴처럼 애당초 사회적 시스템 안쪽에 포획되기를 거부하는 게 어쩌면 더 속편할지도 모른다. 적게 벌어 적게 소비하면서 더 행복할 수 있는 내공을 키우는 게 더 쉽고 더 나을 수도 있겠다. 100원을 벌어도 1만 원을 버는 이보다 더 행복할 수 있는 내공,

'아호가 초졸'이어도 최고 학벌 먹물 앞에서 꿀리지 않을 수 있는 내공을 키우는 건 마음먹기 나름이니, 고시 패스나 입사 시험보다 어려운 일이 아니라고 본다. 법정과 혜민 스님 등 스타급 스님들이 설파한 일련의 발언들도 결국 이런 삶의 가치를 이야기한 것 아닌가. 책이며 강좌를 통해 접한 그분들의 이야기는 가진 것과 누릴 것 없는 상태야말로 두려움과 불안으로부터 해방될 수 있는 상태이기에, 삶의 진정한 가치를 만나는 행복을 누릴 수 있다는 것으로 이해하고 있다.

결국, 앞서 말한 '쫄지 말자'는 것은 단지 학교 밖으로 뛰쳐나오는 데 과감하라는 뜻만은 아니다. 그것은 우리 사회의 주류세력이 편성해 놓은 거대한 시스템으로부터 과감하게 벗어나자는 메시지이며, 더 많은 돈과 더 높은 권력으로부터 자유롭자고 권면하는 말이기도 하다. 물론 이러한 발언 배경에는 나 혼자 하면 약간 쫄리니 여럿이 함께 갔으면 하는 생각이 깔렸다는 것, 부인하기 어렵다.

● 의무교육 과정을 밟지 않으면 어떻게 되나?

초등학교와 중학교 과정은 의무교육 과정이다. 초·중등교육법에 따라 부모가 아이를 초·중학교에 보내지 않으면 관련법에 따라 과태료를 물게 돼 있다. 하지만 이 법에 따라 과태료 부과라는 행정처분을 받은 사례는 전혀 없으니 관련법은 있으나 마나 하다고 봐도 좋을 것이다. 법대로라면 전국에 있는 대안 초등학교와 중학교에 다니는 아이의 학부모는 모두 관련 법률 위반자가 되며, 과태료를 물어야 할 것이다.

이 법이 사실상 사문화 상태인 것은 대안학교와 홈스쿨링 등 학교 밖의 대안교육이 이미 상당한 세를 구축하고 있기 때문일 것으로 보인다. 이런 상황에서 의무교육 과정을 거부하고 대안교육 쪽을 택한 학부모에게 과태료를 부과할 경우 대안교육이 사회적 이슈로 번져나가는 결정적 계기가 될 것이 거의 확실하기 때문이다. 초·중등교육법도 여론의 도마 위에 오를 수 있으며, 학교 밖 아이들을 위한 국가 차원의 지원을 요구하는 목소리도 한층 커질 수 있을 것이다. 그러니 정부로서는 공연히 건드려 문제를 일으키는 것보다는 모른 척하는 쪽을 택한 것 아닌가 싶다. 너굴이 초등학교 졸업 무렵 중학교 진학을 포기하겠다 했음에도 불구하고 학교 측은 별다른 반응을 보이지 않은 것 또한 이런 속사정 때문이라고 생각한다.

결국, 의무교육 제도는 부모가 아무런 대책도 없이 아이를 학교에 보내지 않는 등 자녀 교육을 내버려두는 무책임한 행태만은 막아야 한다는 취지에서만 제한적으로 작동하고 있는 것으로 볼 수 있다. 아울러 비록 학교 밖으로 나가더라도 대안학교에 들어가거나 홈스 쿨링을 하는 등 각자의 생각과 방식대로 자녀를 교육하는 데에는 걸림돌이 되지 않는다고 본다.

● 너굴의 진로를 두고 가족 간 이견은 없었나?

자녀의 진로를 둘러싼 부부간의 갈등은 흔히 있는 일이다. 아무리 금슬 좋은 부부라 할지라도 자녀교육에 관한 생각이 똑같을 수는 없다. 각자의 경험이 다르고 추구하는 가치가 다르니 당연한 일이다. 우리 부부라 해서 별난 건 없다. 생각의 차이가 다른 부부보다 크면 컸지 적지 않을 거로 생각한다. 그러니 그저 서로 부닥치지 않으려 애쓰고, 웬만하면 모른 척 넘어가 줌으로써 아슬아슬한 평화를 유지해나갈 뿐이라고 본다.

너굴이 학교 밖으로 나가는 문제처럼 특별한 사안이 발생했을 때도 마찬가지다. 너굴의 고민을 푸는 방법이라고는 학교 밖으로 나가는 것밖에 달리 방안이 없다고 본 건 나였다. 상황은 너굴로부터 발생했고, 대책은 내가 제안한 것이다. 중학교 진학을 둘러싼 위태로운 국면에서 다른 방안을 낼 수 없는 아내는 너굴과 나의 견해를 믿고 존중해 준 것이라고 이해한다. 사안은 중대했으나 이렇다 할 갈등이나 마찰은 거의 없었다.

돌이켜보건대 아내가 (적극 동의까지는 아니더라도) 너굴과 나의 선택에 따라 준 것은 중학교라는 공교육 과정에 대한 생각이 얼추 나와 비슷했기 때문이라고 본다. 학교 교육에 별 흥미를 못 느끼는 아이를 등 떠밀어 중학교에 진학시킨들 그게 무슨 의미가 있겠냐는 데 나와 견해를 같이했다. 그러느니 아직은 실컷 놀고, 하고 싶은 것 맘껏 하고 싶어 할 때 단 몇 년이라도 그러도록 하는 게 좋겠다는 데에도 고민 끝에 동의해줬다.

물론 남들 다 가는 중학교 진학을 포기한다는 것에 대해서는 걱정이 컸다. 뭔가 크게 잘못되는 건 아닌지 불안해했다. 비교적 통크고 담대한 편이지만 자식 걱정에 관한 한 여느 '엄마'들과 다를 바 없었다.

하지만 일단 동의해주고 결정을 내린 뒤에는 믿어주기로 했다. 아이를 믿고, 함께 내린 결단이 좋은 결실로 이어질 것이라 믿기로 했다.

지난 일을 가정한다는 게 부질없는 짓이겠지만, 만일 아내가 완강하게 반대했다면 어찌했을까 자문해본다. 그랬다면 너굴은 학교 밖으로 나가지 못했을 것이다. 나의 신념이라는 것이 아내의 반대를 넘어설 수 있을 만치 단단했던 건 아니었기 때문이다. 게다가 허약하기 짝이 없는 내 의지를 관철하는 것과 가정 평화를 도모한다는 것 사이에서 결국 후자를 선택했을 것이기 때문이기도 하다.

학교에 관한
아홉 가지
질문

2

너굴이 초등학교 졸업 뒤 학교 밖으로 나간 것은 일대 '사건'이었다. 쫄 것 없고 쫄지 말자 했지만, 시도 때도 없이 흔들렸다. 일찍이 경험하지 못했던 사건이 던진 수많은 질문에 답하는 것도 버거운 일이었다. 질문 들은 이제껏 정면으로 마주해 본 적 없는 것들이어서 더욱 곤혹스러웠 다. 대부분 우리 사회 상식과 통념 영역에 속한 질문에 대한 답을 상식 영역 밖에서 구한다는 건 무모해 보이기도 했다.

고민은 아이가 대안학교에 들어간 뒤에도 한동안 계속됐다. 다행이랄까, 대안학교에서 새로 만난 교사들과 일부 학부모들은 앞선 경험을 바탕으로 상식과 통념의 벽을 깨는 데 힘을 보탰다. 알고 있고 가본 길 외에 다른 길을 가고 찾는 데 서로 거들었다. 그렇게 어느 정도 시간이 흐르면서 '학교에 관한 질문들'은 조금씩 풀리기 시작했다. 딱히 정답이라 할 수 없는 이야기지만, '상식 밖의 영역'에서 나름대로 애써 구한 생각을 밝힌다.

대학, 왜 꼭 스무 살에 가야 할까?

우리 사회 질서는 권위적이기는 해도 흐트러짐이 없다. 가지런히 정돈된 질서에 편입돼 모두 물 흐르듯 살아간다. 오랜 세월 굳어진 틀 속에 각자 삶을 꿰맞추려 애쓴다. 비록 많은 시간과 돈이 들더라도 되도록 주어진 틀을 거스르려 하지 않는다. 그 틀 안에서 서로가 앞서거니 뒤서거니 각축전을 벌인다. 힘겹고 고단해도 숙명처럼 여긴다. 암만 고단해도 그저 남들 다 하는 대로 하는 게 좋겠다고 믿는다. 그게 안온하며, 더러 잘 안 되어도 '본전'일 거라는 믿음이 있다.

이를테면, 스무 살 안팎에는 누구나 대학에 가야 한다는 우리 사회의 이른바 '관행'만 해도 그렇다. 이게 무슨 헌법에 규정된 것도 아닌데 거의 모든 구성원이 철칙으로 여긴다. 누구나 그리해야 하며, 그리하지 않으면 무슨 큰일이라도 나는 양 호들갑을 떤다. 무슨 수를 써서라도 그 나이에는 대학에 가야 하며, 안 가거나 못 가면 이른바 '루저'가 된다. 재수는 기본이고 삼수, 사수까지 해가며 가야 하고, 결국 가지 못할 경우 인생의 낙오자라는 딱지가 붙는다.

황당한 풍경이다. 어느 코미디 프로그램에 등장하는 말마따나 "이거 왜들 이러는지" 알 수 없다. 도대체 대학이 무엇이고, 왜 꼭 '그 나이에 가야 하는지' 합리적인 이유를 나로서는 떠올리기 어렵기 때문이다.

먼저, 오늘날 우리 사회의 대학이라는 곳이 도대체 무엇이건대 이렇듯 다들 꼭 가려는 것인지 따져볼 필요가 있다. 대학이 지성의 전당이니 상아탑이니 하는 이미지를 벗어던진 지 오래다. 그 대신 기업이나 사학 재벌의 이미지 그럴듯한 수익 사업이며, 상당수 대학이 취업률을 앞세워 '국가 공인 대형 취업 학원'으로 거듭났음을 대놓고 홍보하고 있는 게 현실이다. 그나마 일부 대학 소수 졸업자만이 그들이 꿈꾸는 '번듯한 직장(?)'으로 진입하는 데 성공할 뿐, 절대다수는 졸업 후 다시 예의 그 '사회적 잉여' 대열에 합류할 수밖에 없다. 그것도 수천만 원의 빚더미를 안은 채 말이다.

자신의 삶에서 대학 나온 것이 아무 의미 없는 이들도 주변에 얼마든지 널렸다. 하릴없이 시간과 돈만 날렸다는 이 또한 얼마든지 많다. 고교 졸업생 대부분인 80%가 대학에 진학하는(2010년 교육과학기술부 통계) 사회의 우스꽝스러운 풍경이다. 이 불편한 진실은 우리 사회 누구나 잘 알고 있다. 그럼에도 불구하고 애써 외면하고는 오늘도 10대 피 들끓는 청춘들을 대학으로 몰아넣고 있다. 남들 다 가는 길이라면 목표야 어떻든 같이 가야 한다는 집단적 최면에 걸린 것 아닌가 하는 생각이 들 정도다.

누구나 스무 살 안팎 나이에는 반드시 대학에 들어가야 한다는 것 또한 우리 사회의 미신이 아닐까 싶다. 이것 또한 법률로 규정된 것도 아니고, 면면히 이어져 내려오는 관습법에 따른 것도 아닌데, 왜 들 꼭 그 나이에는 대학에 진학해야 한다며 거기에 목매는지 알다가도 모를 일이다. 그 바람에 우리 사회 모든 10대가 혹독한 고통을 당하고 있는데 말이다.

대부분 부모는 아이가 10대 중반에 접어들 무렵 경주마 다루듯 아이들을 다그치기 시작한다. 이후 의무 교육이 끝난 뒤 3년은 절대다수 학생이 대학입시라는 인생 최대 과제 앞에서 인간다운 삶을 포기해야 한다. 맘껏 잠자고 뛰어놀며, 음악을 듣고, 운동을 하는 등 또래 아이들이 마땅히 누려야 할 인간 본성 또한 최대한 억제해야 한다.

이런 상황은 정도 차이만 있을 뿐 ('공교육'이란 하나마나 한 수식이 붙은) 중학교 시절이라고 다를 바 없다. 심지어 초등학교 때부터 아이들에게 들이닥치기도 한다. 일부 극성스러운 학부모는 아예 아이들이 말을 배우기도 전에 '명문대학 진학' 프로젝트에 돌입한다는 소문도 들린다. 말 잘 듣는 착한 아이들은 이런 부모의 기대에 적극 부응해 일찌감치 '수험생 모드'로 자기 삶을 꾸며나가기도 한다.

우스꽝스럽지만 웃을 수 없는 풍경이 아무렇지도 않게, 심지어 자랑스럽게 벌어지고 있는 것은 예의 그 스무 살 무렵 누구나 겪어야 하는 통과의례 때문이다. 나름 전문가라는 학자들이 '교육학적 관점'에 따라 설정한 '생애주기에 꿰맞춘 교육 과정' 따위가 온 국민 삶을 총체적으로 지배하고 있는 셈이다. 그 과정에서 허다한 10대들은 대략 10년쯤 사람다운 삶조차 포기해야 한다. 물론 그 이후라고 크게 달라지는 건 없겠지만.

너굴이 초등학교를 졸업하자마자 학교 밖으로 나왔다는 것은 이런 굴레로부터 일찌감치 벗어났다는 것과 같은 말이다. 스무 살에는 대학 가야 한다는 '아주 오래된 굴레' 말이다. 그러니 초등학교 졸업 이후 눈부신 10대를 즐기고 있다. 이 글을 쓰고 있을 무렵 너굴의 동년배들은 고3이다. 방학이고 뭐고 없이 분주하게 보내고 있을 거다. 하지만 막내는 청소년수련관이나 도서관 등을 떠돌면서 틈틈이 배낭여행에 필요한 자료를 모으고, 용돈도 마련할 겸 아르바이트를 하고 있다. 공부라고는 영어회화를 조금 하는데 그럭저럭 해내고 있다. 성인이 된 뒤 배낭을 메고 세계를 떠돌려면 영어 몇 마디 할 줄 알아야 할 것 같기 때문이다.

너굴은 당연히 중고등학교에서 뭘 가르치는지는 자세히 알지 못한다. 그러니, 또래 아이들을 만날 기회가 있어도 같이 나눌 수 있는 얘기가 그리 많지 않다. 학교에 관한 이야기는 더욱 그렇다. 시간이 남아도니 커피숍에 앉아 책을 보든지, 도서관에 가든지, 서점에 하루 종일 퍼질러 앉아 있든지 별짓을 다 하는데, 그나마 규칙적인 생활하곤 거리가 멀다.

물론 너굴도 이따금 대학 가고 싶단 생각을 한다. 하지만 아직은 아니다. 자기가 뭘 잘하는지, 하고 싶은 게 뭔지 똑 부러지게 알 수 없으니 그렇다. 어찌 보면 또래 아이들보다 늦되다 할 수 있다. 대부분 또래는 10대 후반이면 대학과 전공 분야 등에 대한 설계를 끝낸다. 그러곤 한눈팔지 않고 목표를 향해 달린다. 어찌 그리들 빠른지 너굴로서는 도저히 따라잡을 수 없다. 그러니 학교 밖에서 어슬렁거리는 것인지도 모르겠다. 경쟁하지 않으니 속편하고, 쉬엄쉬엄 가자 하니 여유롭다.

너굴은 그렇게, 일단 피 끓는 10대 때는 마음껏 놀고 뛰고 책 읽고 영화 보는 등 하고 싶은 것 해보는 중이다. 대학은 그 뒤 생각해보겠다는 거다. 현재로선 굳이 갈 필요 없으니 안 가는 거다. 장차 뭔가 하고 싶은 데 대학이 도움 된다면 20대든 30대든 그때 가서 생각해도 좋을 것이다. 꿈 많고 하고 싶은 거 많은 10대를 오로지 대학 진학을 위해 쏟아붓고 싶지 않기 때문이다.

미성년이자 10대인 지금 너굴도 할 일이 너무 많다. 꿈을 꾸고 가꿔야 하는 때이기 때문이다. 본능에 따라 반응하고, 하고 싶은 것 다 해보며 꿈꾸고 있다. 홀로 여행도 다니고, 잠도 실컷 자고, 이곳저곳에서 열리는 강좌도 부지런히 찾아 듣는 등 되도록 불규칙적으로 움직인다. 그게 10대의 특권이며, 그 나이 때 안 해보면 평생 누릴 수 없는 인간 본성이라고 믿는다.

그런데도 굳이 스무 살에 대학진학이라는 무거운 과업을 부여하고는, 피 들끓는 청춘들의 본성을 거세하고는 좁은 틀에 가둬 다그치는 상황이 안타깝고 안쓰럽다. 대학입시라는 고리를 풀면 참 많은 문제가 덩달아 풀려나가고, 눈부신 10대를 찬란하게 보낼 수 있을 텐데 말이다.

경쟁 치열한데 규칙은 공정할까?

공교육에 대한 비판은 일일이 셀 수 없을 만큼 많다. 이 가운데 빈번하게, 그리고 강력하게 제기되는 건 획일적 교육이다. 저마다 다른 아이들을 하나의 틀에 가둬 교육하는 데서 오는 문제다. 이런 상황을 'SNS 시인'이라 불리는 하상욱 시인은 "특별한 우리 아이들을 평범하게 만들기 위해 많은 돈을 들이는 게 아닐까?"라고 꼬집는다.

사람이 열이면 저마다 개성이 다르다. 장단점도 제각각이다. 누구는 공부를 못하지만 공을 잘 찬다. 노래를 잘하는 아이는 달리기에 영 재주가 없다. 국어만큼은 잘하는데 숫자 울렁증이 있는 아이도 있다.

그렇다고 공교육이 아이들에게 저마다 알맞은 교육을 할 순 없는 노릇이다. 부분적으로 '특별한 활동'을 하도록 할 순 있겠다. 하지만 주어진 큰 틀 안에 아이가 맞추고 적응해야 한다. 규격화하고 표준화한 틀을 누구도 벗어날 수 없다. 규격화와 획일화는 근대교육 이후 200년 공교육 역사의 핵심 키워드이기도 하다. 공교육에 대한 대안교육 진영의 비판 역시 이 부분에 집중한다. 획일화와 규격화는 제각각 자유로운 인간의 본성을 억압한다고 본다. 이는 인간을 공산품 취급하는 거나 마찬가지란 주장도 있다.

획일화와 규격화는 필연적으로 경쟁과 서열화를 부른다. 처지와 형편이 제각각이며, 본성과 역량 또한 서로 다른 아이들에게 같은 질량의 과업을 안기는 데서 오는 또 다른 질곡이다. 지식 섭취와 소화 능력에 따라 아이들은 등급이 매겨진다. 매겨진 등급에 따라 아이들은 일렬종대로 줄 세워진다. 자연스레 앞자리를 차지하기 위한 치열한 다툼이 벌어진다. 애초 기계적으로 주어진 과업에 대한 소화능력이 없는 아이들은 좌절하고 절망한다. 그들 중 일부는 희망 없는 세상을 스스로 떠난다. 세상은 '자살'이라 규정하지만, 아이들에겐 학업이 삶의 전부라 강요되는 세상이라면 '사회적 타살'이기도 하다.

오래전 주워들은 얘기를 빌리면 이는 '돌고래의 죽음'이라 할 수 있다. 대안교육 진영에서 종종 인용하는 이야기인데, 오늘날의 학교를 사자와 독수리와 돌고래가 함께 벌이는 경기장에 빗댄 것이다. 물론 토끼와 붕어와 참새라 해도 상관없다. 날짐승과 들짐승, 물짐승이라면 아무래도 좋다. 얘긴즉슨 셋이 땅 위에서 100미터 달리기로 승부를 가린다. 이때 승부는 뻔하다. 날지도 달리지도 못하는 돌고래는 언제나 꼴찌다. 발조차 없으니 한 치도 앞으로 나아가지 못한다. 그나마 독수리는 형편이 좀 낫다. 다리가 있으니. 살짝 날개를 움직여 속도를 높일 수도 있겠다. 그래도 1위는 절대 할 수 없다. 승리는 언제나 사자의 것이다. 심각한 불공정 경주며, 하나 마나 한 경기다.

선수들의 처지와 형편을 전혀 고려하지 않는 경기에서 돌고래는 매번 좌절한다. 한 치도 나아가지 못하는 데서 오는 스트레스 또한 크다. 절망적 상황은 끝내 돌고래를 죽음으로 몰아간다. 이것이 돌고래의 죽음이다. 몇몇 돌고래는 아예 트랙을 벗어나 어두운 골목길에서 딴짓에 빠져들 수도 있을 거다. 상황이 우리네 학교를 똑 닮았다. 그렇다면 경기 종목을 다양하게 만들 수는 없을까. 수영 잘하는 돌고래는 수영으로, 빠르게 나는 독수리는 비행 종목으로 점수를 줄 순 없을까.

가능한 일이 아니다. 극히 제한적으로 기회가 주어지지만 그야말로 생색내기일 뿐이다. 오랜 세월 속에서 만들어진 공교육의 틀은 변함없고 흔들리지 않는다. 200년 공교육 역사 속에서 수많은 돌고래와 독수리가 희생됐지만, 처방은 항상 땜질식에 그칠 뿐이다. 앞으로도 그럴 게 뻔하다. 보편성과 획일성을 근간으로 효율성을 좇는 공교육으로선 돌고래나 독수리는 고려할 대상이 아니다. 되레 거추장스러운 존재일지도 모른다.

결국, 독수리는 창공으로, 돌고래는 바다로 나아가는 수밖에 없을 거다. 학교의 울타리를 넘어 더 넓은 바다와 하늘로 가야 한다. 비록 거칠고 험난한 길이지만 열패감과 모욕 속에서 청춘을 견디거나 좌절해야 하는 설움보다는 낫다. 이는 게임의 승패 문제가 아닌 생존의 문제다. 너굴 역시 달리기에서 일등을 차지하기보다는 소박하나마 행복한 생존을 위해 트랙을 벗어난 것이라고 믿는다.

학벌, 살아보니 중요하던가?

학벌이 행복을 좌우하느냐? 물으면 열에 아홉은 그렇지 않다고 말할 것이다. 오래전 나돌던 "행복은 성적순이 아니다"라는 말이 폭넓은 공감대를 형성하면서 유행어가 된 것도 그 좋은 예일 것이다. 너굴이 초등학교 졸업 뒤 학교 밖으로 나왔다는 것 역시 학벌에서 벗어났음을 말한다. 행복은 성적순도 아니고, 학벌이 살아가는 데 그리 중요하지 않을 것이라는 믿음이 있었기에 가능했다.

물론 이러한 믿음에 대한 반론도 얼마든지 있을 것이다. 이른바 명문대학을 나온 사람들이 더 높은 자리에 오르고 더 많은 돈을 번다는 것을 부정하기는 어렵다. 대학을 나온 사람과 초등학교를 나온 사람이 우리 사회에서 차지하는 이른바 '사회적 지위' 역시 적잖은 차이가 날 것이다. 그러니 너나 할 것 없이 좋은 대학에 보내기 위해 아이들을 다그치고, 학교마다 명문대 진학률을 높이기 위해 또 아이들을 다그친다. 내 아이만은 잘살도록 해야 한다는 부모들의 욕망과 우리 제자들만은 좋은 대학에 보내야 한다는 교사들의 바람이 가정과 학교를 가득 채우고 있는 현실이다.

하지만 대부분 부모와 교사들의 노력은 물거품이 되기 일쑤다. 최근 몇 년 동안의 대학 수험생 수는 60만 명쯤이다. 이른바 '명문대학'이라 하는 대학의 입학정원은 고작 1만 명을 조금 웃도는 수준이다. '인 서울'이라 부르는 대학의 입학 정원도 5만~6만 명 정도다. 결국, 60만여 명의 수험생 가운데 1~2%만이 이른바 명문대학에 진학하거나, 10% 정도만이 그럭저럭 괜찮다(?) 하는 '인 서울 대학'에 진학하는 셈이다. 나머지 50여만 명의 수험생들은 대부분 그리 원하지 않은 대학에 들어갈 것이다.

게다가 지난 십수 년 사이에 사이버대학을 비롯해 이름조차 낯선 대학들이 수도 없이 생겼으니 마음만 먹으면 대학 졸업장 따는 것은 그리 어려운 일이 아닌 시대다. 대학 진학률이 어느덧 80%대를 웃도니 말이다. 게다가 시간이 흐를수록 고등학교 졸업자 수와 대학 입학 정원이 거의 균형을 맞춰가니 '전 국민이 대졸자'인 시대가 머잖아 도래할지도 모른다. 대학 졸업이 이미 특별할 것도 없는 시대다. 이에 더해 대졸자 절대다수가 취업난에 시달리니, 대학을 졸업하고도 취업을 위해 학원이나 전문대에 다시 들어가는 경우도 흔하다.

대학을 둘러싼 이러한 상황은 우리 사회 양극화와 비슷한 양상이다. 10%와 90%로 뚜렷하게 갈라져 10%는 '빛나는 졸업장'과 학맥에 잇대 그들이 바라는 더 높은 곳을 향해 (예전부터 그랬듯이) 줄기차게 달려나갈 것이다. 하지만 나머지 90%는 우리 사회 구성원 대부분이 그렇듯 이런저런 현실적인 문제들과 부대끼면서 제각각 주어진 몫을 해내며 자기 삶을 살아나갈 것이다. 10% 안에 들지 못한다고 누구도 낙오자라 할 수 없으며, 10%는 더 행복하고 90%는 덜 행복할 거라는 법도 전혀 없다. 외려 더 높이 갈수록 불안하며, 더 많이 가질수록 덜 행복할 수 있다는 게 우리 시대 멘토들의 가르침이다.

우리 주변만 봐도 90% 사람들은 학력과 아무 관계없이 각자의 삶을 살고 있다. 비록 사회적 지위가 높지 않아도 이웃들과 더불어 따뜻한 삶을 살아가는 이들도 적잖으며, 가진 것 없어도 나눔의 가치를 실현하며 스스로 행복해 하는 이들도 얼마든지 있다. 애써 경쟁하지 않고 느긋하게 자신만의 가치를 실현해가는 이들도 있으며, 종일 남의 머리칼을 다듬을지언정 존엄성을 잃지 않고 살아가는 이도 흔하다. 1%든 10%든 그 안에 들지 못했다 해서 저주받은 삶도 아니며, 불행의 길로 가는 건 더더욱 아니다. 행복은 성적순이 아니라는 말은 수많은 사람의 경험을 통해 나온 집단지성의 산물인지라 그보다 명확한 삶의 진리는 따로 없을 것이다.

다시 말해 행복과 가치 있는 삶은 서울에 있는 대학, 즉 10%만의 것이 아니다. 그것은 학벌로 규정되는 것도 아니다. 반대로, 성적 올리기와 정답 맞추기에 최적화되도록 길든 이들이야말로 되레 인간의 존엄성과 참된 삶의 가치를 잃고 살아가는 것일지도 모른다. 학력이나 학벌 따위와는 아무 상관없이 청소년기부터 일찌감치 스스로 존엄함을 유지하며 행복을 만들어가는 아이들이야말로 제대로 멋진 삶을 살아가고 있다고 믿는다.

놀이는 배움보다 하찮은 걸까?

우리나라 10대 삶은 단순하다. 10대 중반 이후에는 더욱 단순해진다. 눈 뜨면 밥 먹고 학교 가고, 늦은 밤 집으로 들어가 씻고 잔다. 그새 학교에 머물거나, 학원과 독서실 등을 오간다. 그렇게 정해진 동선을 다람쥐 쳇바퀴 돌듯 돌고 돈다. 공교육에 몸담은 한 대부분 그렇다. 그 반경을 벗어나면 문제아가 되기에 십상이다.

부모들은 아이들을 쳇바퀴 안에 가둬둠으로써 안도한다. 아이들은 그 안에 머물 때 이른바 '성공'할 수 있다고 믿는다. 미몽일 수 있지만 체제가 요구하는 바대로 그렇게 길든다. "공부 잘하고, 말 잘 듣는 착한 학생"은 '좋은 인적 자원'이 갖춰야 할 핵심 요소다. "모범생은 환경에 잘 적응하지만, 문제아는 환경을 자신에게 맞게 바꾸려 한다"고 말했던 영국 극작가 버나드 쇼의 발언은 적어도 이 땅에서는 씨도 안 먹히는 소리일 뿐이다.

공교육의 위엄과 질서는 아이들이 주어진 틀 안에 적응하고 머물러 줄 때 비로소 유지된다. 10대에 관한 모든 문제는 감히 환경을 바꾸려 하거나, 질서의 존엄성을 해치는 녀석들에 의해 발생한다고 본다. 그러니 나오는 대책이라고는 경계를 벗어난 아이들을 제재하는 것으로 요약된다. 이따금 토끼몰이 방식을 동원하기도 하는데, 우리 사회 10대 아이들을 사람으로 여기지 않는 것 아닌가 걱정된다. 이런 정책은 일부 교육 또는 청소년 관련 전문가나 관료들의 식견을 반영한 결과일 텐데, 그들에게 그 이상의 정책을 기대하는 건 무리 아닌가 싶다.

설사 아이들을 토끼 정도로 여기더라도, 그 토끼가 사육장을 자꾸 뛰쳐나오려 한다면 사육장부터 살펴야 할 거다. 사육장 안에 대체 어떤 문제가 있는지 아이들 눈으로 꼼꼼하게 살펴야 할 것이다. 사육장 안에서는 죽을 것 같아 탈출했다는데 아이들부터 닦달하는 어른들 처사가 딱하다. 아이들 문제의 원인을 짚어내고 처방을 내는 데 있어, 아이들 본성은 눈곱만치도 고려하지 않는다. 무능하기는 해도 윗전에는 충직한 이들이 권한을 틀어쥐고 교육계를 좌지우지하는 한 애꿎은 아이들만 골병드는 상황은 계속될 것이다.

사람 아닌 토끼처럼 10년 가까운 세월을 보낸 아이들이 이끌어갈 우리 사회 미래 또한 도무지 밝아 보이지 않는다. 그런데도 사회는 '사육장 안'이 아닌 '사육장 밖'에서, 본질이 아닌 엉뚱한 영역에서 문제의 원인과 처방을 구하고 있다. 그러니 문제가 제기된 지 몇십 년 세월이 흘러도 오답만 줄기차게 제출하고 있다. 문제의 본질을 모르고 있거나, 알면서도 굳이 해결하고 싶어 하지 않기 때문일 텐데, 아마도 둘 다 맞을 것이다.

학교나 청소년 문제의 본질은 아이들 본성이 학교 틀 안에서 무시되고 있다는 데 있다. 아이들의 존엄한 본성이 억압적으로 통제되거나, 다치고 훼손당하고 있다는 데서 여러 문제가 잇따라 일어나고 있다. 10대 미성년자는 '학생'이기에 앞서 '사람'이라는 것을 고려한다면 상황은 좀 달라질 것이라는 이야기다.

무릇 인간다운 삶은 놀이와 휴식과 노동의 조화로움에서 온다. 교육이라는 이름의 배우고 익히는 일 또한 인간의 본성 중 일부분이다. 아직은 노동하지 않아도 좋은 10대 청소년들은, 그 대신 배움에 힘쓰도록 사회적 시스템이 작동한다. '국민'이 마땅히 해야 할 의무라는 것에 '교육'이 포함돼 있는 이유이기도 하다.

그렇다면 10대 청소년들은 마땅히 배움에 힘쓰는 한편, 그만큼의 놀이와 휴식도 적절하고 조화롭게 보장되어야 할 것이다. 기계적으로 균등 배분할 수야 없는 일이지만 배움의 시간만큼 놀거나 쉬는 시간이 주어져야 한다. 잘 놀고 잘 쉬는 것 역시 아이들이 살아가야 할 세상에서 중요한 몫을 차지하고 있기 때문이다. 마치 세상의 모든 것을 알아내고 말겠다는 듯 왕성한 흡수력을 가진 10대 아이들에게는 잠자며 꿈꾸는 것조차 배우고 익히는 과정이라고 믿는다.

그런 아이들에게 오늘의 일상은 심각한 장애 상태다. 아이들의 일상은 '교육'에 집중돼 있을 뿐 휴식과 놀이는 보장돼 있지 않다. 그나마 주어진 시간은 말 그대로 생색내기 수준이다. 아이들도 아주 가끔 사람일 수 있다는 정도에 그친다. 마치 터지기 직전의 압력 밥솥 김 빼주는 정도로 보장해주면 된다고 믿는 것 같다.

일상의 균형과 조화로움이 깨진 상태에서 아이들은 극심한 '정신적 장애'를 일으킬 수밖에 없다. 오늘날 학교 현장에서 터져 나오는 갖가지 우울한 소식들을 보면 그렇다. 아이들이 처한 상황 자체가 '장애' 상태인데, 그런 아이들이 정상이길 바란다는 것 또한 상식적 사고라 보기 어렵다.

삶의 건강성은 놀이와 휴식과 노동의 조화로움에서 온다는 건 상식이다. 노동으로 지친 몸과 마음을 쉬게 하고, 놀이를 통해 삶에 즐거움을 줌으로써 사람은 몸과 마음의 건강을 유지해나간다. 이 세 가지 균형을 잃을 때 인간의 본성은 피폐해지거나 파괴되기 때문이다.

그러나 이런 상식은 오늘날 우리 아이들에게 적용되지 않는다. 아이들은 되도록 '(공부)기계'에 가까워져야 한다. 심신이 피폐해져도 견디고 버텨야 한다. 장애를 일으키든 고장 신호를 보내든 주어진 목적지를 향해 그저 내달려야 한다. 그 과정에서 잇단 사상자가 발생해도 아랑곳하지 않는다. 아이들이나 어른들이나 다들 뭔가에 씐 형국이다.

그럼에도 불구하고 학교는 흔들리지 않는다. 집단적 미신과 비이성이 지배하고 있는 학교가 스스로 변화할 가능성 또한 거의 없다. 그러니 아이들이 사람의 본성을 회복하고, 이성적으로 살아남는 방안은 단 하나, 학교 밖으로 나오는 것뿐이다. 이는 이미 공교육을 대체하는 대안교육의 문제가 아니라 우리 아이들의 '사람다움'과 존엄성의 문제이기도 하다.

바짝 묶어두면 쑥쑥 잘 자랄까?

아이를 양육하는 부모의 방식은 제각각이다. 저마다 자신의 경험과 지식에 따라 아이를 키우고 가르친다. 부모는 자신의 삶 속에서 체득한 경험칙에 상당한 무게를 둔다. 살아보니 어떻더라는 것만큼 신뢰성을 갖는 건 따로 없다. 성공담이든 실패담이든 경험은 곧 교훈이 된다. 작은 성공이라도 그에 이르는 방식과 경로는 또렷하게 기억 속에 자리하며, 뼈아픈 실패의 추억 또한 적절한 가공과 포장을 거쳐 뼛속 깊이 새겨진다. 이는 아이를 향해 가지 말아야 할 길을 가리키는 이정표가 된다. 부모의 삶 전체가 아이들을 향한 교훈이며 지침인 셈이다.

이처럼 제각각인 지식과 경험을 바탕으로 부모는 아이를 일정한 방향으로 이끈다. 특정한 방향을 설정하고 뒤에서 밀어주거나, 가지 말아야 할 곳을 못 가도록 앞에서 이끌어준다. 물론 그 방향 설정은 부모의 몫이다. 아이는 부모의 영토 안에 머문다. 영토의 넓이는 제한적이다. 부모가 설정한 만큼을 벗어나진 못한다. 마음이야 영토를 넘어 마냥 달리고 싶지만, 감히 그러기 쉽지 않다.

하물며 영토는 편안하고 따스하다. 그 속에 머무는 한 딱히 춥고 배고플 일은 없다. 위험한 것도 부모가 다 막아주니 걱정할 것 없다. 그저 부모가 설정한 방향으로, 주어진 규칙에 따르면 된다. 그게 부모와 자신을 위한 길이다.

때로는 영토 밖으로 나가고 싶기도 하다. 그 밖에는 대체 무엇이 있는지 궁금하다. 시계추처럼 학교와 집을 오가는 일상 또한 마냥 견디기 어렵다. 야생의 본능이 살아 있는 시퍼런 청춘이니까.

하지만 본능은 쉽사리 발현될 수 없다. 부모와 학교의 벽에 갇혀 억제된다. 부모와 교사가 설정한 영토를 결코 벗어날 수 없다. 야생은 그 틀 안에서 제어되고 길든다. 부모와 교사들은 길들수록 성공이 보장된다고 말한다. 누구나 말하되 누구도 보장하지 않지만 그게 진리란다. 살아보니 그렇더라는 거다.

이렇듯 대부분 부모는 아이를 하나의 끈으로 붙들어 매 둔다. 아이는 그 끈 길이를 반지름 삼아 설정된 영토 안에 머물러야 한다. 끈의 길이는 부모 삶의 반영인지라 이 또한 제각각이다. 아이를 바짝 죄는 짧은 끈도 있고, 묶으나 마나인 긴 끈도 있다.

짧은 끈은 부모나 아이나 더 큰 인내와 노력을 요구하지만 보상이 크다고 믿는다. 학교와 집, 학원이라는 세 꼭짓점을 겨우 빙빙 돌 정도로 반경은 좁다. 하루 24시간을 분 단위로 쪼개 이 좁은 영토를 돎으로써 마침내 아이와 부모가 함께 꿈꾸는 성공이 보장된다고 믿는다.

반면, 긴 끈은 느슨하고 여유롭지만 왠지 불안하다. 부모가 긴 끈을 원한 게 아닌 경우가 대부분이다. 아이를 묶어두는 끈은 짧을수록 좋다고 믿는 게 대부분 부모 마음이다. 하지만 짧은 끈의 통제에는 상대적으로 많은 시간과 돈이 든다. 맞벌이에 분주한 부모이기에 어쩔 수 없이 긴 끈으로 묶어뒀지만, 아이의 미래를 보장할 수 없을지 모른다는 불안감에 사로잡히기 일쑤다. 그러니 어떻게든 끈 길이는 짧아져야 하고, 짧을 수 있기 위한 노력을 멈추지 못한다. 오랜 기간 지속해온 짧은 끈에 대한 믿음은 시간이 흐를수록 더욱 단단해진다. 덩달아 아이들이 몸살을 앓고 있지만 부모의 믿음은 좀체 흔들리지 않는다.

그렇다면 과연 그 믿음은 검증된 믿음일까. 부분적으로야 그럴 수 있겠지만 전반적으로 허상에 대한 믿음이다. 소수는 짧은 끈에 잇대 그들이 바라는 것을 마침내 이루겠지만, 대다수는 이루지 못한다. 거의 모든 부모가 이루고자 하는 곳에 놓인 자리나 의자는 매우 제한적이며, 시간이 흐를수록 줄어들고 있다. 금융산업과 정보기술을 바탕으로 한 오늘날 신(新)경제 체계의 한계다. 그러니 몇몇 소수는 그 자리에 오를지언정 나머지는 짧은 끈의 쓰디쓴 고통에 값하는 바를 얻지 못한다.

아이는 묶어두는 끈 길이만큼 자란다고 나는 믿는다. 끈의 길이가 길면 길수록 더 크게 자랄 것이라고 본다. 딱히 과학적 근거나 수치를 들어 증명해 보일 수는 없기는 '짧은 끈의 효과론'도 근거 없긴 마찬가지다. 피차 입증해 보이기 어려운 터, 그저 많은 부모가 그런 믿음을 가졌으면 하는 바람이자 권유이다. 한발 더 나아가 끈을 아예 끊어버린다면 어떨까. 아이의 성장 가능성은 무한대에 가까워질 것이라고 믿는다. 10대 아이들의 무한한 잠재력과 역동성을 고려하면 분명 그럴 것이라로 생각한다.

자신을 옥죄고 있는 끈으로부터 해방된 아이들은 더 넓은 세상을 달릴 것이다. 더 많이 보고 듣고 더 많은 경험을 할 것이다. 더 다양한 꿈을 꾸면서 세상 곳곳에 숨겨진 더 많은 길을 찾아낼 것이다. 10대 아이들에게 자유로움은 세상 그 어느 것보다 효능이 뛰어난 의식과 영혼의 자양분이니 말이다. 우리의 아이들이 그 자양분을 맘껏 섭취할 수 있다는 것만으로도, 묶어두는 데서 오는 부작용보다는 훨씬 적을 것이다.

오늘 불행하면 내일 행복할까?

모든 훈시는 근엄하고 묵직하다. 아리송한 한자나 영어까지 버무려 만든 훈시는 운율까지 갖춰 무게감을 더한다. 10대의 펄펄 뛰는 심장에 깊게 똬리 튼 일련의 가르침은 오랜 세월 옹이처럼 박혀 있다. 내게 남아 있는 교훈(敎訓)이나 급훈(級訓), 또는 통치자들의 가르침 또한 그렇다. '인내는 쓰고 열매는 달다'거나 '(노력)하면 된다(Effort makes Perfect)' 등인데, 수사(修辭)가 제법 찬란하다.

'성실'이라는 덕목 또한 그렇다. '성실하라'는 말 한마디에 하늘이 무너져도 제시간에 학교 가야 했고, 시키는 일은 무조건 따라야 했다. 아리송한 낱말 앞에 아픔이나 욕망도 억눌러야 했다. 말의 권위는 대단한 것이어서 오랜 시간이 흘렀음에도 좀체 잊히지 않는다.

그렇다고 말이 생명을 유지하고 있는 건 아니다. 기억하고 있을 뿐 의미를 잃은 낱말들의 조합일 뿐이다. 살아보니 그게 아니더란 얘기다. 세월 속에 익힌 '경험칙' 앞에 무늬만 찬란한 가르침들은 허무했다. 인내는 썼지만 열매는 이렇다 할 게 없다. 노력했지만 되는 건 별로 없다. 간혹 되는 것도 있었지만, 별로 노력 안 해도 얻거나 이룰 수 있는 것들이었다. 하여, 내 10대를 지배한 가르침들은 학교 밖으로 나온 뒤 속속들이 용도 폐기됐다.

성실 역시 의미 없기는 마찬가지다. 성실이라는 구호에 말없이 따르는 것 또한 타성에 젖는다는 것과 동의어라는 걸 성인이 되어서야 알아차렸다. 한눈팔지 않는 성실은 창의적일 수 없으며, 의심하지 않는 성실 역시 어리석은 짓일 뿐이다. 진정한 성실은 자율성을 밑거름 삼아 스스로 충실한 것을 말한다.

그런데도 학교 안의 훈시는 질긴 생명력을 자랑한다. 어제의 10대를 지배한 가르침은 오늘의 10대를 다시 옥죄고 있다. 시대를 초월해 먹혀드는 건 어제오늘 10대 처지가 비슷하기 때문이다. 아이들을 옥죄는 데 곧잘 써먹는 '인내와 열매', '성실'이라는 가르침만 봐도 그렇다. 메시지를 전하는 메신저들은 학교 안 아이들에게 성실과 인내를 종용한다. 그들의 고달픔을 알긴 아는 거다. 그러니 그저 인내하라 가르친다. 달리 뾰족한 수가 없단다. 학교 안에 '다른 길'이 있다면 그게 비정상일 게다. 다만, 고단하고 고달픈 오늘을 견디면 내일이 달콤할 것이라 장담한다.

이런 메시지는 삶의 궤적을 인과 관계로 설정한다. 10대는 혹독한 대가를 치러가면서 내일을 준비하는 시기라 규정한다. 미래의 달콤한 열매를 위해 오늘 행복은 유보 또는 포기되어야 마땅하다고 주장한다. 불행해도 견뎌야 하는 10대들이니 인권도 포기된다. 억압과 규제 또한 아이들 앞날을 위한 보약쯤으로 받아들여져야 한다. 심지어 교사의 매질마저 '사랑의 매'로 포장된다. 이쯤 되면 학교 안 10대들은 살아도 산 게 아니다. 인간이면 누구나 누려야 할 인권과 행복추구권 등조차 보장되지 않으니 '사람' 축에 든다 말하기도 어렵다.

'인내와 열매'는 아이들의 미래를 밝히는 메시지라기보다 효율적 통제를 위한 주문(呪文)에 가깝다. 거의 모든 아이는 이 주문이 강요하는 대로 인내할 뿐이지만 '단 열매'를 얻는 건 극소수에 불과하다. 다 함께 인내한들 (그들이 말하는) 단 열매를 얻을 확률은 형편없이 낮다는 건 학교 통치자들이 더 잘 안다.

무엇보다 교육을 '단 열매'를 얻기 위한 도구나 수단으로 여긴다는 것 자체에 문제의 심각성이 있다. 아울러 그런 의식을 가진 자들이 아이들을 가르치는 상황이 오늘의 공교육 위기를 몰고 왔다고 본다. 교육은 스스로 가진 내재적 가치가 매우 소중하기 때문에 그 자체가 목적이어야 한다는 건 상식에 속한다. 물론 학교 밖 사교육 영역에서야 특정 목적을 위한 수단이 되기도 하지만, 적어도 공교육 틀 안에서만큼은 교육 자체가 목적이 되어야 한다는 게 정설이다. 그런데도 학교가 앞장서 교육을 '단 열매'를 얻기 위한 도구로 삼고, 아이들의 행복을 접어두도록 강요하는 한, 이 시대의 학교는 병영과 학원을 버무려 만든 또 하나의 괴물이 될 수밖에 없다.

대안교육계에서 오가는 이야기는 오늘날 이처럼 괴물이 된 학교의 주문을 조롱한다. 공교육을 떠맡은 이들은 오늘이 써야 내일이 달다고 하지만, 대안교육계 벗들은 '오늘 행복한 아이들이 내일도 행복하다'고 반박한다. 행복은 먼 미래의 어느 날 저절로 주어지는 게 아니라 바로 오늘 자기 주도적으로 만들어나가는 것이라 보기 때문이다. 따라서 대안교육에서는 오늘 행복하기 위해 행복할 수 있는 '꺼리'를 찾고, 없으면 만든다. 하루도 불행해서는 안 된다는 듯 그 안의 아이들은 '꺼리'를 찾아 분주하게 움직인다. 노작(勞作)에서 행복해 하고, 여행에서 새로운 행복을 찾고, 축제를 만들며 행복해 한다. 그게 다 교육이니 행복한 교육이며, 그 자체가 대안교육 목적의 하나이다.

성실해야 한다는 건 대안교육 아이들도 마찬가지다. 다만, 누군가의 바람이나 욕망을 위해 성실해야 하는 건 아니며, 스스로 욕망에 성실하기 위해 애쓴다. 자신들의 형편과 처지에 맞게 생활 규칙을 만들며 이를 성실하게 지키려 노력한다. 교사의 바람이나 부모의 욕망에 성실한 게 아닌 자기 자신의 행복을 위해 자신에게 성실하고자 하는 것이다.

대안교육 아이들은 이렇듯 일찌감치 스스로 행복할 수 있는 조건과 환경을 주도적으로 만드는 방법을 깨쳐나간다. 경쟁하기보다는 서로서로 도와가며 함께 행복을 만들어 간다.

오늘 하루 무엇으로 어떻게 행복을 누릴지 고민하는 대안교육계의 아이들, 스스로 행복할 수 있는 여건을 창조해 나가는 시간 속에서 행복디자이너가 돼간다. 억압과 속박으로부터의 도피 또는 탈주가 아닌 창조적으로 행복을 만들어가는 그 아이들은 오늘 행복하기에 내일도 행복할 수 있을 거라고 믿는다.

모든 걸 걸면 꿈은 이뤄질까?

도시 곳곳에 학원 간판이 눈부시다. 수도권 일대 목 좋은 곳은 이름깨나 날리는 학원들이 점령했다. 도시의 일부 거리는 '학원가' 라는 이름표까지 달았다. 학원가는 어둠이 깔릴 무렵 지친 10대들과 수발드는 부모들, 그들의 차량과 학원버스로 북적댄다. 학원들은 앞다퉈 '대형학원'으로 자라고, 몇몇 학원은 마침내 초대형 학원으로 우뚝 선다. 초대형으로 자리 잡은 학원은 영토를 확장해 전국 곳곳에 계열 학원을 세운다. 이른바 '사교육 재벌'이다.

사교육 재벌의 진화 양상도 여느 재벌과 다를 바 없다. 코스닥에 진출했다는 등, 부의 축적에만 그치지 않는다. 아예 공교육 영역에도 진출해 공교육계 거물 노릇을 하는가 하면, 정치판에도 뛰어들어 권력에 대한 욕망을 충족하는 모습도 심심찮게 눈에 띈다. 이들의 정치권 진출과 거대해진 사교육 시장의 위세에 밀려 사교육 시장에 대한 일련의 규제 조치들은 번번이 솜방망이 처방에 그치곤 한다.

'88만 원 세대'의 저자 우석훈은 허다한 학부모의 성원에 힘입어 성공한 사교육 재벌들의 이야기를 들면서 '잔인하고 천박한 자본주의의 극치'를 보는 것 같다고 논평한다. 수많은 가계의 가처분 소득을 크게 줄여 소수가 독식함으로써 내수 경제를 위축시키는 등 나라 경제 활성화에 거의 도움이 안 되는 대표적 '기생산업'이라 질타한다. 강한 것은 더 강해지고 약한 것은 더 약해지는 등 오늘날 경제 상황 돌아가는 이치 자체가 잔인한 터, 굳이 사교육산업만을 겨냥할 건 아니라고 본다. 공교육마저 돈과 명예와 권력을 쥐기 위한 수단으로 전락했으니, 교육을 팔아 부를 축적하는 산업이 커지는 것은 자연스러운 일이다. 더 많은 돈은 더 큰 '출세' 또는 '성공'과 거의 동의어니 말이다.

사회 돌아가는 이치가 이러하니, 없는 살림에 아이들 사교육비로 적잖은 돈을 사교육 재벌에게 갖다 바치는 우울한 상황을 뭐라 할 수는 없겠다. 하지만 더 많은 돈이 곧 더 큰 세속적 출세와 성공을 보장하는 사회는 마치, 더 많은 밑천이 더 높은 승률을 가져오는 노름판과 흡사하다는 점에서 밑천 적은 쪽이라면 이런 게임을 계속할 것인지 돌아보아야 할 때가 되지 않았나 싶다.

우석훈 씨 말마따나 우리 사회의 귀족들은 '껌값' 정도를 풀어 자신의 아이를 손쉽게 귀족 반열에 올려놓을 수 있다. 돈의 힘이다. 가진 것 별반 없는 서민이라고 해서 가난을 대물림할 수는 없는 일, 저마다 허리띠를 조르고 악다구니를 써가며 '피 같은 돈'을 사교육에 쏟아붓는다. 하지만 그들은 쉽사리 귀족의 반열에 들지 못한다. 이미 시대는 '개천에서 용 나기' 어려운 사회라는 것, 모르는 사람 아무도 없다. 하루가 멀다 하게 수시로 바뀌는 교육 정책에 재빨리 적응하는 쪽은 언제나 돈과 정보를 더 많이 가진 쪽이니 그렇다. 복잡하고 수시로 변하는 교육 제도도 사회 양극화에 한몫하는 셈이다.

물론 이따금 몇몇 가난한 이웃들의 성공신화(?)가 간헐적으로 포착되기는 한다. 복권 당첨 확률처럼 극소수다. 하지만 그들이 있기에 저마다 희망을 안고 사교육 대열에 끼어든다. '개천에서 난 용'들 이야기인 '성공신화' 드라마의 사회적 비중이 높은 진짜 이유는 바로 이 때문일지도 모르겠다. 마치 너나 할 것 없이 허리띠를 졸라매며 투자하면 성공할 수 있다는 믿음(어쩌면 환상)을 키우는 거대한 바람잡이 효과 말이다.

'구성의 오류'라는 이야기가 있다. 오늘날 사교육 재벌 시대를 풀이하는 데 그럴듯한 논리다. 일테면 야구장에서 몇 사람이 일어나면 모두 일어설 수밖에 없는 상황이 된다는 건데, 사교육 팽창 메커니즘이 딱 그 짝인 듯싶다. 모두가 앉아 있다면 다리 아플 (추가 지출할) 일 없다는 건 누구나 다 안다. 그런데도 몇몇이 일어서니 결국 모두 다 일어나는 사태가 벌어지는 거다. 어찌 보면 코미디 같은 상황이지만 웃을 수만도 없는 블랙 코미디다.

상황은 여기서 끝나지 않는다. 이처럼 나쁜 상황은 더 나쁜 상황으로 치닫는다. 모두 다 서서 구경하니 답답하게 여긴 성급한 몇몇은 아예 의자 위에 올라선다. 그러면 뒷사람도 올라서게 되고 결국, 나머지 관객도 다 의자에 올라간다. 사교육에 견줘 보면 한마디로 '무한 지출 게임'을 벌이는 상황이다. 이런 게임에서 최후 승자는 언제나 밑천 두둑한 사람일 수밖에 없다. 불을 보듯 뻔하다. 일반 관객 모두가 의자 위에 올라서 야구를 구경하는 사이, 주머니가 빵빵한 이들은 귀빈석에서 편하게 앉아 관람한다. 아니면 더 많은 대가를 지급하고 별도의 방 안에서 우아하게 와인을 마셔가며 경기를 지켜볼 수도 있을 것이다. 돈이면 안 되는 게 없는 세상이니.

이처럼 승자가 정해져 있는 특정 게임에 뛰어들어, 입에 풀칠할지언정 모든 것을 거는 게 이 땅 대부분 부모 마음이다. 오로지 자식 걱정 때문일 텐데, 승률 낮은 게임에 뛰어드는 것처럼 우울하고 안타까운 풍경이다. 부모들의 마음은 잘 알겠으나, 그러느니 차라리 발길을 돌리는 건 어떨까 싶다. 승자독식 논리가 지배하는 게임에 뛰어드는 것보다는 작아도 가치 있는 것을 얻을 확률이 높은 쪽을 찾으면 어떨까 하는 생각이다.

모두 다 야구장에 몰려 있다고 해서 그곳이 꼭 최선은 아니다. 무엇보다 아이들의 잠재력은 우리가 헤아리기 어려울 정도로 넓고 크다. 그러니 굳이 야구장이 아니더라도 얼마든지 잠재력을 발휘할 수 있을 거다. 아이의 재능과 잠재력을 믿고, 붐비는 야구장을 빠져나가자는 거다. 야구장 밖에는 더 멋지고 여유로운 길들이 얼마든지 많으니 말이다.

엄친아는 왜 그리 흔한 걸까?

공교롭다고 해야 하나. 엄마 친구 아들은 죄다 똑똑하다. 공부도 잘하고 말도 잘 듣는단다. 굳이 이래라저래라 하지 않아도 뭐든 다 알아서 한다. 게다가 외모도 준수하고 키도 크단다. 본 적은 없지만 귀에 못이 박히도록 들었다. 굳이 안 봐도 엄마들이 아이에게 바라는 거의 모든 걸 다 갖춘 '범생이의 종결자', 이른바 '엄친아'이다.

한데, 주변을 둘러보면 그런 아이들은 흔치 않다. 한 학급에 고작 한두 명 꼽을까 말까 할 정도다. 그나마 녀석들은 '종결자'라 하기엔 뭔가 모자라는 구석이 있다. '진정한 종결자'의 반열에 드는 아이들은 학교 전체에서 몇 명 될까 말까다.

주변의 엄마 친구 아들들이 죄다 '범생이의 종결자'라면 곳곳에 널린 게 엄친아일 거다. 엄마들의 얘기대로라면 나만 빼곤 대부분 열심히 공부하고 말 잘 듣는 모범생이다. 비록 종결자 수준에는 들지 못하더라도 말이다. 그런데 현실은 그렇지 않다. 범생이의 종결자는 희귀종이며, 대부분 아이는 그저 그렇다. 그렇다면 대체 진정한 '엄친아'는 어디에 있는 걸까. 그들만이 따로 모이는 곳이라도 있는 것일까.

물론 그럴 리 없다. 엄친아는 애당초 존재하지 않는다. 허상이며, 엄마들의 욕망이 빚어낸 유령이다. 나도 알고 너도 알며, 심지어 엄마들도 다 안다. 우리 아들도 그저 그랬으면 좋겠다는 욕망의 결정체다. 엄마들이 그리는 이상이며, 아이가 그 상을 닮아가길 바랄 뿐이다.

그렇다면 그런 엄마들의 전략이 현실에서 먹혀들어갈까. 한마디로 턱도 없는 소리다. 먹히기는커녕 반발만 불러일으킬 뿐이다. 되레 아이의 자괴감만 키우거나, 열등의식을 증폭시키는 등 부작용이 크다. 무릇 절대적 빈곤보다 상대적 빈곤이 더 뼈아프다. 배고픈 건 참아도 배 아픈 건 참기 어렵다. 가뜩이나 힘겨운 상황에서 비교됨으로써 더욱 비참해질 뿐, 대오각성(大悟覺醒) 같은 것은 당최 일어나지 않는다.

따져보면 엄친아는 살아가는 데 필요한 수많은 요건 중 겨우 몇 가지만을 완벽하게 충족한다. 그런데도 모두가 엄친아의 필요충분조건을 설정하곤 이를 욕망한다. 눈높이와 기준치가 높으니 대부분 아이가 그 요건에 미치지 못한다. 결국, 욕망은 절망과 좌절로 이어지기 일쑤다. 부모도 아이도 스스로 다다르기 어려운 목표를 설정하곤 자책하고 좌절하는 해괴한 상황이다.

아이들은 모두 저마다 좋아하고 잘하는 것 몇 가지는 갖고 있다. 그걸 근거 삼아 목표치를 설정할 순 없을까. 이를 무시하거나 외면한 채 엄마 친구 아들이 되라고 몰아세우는 것이 정말 부모의 애정이고 사랑에서 비롯된 것이라 할 수 있을까. 이제라도 엄친아를 향한 허황한 욕망을 버리고 참된 사랑으로 돌아가야 하지 않을까. 우리의 아이들이 더는 아프거나 앓지 않도록 상식으로 돌아가야 하지 않을까. 이루지 못할 욕망이 아닌 참된 애정으로 아이들을 만나야 하지 않을까.

세상의 모든 아이는 엄마가 친구 아들을 부러워할 게 아니라, 자기 자신을 자랑스러워하고 존중해 줄 때 비로소 몸과 마음이 쑥쑥 자란다는, 지극히 상식적인 이야기를 다시 떠올릴 때다.

대학, 4천만 원 투자할 만한 걸까?

큰딸이 대학 졸업반, 4학년이다. 하지만 신분이 애매하다. 학생인지 비정규직 노동자인지 헷갈린다. 아르바이트와 학업을 병행하는데, 아르바이트 시간이 대학 수업시간보다 훨씬 많다. 대학수업은 고작 1주당 20여 시간. 반면 아르바이트 시간은 한 주에 30시간 안팎이다. 그렇다면 주업은 비정규직 노동자일 텐데, 다들 학생이라 부른다. 신분은 뭔가 그럴듯하게 보이는 것으로 규정되나 보다.

아이가 대학생이자 비정규직노동자라는 이중 신분을 갖게 된 건 문제의 대학 등록금 때문이다. 가난한 부모 만난 죄가 일차적이지만, 그건 뭐 선택이나 개선 여지가 있는 게 아니니 달게 받아들여야 한다. 부모로서도 6개월마다 꼬박꼬박 청구되는 500만 원대의 목돈을 감당할 방법이 없다. 오로지 돈을 빌리는 수밖에 없는데, 이미 무거운 가계 부채에 허덕이고 있으니 수혜자(?) 쪽이 떠안게 됐다.

결국, 대학 입학과 동시에 비정규직 노동자 신분이 된 큰딸은 졸업 이후에는 '청년 백조'와 '수천만 원 규모의 고액 채무자'란 신분을 갖게 될 거다. 지금이야 아르바이트를 해서 늘어나는 이자를 갚아나가고 있지만, 졸업 이후 상황은 누구나 예측하고 있는 바와 크게 다르지 않다. 취업 가능성은 낮고, 4천만 원을 웃도는 채무는 급격히 불어날 것이다. 머잖아 엄청난 규모로 양산되는 '청년 신용불량자' 명단에 이름이 오를지도 모른다. 안갯속처럼 불투명하며 불안정한 상황인데, 대학은 별 쓸모없는 4천만 원짜리 졸업장 하나 주는 것으로 할 일을 끝낸다. 졸업과 함께 세상으로 나온 청년들의 미래는 각자 알아서 열어나가야 한다.

홈스쿨러인 막내 너굴 또한 비정규직 노동자이긴 마찬가지다. 하지만 상황은 좀 다르다. 남아도는 시간에 쓸 돈 제가 벌어 쓰자니 노동자가 된 거다. 영어학원비와 여행비, 교통비 등에 드는 소소한 비용조차 부모의 빈 지갑이 감당하긴 어려울 거라 봤을 거다. 씁쓸한 추정이지만 대견하기도 하다. 그러니 남는 시간에 적당히 몸 좀 풀고, 노동도 경험하고, 용돈 좀 벌자는 뜻에서 일찌감치 '비정규직 미성년 노동자' 대열에 뛰어들었다.

이렇게 시작한 아르바이트 이력도 어느덧 3년을 넘겼다. 그 사이 모은 돈이 몇백만 원 정도란다. 현금 보유 규모로는 우리 집 여섯 식구 중 단연 최고 수준이다. 시급 4천 원대를 못 벗어나는 미성년자인데다, 근로계약서 한 장 없이 하고 있는 노동치곤 대단한 결과다. 게다가 사고 싶은 것 많고 먹고 싶은 것 지천인 열여덟 살 계집아이 아닌가.

너굴이 이렇게 돈을 모으고 있는 이유는 따로 있다. 대학에 진학하는 대신 배낭여행을 가기 위해서다. 미성년자 신분을 벗어나면 나라 밖으로 배낭여행에 나설 생각이다. 돈만 들 뿐 무엇 하나 보장하지 못하는 대학 대신 선택한 카드다. 대학 졸업장 하나 따는 데 4년이라는 시간과 몇천만 원 들이는 게 아깝다는 거다. 그 돈과 시간을 다른 데 쓰는 게 훨씬 좋겠다는 건데, 대안으로 여행만 한 게 없다는 게 너굴과 나의 공통된 견해다. 배낭을 메고 세계를 떠돌며 친구도 만나고, 공부도 하고, 기회도 만드는 등 뭐든 할 수 있을 것으로 생각한다. 뭐, 좋은 남자 만나서 현지에 눌러 살든 말든 그 또한 알아서 할 일이다.

물론 여기에 드는 비용 또한 만만찮다. 너굴이 모은 돈 몇백만 원 갖고는 어림없다. 그러니 부모 지원이 필요하며, 이는 막내의 정당한 권리라고 본다. 큰딸이 대학 등록금으로 4천만 원가량 썼다면 동생에게도 그 절반쯤 빚을 내서라도 지원할 의무가 있다고 생각한다. 감당하기 어려운 빚이겠지만, 모름지기 자매간에 균형은 맞춰줘야 한다. 하물며 너굴은 중고등학교도 안 다녔고, 사교육이란 것도 해본 적도 없다. 예고를 졸업한 언니에 비해 누린 게 거의 없는 셈이다.

이따금 대학 진학을 앞둔 아이를 둔 부모를 만나 '학업에 뜻이 없는 아이'에 대한 고민을 듣곤 한다. 답답하고 실망스럽지만 달리 뾰족한 수가 없다는 게 한결같은 이야기다. 그러니 어쩌면 좋겠냐고 묻는데, 나로서도 해줄 말이 별로 없다. 제 손으로 키운 아이 제가 어쩌지 못하는데 나라고 별수 있겠나. 그러니 그저 고개만 끄덕거리며 얘기를 들어주는 선에 그친다. '학업에 뜻이 없는 녀석의 대학 가기'는 그 자체로 논리적이랄 수 없다. 어찌어찌해서 낯선 대학에 진학한들 성에 차지 않을 게 뻔하고, 그곳을 나온들 대책 없기는 마찬가지다. 대학이 해 줄 수 있는 게 거의 없으니 말이다.

그나마 이야기가 진전될 소지가 있다면 방향을 수정할 의지가 있을 때다. 국가가 정해준 교과목 성적과 대학 진학이라는 목표를 접는다면 함께 고민할 여지가 좀 있다는 거다. 이럴 때 종종 너굴의 이야기를 들려준다. 그게 비용이나 시간을 아끼고 더 큰 꿈을 심어줄 수 있을 거라는, 매우 주관적이며 낭만적인 얘기를 들려주곤 한다.

사실 여행만큼 좋은 공부가 따로 없다는 건 나도 알고 너도 알며 우리 모두가 아는 얘기다. 대학 또한 마찬가지다. '그까짓 대학, 나와 봐야 뭐하냐'는 말에 동의하지 않는 사람 거의 보지 못했다. 그럼 결론은 간단하다. 대학 진학 집어치우고, 대학 보낼 돈으로 여행이나 실컷 하게 하면 된다. 그러고 보면 너굴의 결단은 제법 현명하다고 본다. 몇 년 동안이 배낭여행을 끝낸 그 이후가 어떻게 펼쳐질지는 전혀 예측할 수 없지만, 뭘 하든 앞날 불투명하고 미리 내다보기 어렵기는 대학 나와도 마찬가지다. 그나마 막내는 낯선 곳 새로운 세계를 만나는 데서 오는 감흥과 교훈을 가슴 가득 담아 올 수 있다고 믿는다. 좀 더 욕심을 부린다면 낯선 곳에서의 긴 여행을 자양분 삼아 스스로 행복하게 사는 이치 정도는 체득하고 돌아왔으면 하는 바람이다.

대부분 학부모는 장황하게 이어지는 이런 이야기를 흥미롭게 듣는다. 적잖은 이들이 고개를 끄덕이거나 말인즉슨 백번 옳은 얘기라며 선선히 동의해준다. 하지만 그뿐이다. 결국 "그건 네 얘기지 내 얘기가 아니다"는 거다. 당연하며 흔히 접하는 풍경이다. 취지 좋고 상식적인 얘기지만 내 아이만은 좀 다를 거라는 건 세상 대부분 학부모가 갖는 일반적인 생각이다. 이 땅 거의 모든 고등학교 졸업자들이 대학에 진학하는 진풍경도 바로 이 때문에 벌어지는 것일 게다.

대학은 마치 계륵(鷄肋)과 같은 것이라고 본다. 먹자니 실상 먹을 것은 별로 없다는 점에서 닮았다. 비록 먹을 것은 별로 없을지라도 남들 모두 다 가니 쉽사리 포기하지도 못한다. 대학은 학부모들의 이런 환상에 힘입어 무럭무럭 몸집을 불리고, 이에 비례해 청년 실업자의 부채와 가계 적자 규모도 덩달아 눈덩이처럼 불어나고 있다. 예측할 수 없으며, 그 누구도 보장할 수 없는 모호한 것에 이 땅의 청춘과 서민이 '올인'하는 형국이다.

그렇다면 애매하기는 마찬가지인데, 기왕지사 대입 앞둔 부모가 감당해야 할 몫이라면, 4년 동안 대학에 보내는 것과 차라리 그 돈으로 몇 년 세계 일주 배낭여행을 보내는 것 가운데 어느 쪽이 더 나을까. 물론 추구하는 가치가 어떠냐에 따라 다를 수 있으니 바른 질문은 아니다. 오로지 대학졸업장이 목표인 아이와 부모에게는 씨도 안 먹히는 질문이겠지만, 진정으로 아이가 스스로 행복할 수 있는 삶을 살도록 돕는다면 후자나 비슷한 선례를 택해도 좋을 것이다.

대학졸업장이 아이의 행복을 보장한다는 보장도 없으며, 그 어느쪽이든 불투명하기는 마찬가지니 말이다. 하지만 분명한 것은 여행만큼 좋은 배움터는 없다. 하물며 청춘의 여행은 더욱 그 가치가 크고 빛난다는 게 정설이다. 피 끓는 20대 초반의 배낭여행은 경이로울 만치 큰 가치가 있다고 본다. 그 가치는 매년 대략 50만 장씩 발행되는 대학졸업장 따위와 견줄 바가 아니라고 본다.

짧지만
뜨거웠던
대안학교 3년

3

너굴은 막 설립된 대안학교의 두 번째 입학생이 됐다. 중고등학교 통합 과정을 5년 동안 운영하는 이 대안학교 첫 번째 입학생들, 즉 선배들이자 중학교 2학년에 해당하는 아이들은 모두 10여 명으로 대부분 대안학교 설립을 주도한 이들의 자녀였다. 너굴은 이 학교가 지역사회에서 학생들을 모집한 첫 번째 입학생인 셈인데, 동기는 계집애 둘, 사내 셋 모두 5명으로 기대보다 너무 적어 실망스러워했다. 그나마 위로가 된 건 교사가 다섯 명이나 되는 데다, 하기 싫은 것 억지로 시키지도 않고 외울 공부가 거의 없다는 거였다. 노작(勞作)에 여행, 축제 등 놀거나 즐길 거 많아 심심할 틈이 없다는 것도 매력이었다. 아이들끼리는 물론 교사들도 통이나 돌고래, 반지 등 별명으로 부를 정도로 평등하고 자유로운 분위기도 맘에 들어 했다.

그런데도 너굴은 이 대안학교를 2년 반 정도 다닌 뒤 뛰쳐나왔다. 혹독한 사춘기를 거친 뒤에 오는 후유증을 스스로 감당하기 어려웠기 때문이었다. 대안학교에 머문 시간은 비록 2년 반에 지나지 않았지만, 평생 잊을 수 없는 몇 가지 선물을 가슴 깊은 곳에 담았다. 그 하나는 '작은 나무'(중학교 1학년 과정에 해당)라 부르는 입학 첫해에 가진 땅끝마을까지의 도보여행이며, 또 하나는 '가온나무'(중학교 2학년에 해당) 시절 참여했던 지리산 종주 경험이다. 이 밖에도 변산공동체 등 여러 공동체에서의 노작과 수련 활동 등 발품 팔아 찾아가 몸으로 부닥치고, 가슴을 열어 느껴야 하는 것들이었다.

너굴의 대안학교 시절은 비록 3년이 안 되지만, 삶의 그 어느 시기보다 격렬하고 뜨거웠기에 당시 보고 듣고 느꼈던 모든 것들은 여전히 값지고 아름답게 남아 있다.

세상에서 가장 큰 학교

"울타리 없는 학교." 한때 무섭게 영토를 넓혀나갔던 모 영어 학원의 광고 문구다. 이 학원은 텔레비전 광고까지 하며 전국 곳 곳에 가맹점을 두고 기세 좋게 세를 키워나갔다. 단지 영어학원일 뿐인데, 영어에 대한 우리 사회 신앙 수준의 숭배 분위기에 힘입어 성장 가도를 달렸던 것으로 기억한다. 아마도 적지 않은 사람들이 '울타리 없는 학교'의 도움으로 영어 실력을 키웠을 것이다. '울타리 없는 학교'의 정체와 공과를 따지자는 건 아니다. 그저 영어학원일 뿐인 곳이 그처럼 매력적인 카피를 내걸었다는 것이 대단했으며, 오 래도록 기억에 남았다.

울타리 없기는 대안학교도 마찬가지인데, 학원이 선점했으니 따 라 쓸 수도 없다. 아쉬운 일이다. 그래서 개인적으로 대안학교를 일 컬어 '세상에서 제일 큰 학교'라 부르고 싶다. 물론 물리적 공간을 말 하는 것이 아니다. 모름지기 학교를 구성하는 다양한 요소를 들어 볼 때 세상에서 가장 크다 말할 수 있기 때문이다.

대부분 대안학교의 물리적 공간은 작은 학교나 학원과 같은 모양 새이다. 거기에 학생과 학부모, 그리고 엄격하게 선발된 선생님들이 있다. 또한, 옹색하나마 몇 개 교실을 갖추고 있고, 그 밖에 도서관이나 공동식사를 위한 주방과 식당, 구성원들이 함께 모여 회의나 잔치를 벌일 수 있을 정도의 공간도 갖춘다. 하지만 이런저런 공간을 다 합친다 하더라도 웬만한 정규학교 절반 수준에도 크게 못 미친다. 구성원이라야 적게는 몇십 명에서 많아 봐야 몇백 명 수준이니 그렇다. 게다가 운동장을 갖춘 곳은 기숙형 대안학교를 빼면 거의 없다. 학급당 인원도 스무 명을 넘는 곳이 극히 드물다. 정규 교사도 고작해야 대부분 열 명 안쪽이며, 아주 드물게 십수 명 정도 있는 곳이 몇 곳에 불과하다.

이처럼 평균적인 도시형 대안학교 모습은 중소규모 학원과 비슷한 모습을 하고 있다. 일부 대안학교는 자체 건물을 갖고 있지만, 건물 일부 공간을 임대해 운영되고 있는 곳도 적지 않다. 그런데도 대안학교는 세상에서 제일 큰 학교라는 자부심을 품고 있다. 눈에 보이는 것이 전부가 아니기 때문이다. 대안학교가 세상에서 가장 큰 학교인 것은 세상 모든 것을 학교 자산으로 여기기 때문이다. 비록 '소유'하고 있는 것은 별로 없지만 '공유'하고 있다고 믿으며, 그렇게 애쓰고 있으니 틀린 말은 아니다.

교사(선생)만 해도 그렇다. 정규 교사로 몸담은 이들은 몇 안 된다. 하지만 동네 모든 주민이 모두 선생일 수 있다. 학부모들도 다 선생이고, 그들이 추천하는 분들 또한 언제든 대안학교 선생이 될 수 있다. 내가 관여했던 대안학교 또한 '길동무'라는 이름의 '학교 밖 선생'들이 즐비했다. 나 또한 몇 차례 선생이 되어 그나마 내가 잘 아는 분야에 대해 강의하기도 했다. 동네에서 '보충대리공간'이라는 실험적인 갤러리를 운영하고 있는 미술가도 교사가 돼 아이들을 가르치기도 했고, 음악적 경험과 지식이 풍부한 분도 기꺼이 아이들과 더불어 흥겹게 한판 놀아주는 선생이 되었다. 직업이 목수인 분은 목공 선생이, 재봉질을 잘하는 분은 봉제 선생이 된다.

이렇게 보면 대안학교 선생 수는 이루 헤아릴 수 없을 정도로 무궁무진하다. 세상 그 누구나 선생이 될 수 있다고 믿으며, 그 모두를 선생으로 모신다. 이쯤 되면 세상에서 가장 많은 교사를 모시고 있는 학교라 봐도 좋을 것이다.

게다가 동네 선생들이 꼭 학교에 나와 강의를 하는 것은 아니다. 툭하면 아이들은 버스나 자전거를 타고 학교 밖으로 뛰쳐나간다. 학교 밖 선생들 활동 공간이나 일터인 '현장'을 찾는 거다. 작가의 창작 공간을 직접 방문해 눈으로 보고 직접 체험하며 '작가 선생님'과 이야기를 나눈다. 이때 작가의 공방은 대안학교의 확장된 교사(校舍)가 된다. 학교 넓이가 그만큼 커진 거다.

운동장이 없다 해서 아쉬울 건 없다. 동네 공설운동장이나 다른 학교 운동장, 심지어 골목길과 공원 모두 대안학교 아이들 놀이터며 운동장이다. 몸이 근질근질하면 공설운동장에 가서 맘껏 뛰놀고, 놀다 지치면 마을 도서관에 찾아가 책 좀 보다, 피곤하면 한숨 자고 돌아온다.

다행(?)이랄까, 요즘 지방자치단체들은 도서관이며 운동장, 공연장 등을 앞다퉈 많이 지어 놓은 데다 날마다 텅텅 비기 일쑤니 발품 좀 팔면 이용하고 싶은 때 얼마든지 이용할 수 있다. 대안학교 아이들은 남아도는 게 시간이다. 평일 대낮에 공용운동장을 찾거나 도서관을 찾으면 붐비지도 않는다. 학생들은 죄다 학교나 학원 다니느라 바쁘니 말이다. 이렇듯 동네 곳곳에 좋은 시설들이 얼마든지 많고, 쓰고 싶은 때 별 불편 없이 쓸 수 있으니 이런 공간 또한 대안학교의 좋은 자산이다.

대안학교의 영토와 인적 자원은 무궁무진하다. 대부분 도시형 대안학교가 '지역과의 연대'를 중요한 가치 가운데 하나로 삼고 있다. 부족하면 어떻게 해서든지 내 것으로 소유하려 하고, 내 손아귀에 쥐어야만 내 것으로 여기는 세태와는 사뭇 다르다. 애써 많이 갖지 않으려 하면서도, 되도록 지역사회와 연대하고 소통하며 함께 하려는 태도가 대안학교 영역을 확장하는 힘이 되는 것이다.

학교 인적 자원과 물리적 공간을 확보하는 데서도 아이들이 지향해야 하는 소중한 가치를 반영하는 대안학교. 그럼으로써 아이들 스스로 생활 속에서 배우고 익히도록 하는 대안학교의 모습이야말로 우리 사회 앞날을 밝히는 소중한 동력이 될 것이라 믿는다.

대안학교가 지향하는 가치

대안교육은 말 그대로 대안적(alternative) 교육이다. 독자적 그 무엇이 아니라 학교를 중심으로 한 공교육에 대한 문제의식에서 출발한다는 뜻이다. 공교육이 안고 있는 허다한 문제를 극복할 수 있는 '대안'을 모색하고, 이를 실현하는 교육이란 거다.

너굴이 초등학교 졸업 후 대안학교에 첫발을 들일 때 대안학교에 대해 알고 있던 건 이게 전부다. 이나마 알고 있던 건 대안학교를 취재한 경험이 있었기 때문이다. 대안학교 취재 경험은 내 학창시절 "학교를 때려치우고 싶다"는 수차례 도발 경험과 맞물려 이해의 폭을 넓히는 계기가 됐다. 물론 나의 10대 때는 '탈학교 이후' 어떤 길도 보이지 않았다. 잠시 학교를 뛰쳐나갔을 뿐, 갈 곳이 없으니 결국 돌아오길 반복했다. 이 또한 뼈아픈 좌절의 경험으로 남아 있다. 요즘처럼 대안학교가 몇 곳이라도 있었다면 별로 빛나지도, 쓸모도 별로 없는 졸업장 따위는 받지 않았을지도 모른다.

상황은 달라져 대안학교 또는 대안교육에 대한 사회적 이해 정도는 시간이 흐를수록 높아지고 있다. 대안학교를 찾는 아이들이나 학부모들을 만나보면 그렇다. 최소한 대안학교 홈페이지에 게시한 학교 소개 정도는 거의 알고 있다. 두툼한 입학지원 서류의 수많은 질문에 대부분 성실하고도 바르게 답하는 정도의 내공을 갖추고 있다. 놀랍고 흥미로운 현상이다.

아쉬운 건 이들 대안학교 입학 희망 학부모의 이해 수준이 해당 학교 홈페이지나 안내 책자 등에 간추려 담은 몇 가지 항목을 그대로 옮기고 있는 수준에 그친다는 것이다. 아이들을 독립적 인격체로 본다든지, 공동체성과 아이들의 참여를 소중하게 여긴다든지, 생태주의적 관점을 갖도록 돕고, 노작이나 노동의 경험을 적극적으로 실천한다는 등 정식화된 사항을 그저 되풀이하는 정도라는 생각이 들곤 했다.

거칠게 표현하자면 머리로 외워 두었거나 이해하고 있을 뿐, 가슴 깊이 담고 있다는 느낌을 받지는 못했다. 무엇 때문에, 왜 그러한 가치를 지향하게 된 건지에 대한 이해의 폭은 그리 넓지 않아 보였다. 상황이 그러니 그런 가치를 갖고 살아간다는 게 대체 어떤 것인지, 앞으로 아이들이 그런 삶을 살아간다는 것은 대체 무엇을 말하지는 등에 대한 깊이 있는 고민의 흔적도 발견하기 어려웠다. 나의 관찰력 부족 때문일 수 있겠으며, 너굴이 대안학교를 찾을 당시 나 또한 마찬가지였다.

대안학교의 뼈대인 가치에 대한 이해가 취약하니 대안학교에 몸담은 동안 적잖은 부모들이 흔들리는 모습을 보았다. 아이들이 커 가면서 불안해하고 심지어 가치 자체에 태클을 걸기도 한다. 구성원 다수가 걸어오는 태클로 대안학교의 가치가 뒤틀리거나 무너지면서 무늬만 대안학교일 뿐 '명문사학'을 닮아가는 대안학교들도 종종 눈에 띈다. 그저 '좋은 얘기'라는 정도의 이해와 동의만 하고 대안학교에 발을 들인 이들이 낯선 문화와의 동화(同化)에 끝내 실패했기 때문이다. 이 경우 대안학교 밖으로 나가거나, 대안학교를 바꾸거나 둘 중 하나를 택할 수밖에 없을 거란 생각이다.

대안교육이 지향하는 가치는 우리 사회의 다양한 대안운동 가운데 한 분야일 뿐이라고 본다. 대부분 대안운동은 고도로 발달한 자본주의 체제가 갖는 부정적 측면과 맞서는 데서 출발한다. 자본의 이익을 대변하는 정치 체제와 수탈적 경제 메커니즘, 양극화 심화와 중산층 붕괴 등 체제의 모순은 우리 사회에서 전 방위적으로 나타나고 있다. 대안운동은 이처럼 사람과 자연환경의 본성이 파괴되어가는 데 대한 성찰과 함께 모순 치유를 통한 '다른 길'을 찾는다. 정치·경제적 대안은 물론 사회문화 등 다양한 분야에서 여럿이 함께하는 '운동'을 통해 '새로운 길'을 열어가자고 한다.

대안교육 역시 마찬가지다. 특히 오늘날 대안교육 뿌리가 된 90년대 이후의 진보적 교육운동은 생성과 성장을 가속화해 온 신자유주의의 파괴적 속성과 궤를 함께하며 성장했다. 특히, 경제적 세계화란 이름으로 거세게 불어 닥친 신자유주의는 극단적인 사회 양극화는 물론, 생태환경의 파괴 등 돌이킬 수 없는 재앙 수준의 문제를 잇달아 불러일으켰다.

대안교육은 이에 맞서는 과정에서 그 외연을 넓혀왔다. 고도로 독점화돼가는 금융자본주의가 어떻게 사람들의 삶을 황폐하게 하는지에 주목했다. 대량소비로 인한 생태환경 파괴가 어떠한 위기를 초래하는지 등에 더 많은 고민을 집중해왔다. 이런 과정을 통해 지구환경과 인류의 앞날을 위협하는 상황에 맞서 경쟁보다는 평등주의적 관점에 매료됐다. 대량 소비보다는 청빈한 삶의 가치에 눈길을 돌렸다. 또한, 물질보다는 생명과 인간 가치를 중요시하는 '삶의 본질'로 돌아가야 한다고 보고, 이를 위해 '대안적 교육'이 필요하다는 의식이 진보적 교육 운동가 사이에 폭넓게 번져나갔다.

이 과정에서 공교육에 몸담은 이들은 '참교육'이라는 이름으로 공교육 안에서 '대안적 교육'을 확산시켜왔다. 동시에 학교 밖의 진보적 교육운동가들은 대안교육을 펼쳐나갈 '틀'을 다각적으로 모색하였다. 오늘날 대부분 대안학교가 노동과 생명존중, 생태주의적 가치 등을 중시하는 한편, 검소한 삶 또는 자발적 가난을 지향하는 것은 바로 이러한 문제의식에서 출발했기 때문이다.

그렇다고 해서 대안교육이 이러한 가치를 일방적으로 아이들에게 '주입'하지는 않는다. 대안교육이 추구하는 가치는 어느 한쪽이 '주입'하고, 다른 한쪽이 이를 '흡수'하는 방식을 통해 실현되는 것이 아니기 때문이다. 그건 공교육의 것일 뿐 대안교육의 방식이 아니다. 교육 목적이 다르니 방식도 당연히 달라야 했으며, 실제 다르다.

대안학교 아이들은 덜 쓰며, 적게 갖고도 더불어 행복하게 살아가는 방법을 일찌감치 체득할 기회를 가진다. 교사와 학부모, 아이들이 힘을 모아 프로그램을 만들고 이를 삶 속에서 구체화하도록 노력한다. 소유에 대한 탐욕과 경쟁이 삶을 얼마나 황폐하게 하는지, 그게 우리 사회를 어떻게 병들게 하는지 함께 공부한다. 역사와 철학 등 살아가는 데 돈 안 되고(?) 좋은 대학 가는 데 별로 도움 안 되는 책을 읽고 토론한다. 사회를 바라보는 맑은 눈을 가지기 위해서다. 시시각각 노작(勞作)에 나서기도 한다. 가까운 곳에 마련한 손바닥만 한 밭에서 땀 흘려 일하며 자연의 이치를 체득해나간다.

여행과 산행 기회도 자주 가진다. 이를 통해 더 넓은 세상의 구석구석을 탐사한다. 아이들과 교사들은 이보다 더 좋은 공부는 없다고 믿는다. 자전거를 타거나 걷는 등 몸을 놀려 세상을 돌아보는 시간은 아이들 뇌리에 깊이 박혀 오래도록 잊히지 않는 자양분이 돼준다.

문화예술 활동도 핵심 교과목이다. 문화는 삶의 풍요로움을 더하는 자양분이며, 일상의 기쁨과 행복의 원천이기 때문이다. 호기심과 혈기 왕성한 10대에게는 더욱 그렇다. 하여, 거의 분기마다 축제가 열리며, 밴드 활동이나 사진, 글쓰기 등 다양한 문화예술 활동이 일상 속에서 이뤄진다. 아이들의 활동을 돕기 위해 외부의 '길동무' 교사가 초빙되기도 하지만, 기량이야 그리 중요한 게 아니니 어설퍼도 아이들 스스로 꾸려 나간다.

대안학교는 단지 지식을 전하는 곳이 아니다. 지식과 함께 지혜로운 삶의 양식을 여럿이 함께 익혀 나가도록 돕는다. 자본의 논리가 지배하는 세상에서 이에 일방적으로 휘둘리지 않도록 거든다. 각자 자기 삶의 주체로서 당당하게 살 수 있도록 서로서로 지혜를 모은다.

거듭 강조하건대, 살아가면서 '무엇(What)'을 하느냐는 별로 중요하지 않다. '어떻게(How)' 사느냐가 더욱 중요하다. 어떤 일을 하든 자신이 하는 일을 소중하게 여기며, 자신이 추구하는 가치를 실현해 나가도록 한다. 이러한 과정에서 자칫 개인화, 개별화되지 않도록 '여럿이 함께' 행복할 수 있도록 하기 위한 노력을 게을리하지 않도록 안내한다.

거대한 자본 논리가 총체적으로 지배하고 있는 사회 구조 속에서 이러한 노력은 쉽게 결실을 보기 어렵다. 외부의 유혹은 강렬하지만 개개인의 의지는 여리다. 호기심 많은 10대에게 닥쳐오는 온갖 유혹은 달콤하기에 쉽게 흔들린다. 저 혼자 가기에는 길이 너무 험하고 멀다. 그러니 여럿이 함께 갈 수밖에 없다. 벗들과 함께 가야 하며, 부모와 교사들이 길동무 노릇을 해야 한다. 뜻을 같이하는 지역사회 어른과 아이들도 기꺼이 길동무가 돼주어야 한다. 대안학교가 부정형의 열린 공동체, 열린 학교가 돼야 하는 이유다.

대안학교 가치는 숭고하지만 여전히 미완성이다. 어찌 보면 완성태가 있을 수 없을지도 모른다. 자본이 먼저고 인간이 뒷전으로 내몰리는 세상이 계속되는 한 대안학교의 가치는 이에 맞서 더 단단해지고, 더욱 풍요로워져야 할 것이기 때문이다.

도시형 대안학교의 교육철학

대안학교가 크게 늘면서 그 생김새가 퍽 다양해졌다. 교육과
정도 제각각이며, 철학 또한 각양각색이다. 어떤 학교는 설립자 머
릿속 구상이 '일점일획' 달라짐 없이 학교 철학이 됐고, 어떤 학교는
'그리스도의 가르침'이 학교 정신이 됐다. 물론 부처님 말씀도 어느
대안 학교를 통해 확대 재생산되고 있다. 공교육이 아닌 한 이런 학
교들도 대부분 대안학교라는 간판을 내건다.

대안학교라는 것이 딱히 영광스런 호칭이랄 것도 아니고 누가 상
표 등록한 명칭도 아닌 터, 스스로 대안학교라 한다 해서 이를 뭐라
할 수는 없는 일이다. 크게 보면 기존 공교육 과정을 대신하는 거의
모든 영역이 대안교육 영역이다. 그 가운에 얼추 학교 태(態)를 갖추
고 있으면 대안학교라 할 수 있겠다.

하지만 이런 식의 분류 방식에는 동의하지 않는다. 공교육을 대
신한다는 의미에서 '공교육 아닌 것'이 대안학교라는 것은 지나치게
편의적이다. 단순한 '영역 나누기'일 뿐이기 때문이다. 게다가 형식
논리에 따른 것이어서 정작 중요한 '교육 내용'을 놓치고 있다.

앞서 든 학교들 또한 마찬가지다. 형식적으로야 기존 공교육과정

을 대신한다는 뜻에서 '대안적'일 수는 있겠다. 하지만 교육의 내용 면에서는 사회 주류 질서와 논리를 그대로 좇는다는 측면에서는 '대안적'이라 할 수 없다. 그저 재정적 독립성을 갖는 변종 사립학교일 뿐이겠다.

모름지기 제대로 된 대안학교라면 적어도 몇 가지 기준과 원칙이 있다. 학교 건물이나 체계야 다종다양할 수 있겠지만, 그 속내를 채우고 있는 교육 내용은 사회 구조와 지배적 논리가 만들어낸 온갖 모순과 폐해에 대한 비판과 대안적 극복에 입각해 있어야 한다는 것이다. 공교육에서 중시되었던 가치들, 즉 합리성이나 보편성, 편리함이나 물질적 풍요 등이 오늘날 인류가 직면한 위기의 원인으로 보고 이를 대체할 대안적 가치를 추구할 때 비로소 대안적이라 할 수 있겠다. 이를 이른바 대안적 교육철학이라 일컫는데, 대부분 민주적 대안학교들은 이를 따르고 이행하려 애쓴다.

교육철학의 가장 핵심을 이루는 건 생명을 존중한다는 것이다. 자연을 정복하거나 극복한다는 등의 사회 일반적 의식과 맞서는 가치다. 어떻게 하면 자연을 존중하고 지켜주며 조화롭게 공존할 수 있는지 고민한다. 자연에 깃든 모든 생명을 중요하게 여기며, 생태주의적 가치관을 밑거름 삼아 자연과의 공존을 위한 교육을 한다. 사람과 자연을 별개로 보는 기계론적 세계관이 낳은 지구적 폐해를 넘어서기 위해서는 사람을 자연 일부라 보며, 서로 조화롭게 어울려야 하기 때문이다. 대안교육 일부 진영은 이를 녹색교육(Green teaching)이라고 부르기도 한다.

두 번째는 앎과 삶의 일치다. 머리와 팔다리가 따로 노는 세상 이치와 맞서는 가치다. 머리에서 다리까지의 여행이 가장 멀고 험한 여행이라는 현실의 부조리함을 되도록 넘어서자는 거다. 뭔가 많이 안다는 자들의 부정부패와 패악이 특히 더 심하다는 사회적 속설에 대한 반성이다. 따라서 대안학교들은 실천하지 않는 지식은 없는 것과 마찬가지로 본다. 알면 실천해야 하며, 지식과 지혜 또한 되도록 실천 과정에서 체득하도록 돕는다. 자연생태계의 오묘한 이치와 소중함을 직접 몸으로 깨닫고, 깨달음은 곧바로 일상에서 생활화하도록 안내한다. 앎과 삶의 일체성을 통해 삶이 풍요로워지고 행복할 수 있다는 걸 교육 과정 속에서 체화하도록 한다. 더디지만 튼실하고 옹골차게 배우고 익히도록 한다.

세 번째는 구성원, 특히 학생 개개인을 존중한다는 것이다. 더 정확하게 표현하면 누가 누굴 존중해주는 게 아니라 학생을 당당한 학교 주인이자 교육 주체로 본다. 대부분 민주적 대안학교는 세 바퀴로 굴러가는 자동차로 비유된다. 학생과 교사, 학부모가 세 축을 이뤄 학교가 이뤄지고 운영된다. 여기에 지역사회가 학교의 토양이 된다. 3+1인 셈이다.

그러니 학교 운영의 모든 분야에 학생들의 영향력이 강하게 작용한다. 특히, 교과 과정을 정한다든지, 학사일정을 짜는 등 학생들에게 직접적인 영향을 주는 영역에 대해서는 학생들 의견이 크게 존중

된다. 되도록 아이들이 배우고 싶은 것을 배우고, 하고 싶은 것을 하도록 돕기 위해서다. 다만 학교 설립의 취지나 교육 철학과 어긋날 경우 토론이나 논쟁을 통해 의견을 모아나가는 과정을 거친다.

네 번째는 지역사회와 함께한다는 것이다. 대안학교 뿌리는 지역사회다. 대안학교와 지역사회가 밀접한 연관성을 갖는 것은 앎과 삶이 하나여야 한다는 믿음에서 비롯된다. 학교에서 알게 되면 지역사회에서의 삶을 통해 이를 실현해야 하기 때문이다. 지역사회라는 삶의 현장과 대안학교라는 배움의 현장 또한 일치되어야 한다는 것이다.

게다가 대안학교는 교육에 필요한 모든 것을 갖추고 있지 않고, 갖출 필요도 없다. 필요한 모든 것은 지역사회에서 구한다. 운동장과 도서관, 공연장 등 필요한 모든 것은 다 동네 것을 쓰면 된다. 사람도 마찬가지다. 지역 주민들 누구나 아이들의 교사가 될 수 있다. 동네 아이들 누구나 대안학교가 마련한 강좌에 참여할 수 있도록 노력한다. 대안학교가 '작지만 큰 학교'인 것은 이렇듯 지역사회와 함께 호흡하며 걷고 있기 때문이다.

마지막은 가정과 배움터가 함께 간다는 것이다. 도시형 대안학교 대부분 그렇다. 대안학교에 입학한다는 건 아이와 부모가 같이 입학하는 걸 뜻한다. 학교 교육철학이 가정에서도 똑같이 실현되도록 노력해야 한다. 학벌 중심의 교과과정을 운영하지 않으니 이를 위한 사교육을 금지한다. 가정에서도 지나친 소비 지향적 생활보다는 검소하고 나눔을 실천하도록 권고한다. 학부모들은 대안학교 공동체의 일원으로서 의무를 다하도록 한다.

학교 운영 과정에 학부모의 참여는 필수적이며, 대안교육 철학을 더욱 넓고 깊게 공유할 수 있는 다양한 교육 프로그램에 참여해야 한다. 이를 위해 다양한 학부모 모임이 형성되고, 여러 가지 논의 틀이 만들어진다. 대안교육에 대한 학부모 인식이 확고하게 공유되지 않는 한 대안교육은 별실효성이 없기 때문이다. 게다가 아이들은 학교보다 가정에 머무는 시간이 더욱 많으니, 그만큼 가정이 중요하다고 보는 것이다.

이 밖에도 다양한 대안학교들이 나름의 독특한 교육철학을 내걸고 있다. 하지만 그 중심적 철학은 크게 보아 앞서 든 다섯 가지 정도로 압축된다. 적어도 민주적 가치를 지향하는 대안학교라면 대부분 그렇고, 그래야 한다고 본다.

아이와 어른이 함께 다니는 학교

대안학교는 해마다 정원의 두세 배 넘는 입학생(?)을 뽑는다. 정원이 15명이면 30~45명이 대안학교에 입학한다는 얘기다. 이게 무슨 소리인지 의아하겠지만 사실 그렇다. 물론 입학하는 학생들이야 정원을 넘기지 않는다. 나머지는 아이들의 학부모인데, '정원 외 입학'을 하는 셈이다. 제대로 된 대안학교라면 아이와 함께 아이 부모 또한 대안학교 구성원이 된다. 그러니 해마다 아이들 정원 두세 배가 넘는 인원이 학교의 새 식구가 되는 셈이다.

이런 풍경은 아이들을 학교에 맡기면 일단 손 놓고 지켜보거나 끼어들지 않는 게 도리(?)인 공교육과 사뭇 다르다. 시쳇말로 '치맛바람'은 거셀수록 좋다고 믿는 게 대안학교다. 많은 대안학교는 아예 이를 교칙으로 규정하고, 그 의무를 다하지 못하겠다면 입학조차 거부한다. 물론 그 치맛바람이라는 게 공교육 안에서 일으키는 일부 학부모들의 그것과는 크게 다르다. 아이들의 부모는 수시로 날아드는 대안학교의 호출에 적극적으로 따라야 한다. 적어도 1주일에 한두 차례 정도는 학교에 나와야 한다. 이런저런 감투도 써야 하고, 각자에게 떠맡겨진 임무를 성실하게 수행해야 한다.

학부모들의 대안학교 진입은 아이들 입학 전형 과정부터 강제된다. 아이를 대안학교에 입학시키려는 학부모들은 일단 입학전형 과정에서 까다로운 관문을 통과해야 하는데, 학부모의 학교 참여는 입학 전형 과정에서 필수적으로 확인해야 하는 사항이다.

너굴이 잠시 다니던 대안학교의 경우 새로 아이를 대안학교에 들여보내려는 학부모들은 의무적으로 30분에서 한 시간가량 인사위원회의 심층 인터뷰 과정을 거치게 돼 있다. 교사와 학부모회, 지역 운영위원 관계자 등 대여섯 명으로 구성된 인사위원들은 인터뷰를 통해 그야말로 별것 다 묻는다. 아이에 관한 사항은 물론 부모에 대한 질문도 꽤 방대하다. 살아온 이력과 함께 가치관과 철학, 대안학교에 대한 인식 수준 등이다. 이 가운데 반드시 확인하는 사항은 대안학교의 각종 학부모 프로그램에 대한 학부모 참여 의지와 여건 등이다. 기본적인 학부모 교육 프로그램 참여는 물론 학부모회 활동 등 대안학교 학부모로서 마땅히 해야 할 기본적인 일을 수행할 '적극적 의지'가 있는지 묻는다. 이때 인사위원들은 학부모들이 당장 입학을 위해 그렇다고 답하는지, 진정성이나 적극적 의지가 과연 있는 것인지를 주의 깊게 살핀다.

더러 노동조건이 특수하거나 열악한 일터에 나가는 학부모들의 경우 이런 질문에 쉽게 답하지 못한다. 의지는 있지만 처한 상황이 녹록지 않음을 토로하기도 한다. 곤혹스러운 상황이지만, 내가 아는 한 이런 처지가 빌미가 돼 탈락하는 경우는 별로 없다. 그렇다고 해서 부모가 직업을 바꿀 수는 없는 일이니 말이다. 시간을 내 학부모로서 의무를 다할 수 없다면, 그 대신 이에 상응하는 적절한 역할을 할 수 있는 다른 방법이 있는지 함께 모색해나가도록 한다. 이처럼 특별한 경우가 아니라면 모든 부모는 대안학교 운영 주체로서 자신들에게 주어진 의무를 성실하게 해할 의무가 있다는 것을 인터뷰 과정에서 거듭 강조하는 한편, 그럴 의지가 있는지 확인한다.

이렇듯 어려운 과정을 거쳐 대안학교에 들어온 학부모들은 여느 학교나 마찬가지겠지만, 학부모회라는 조직의 구성원이 된다. 학부모회는 다시 과정별 또는 학년별 학부모회로 나뉜다. 학부모 모임은 대안학교를 구성하는 3대(학생회, 학부모회, 교사회) 또는 4대(학생, 학부모, 교사, 지역주민) 핵심 구성요소 가운데 하나다. 학부모 대표자는 학교 운영에 관한 최고 의사결정구조의 일원이 되며, 민주적 절차를 거쳐 학교의 대표자가 되기도 한다. 학교 운영의 일상적인 문제를 다루는 운영위원회에서도 마찬가지 권한과 책임을 가진다.

그뿐만 아니다. 학부모들은 대안학교라면 필수적인 것으로 여기는 학부모 교육에 참여해야 한다. 상당수 민주적 대안학교들은 아예 학부모 교육 프로그램을 따로 만들어 놓고, 수시로 그 수준을 업그레이드 해나가고 있다. 학부모 교육을 비중 있게 생각하는 것은 배가 산으로 올라가지 않기 위해서다. 즉, 대안학교 철학이라든지 교과 과정을 더욱 튼실하게 다져나가는 데 힘을 보태도록 하는 한편, 이에 대한 이해와 공감 정도를 더하도록 하기 위한 것이다.

대안학교 교육 철학은 늘 살아 움직이는 것으로 생각한다. 유연하거나 탄력성이 강하다 할 수 있으며 '여전히 진화 중'이라는 것이다. 게다가 학교의 운명이나 나아갈 길을 학생과 교사, 학부모가 함께 결정하는 구조다. 그러니 대안학교의 교육철학이나 교과과정 등에 대한 서로 간의 인식 편차를 좁히고 공감 폭을 넓히기 위한 노력은 필수적일 수밖에 없다.

혹여 교사들의 의식 수준은 매우 높지만, 언제나 다수인 학부모 쪽 의식이 이에 크게 못 미친다면 이에 따른 부작용이 만만치 않다. 실제 여러 대안교육 현장에서 그런 사례가 심심찮게 벌어지고 있기도 하다. 무늬는 대안학교지만 속내는 이미 학벌 지상주의에 빠져 '명문사학'이 돼버린 학교나, 오랜 시간 아웅다웅 다툼을 벌이다가 끝내 쪼개진 학교 등에 관한 우울한 소식들은 대안학교 학부모의 중요성을 일깨우는 메시지다.

이 밖에도 학부모가 떠맡아야 할 일은 여러 가지다. 재능과 시간적 여유가 있는 학부모라면 틈나는 대로 아이들을 가르치는 교사로 나서거나, 아이들 점심을 돕는 역할도 해야 한다. 노작과 여행을 중요하게 여기니, 그런 프로그램이 있으면 함께 나서 거들어 줘야 한다. 당번을 정해 학교 텃밭을 돌보는 일에도 빠져서는 안 되며, 지리산 종주나 도보여행, 자전거 여행 등 아이들이 벌이는 큰판에는 되도록 많은 학부모가 관심을 두고 참여해 도우미 노릇도 감수해야 한다.

호혜와 연대를 중요한 가치로 여기는 대안학교다 보니 전국 곳곳

비슷한 처지의 학부모들과 손잡는 것 또한 중요하다. 우리 사회 대안학교들이 가진 공통된 문제에 대해 함께 고민하고 해법을 모색하는 일을 게을리해서는 안 되기 때문이다. 학벌주의 폐해에 대해 문제의식을 공유하고, 학교를 둘러싼 구조적 문제에 대한 해법을 모색하는 것 또한 대안학교 주체인 학부모들의 주된 역할이다. 최근 몇 년 동안 대안교육 진영의 주된 의제가 되고 있는 교육세 돌려받기 운동이나, 학교 밖 아이들을 위한 교육기본권 운동, 민주적 대안학교에 대한 정부 차원의 지원을 이끌어내는 것 등이 주로 대안교육 학부모들에 의해 주도되고 있다는 것은 좋은 본보기이다.

이래저래 대안학교 학부모들은 분주하며 바쁠 수밖에 없다. 그 역할이 절대 가볍지 않기 때문이다. 그러니 대안학교 학부모가 된다는 건 그저 아이를 대안학교에 '집어넣는 것'을 뜻하는 게 아니다. 아이와 더불어 학부모 또한 '함께 들어가는 것'을 말한다. 그러한 각오 없이 아이만의 대안학교 입학은 안 하느니만 못할 수도 있다.

자격증 필요 없는 대안학교 교사들

'대안학교 관계자'였던 때, 몇 차례 학교설명회 자리에 불려 나갔다. 학교설명회는 입학 전형을 앞둔 시점에 이뤄진다. 주로 아이들을 대안학교에 보내기로 했거나 고민 중인 학부모들이 참석한다. 말로만 듣던 대안학교라는 데를 과연 보내도 괜찮은지 짚어보고 따져보는 자리다. 시설도 둘러보고 교사들도 만나본다. 아이들은 아이들끼리 별도 시간을 내 만난다. 일박이일 동안 함께 먹고 자며 생활해보도록 한다. 여기서 과연 적응 가능한지 등을 짚어본다.

학부모들이 가장 만나고 싶어 하는 건 역시 학부모다. 자신보다 먼저 아이들을 보낸 학부모들은 과연 어떤지 알아보고 싶고 궁금한 거다. 혹시 후회는 하지 않는지, 만족도는 어떤지 짚어보고 싶은 것이 많다. 아이들의 진로를 어떻게 그리고 있는지도 알고 싶어 한다.

학부모 대표 노릇을 하고 있던 당시 그런 학부모들을 만날 의무를 준 적이 있다. 있는 그대로, 느낌 그대로 설명하면 될 뿐이니 딱히 '중책'이라 할 것도 없었지만, 그래도 먼저 아이를 대안학교에 보낸 부모 말 한마디가 갖는 무게는 상당하니 가벼이 여길 사안은 아니었다. 보내봤는데 별로라든지, 후회막급이라면 누가 아이를 대안학교에 보내겠는가. 말인즉슨 느낌 그대로, 있는 그대로 설명하라 해도 부담스러운 자리였다.

학교 설명회는 대안학교 인근 도서관 강당을 빌려 진행됐다. 단상에는 학부모 대표인 나와 교사 대표, 학생 대표 셋이 앉았고, 100석 남짓한 객석은 예비 학부모와 여타 대안학교 관계자로 빼곡하게 찼다.

학교에 대한 전반적인 설명이 먼저 진행됐다. 학제와 교과과정은 물론 대안학교가 추구하는 가치와 설립 취지와 이후 과정 등에 대해서도 상세한 설명이 이어졌다. 먼저 대안학교에 들어온 아이들 일상을 동영상과 사진 등을 곁들여 보여주기도 했다. 이따금 학생 대표 설명이 따라붙기도 한다. 설명은 지나칠 정도로 친절하고 상세한지라, 이쯤 되면 더는 궁금할 게 없을 정도다.

그런데도 꼭 그렇지는 않은 건지, 질문은 수도 없이 쏟아져 나온다. 대부분 학부모가 설명회에 나오기 전, 대안학교에 대해 최대한 상세하게 알아봤음에도 불구하고 질문은 끝이 없다. 각종 자료를 수집해 탐구하고, 관계자 여러분을 통해 생생한 증언(?)을 들은 학부모들도 적지 않았는데도 풀리지 않은 의문점이 어찌 그리 많은지, 희한한 일이다.

학제와 교과과정 등에 대한 질문은 교사 대표가 주로 답변한다. 학생 대표에게도 질문 공세가 이어지는데, 주로 "너는 만족하냐?" "커서 뭐가 될래?" "외롭지 않으냐?"는 등의 질문이 주를 이뤘다.

아이나 교사에게 묻기 곤란한 질문은 주로 학부모 대표에게 퍼부어진다. 같은 부모 입장에서 짚어볼 것들이 따로 있기 마련이다. 아이들 미래에 대한 걱정은 없는지, 대안학교 입학이 아이 뜻인지, 부모 뜻인지, 대안학교에 대한 만족도는 어떤지, 따로 드는 비용은 없는지 등 질문은 끝이 없다. 게다가 대안학교라는 게 그저 아이만 보내면 되는 곳이 아니니, 부모들의 걱정도 적지 않다.

대안학교는 아이와 부모가 같이 다니는 곳이라는 게 좋은 대안학교의 공통된 규칙이다. 많은 시간을 낼 수 없는 맞벌이 부부로서는 난감한 일인데, 이 부분에 대해서도 많은 질문이 쏟아진다. "너도 맞벌이라는데 일주일에 한두 번씩 어떻게 시간을 내냐"는 등 별 질문을 다 던진다.

질문이 많다고 해서 딱히 곤혹스러운 건 아니다. 그저 부모 입장에서, 내 생각을 있는 그대로 말하면 그만이다. 보탤 것도, 뺄 것도 없다. 꾸미거나 감출 것도 없으니 그저 편하게 답한다. 답변 전제는 물론 내 개인적 생각이라는 거고, 각자 입장과 처지 등을 고려해 판단하라는 권면도 곁들인다.

한번은 이런 일도 있었다. 대안학교 교사의 자격에 관한 질문인데, 많은 질문 가운데 가장 기억에 남는 질문이다. 질문이 지루하게 이어지던 끝에 한 학부모가 "대안학교 교사들은 교사자격증이 있느냐?"고 물었다. 없다면 다른 자격증이라도 있어야 한다는 취지로도 들렸다. 질문 배경에는 "대안학교 교사는 도대체 누구인지" 알고 싶어 한다는 마음도 담겼다.

이런 질문은 느닷없거나 생소한 게 아니다. 누구라도 가질 수 있는 의문이다. 아이들과 가장 오랜 시간 함께하면서, 가장 큰 영향을 미치는 교사들이 과연 누구며, 어떤 사람들인지는 부모들이라면 반드시 알아봐야 할 사항이다. 그저 믿고 맡긴다는 건 신뢰라기보다는 무책임하단 소릴 들을 수도 있겠다. 그러니 학교 설명회 자리뿐 아니라 이런저런 자리에서 심심찮게 나오는 질문이다.

그런데도 막상 단상에서 질문을 받고 보니 순간 난감했다. 대체 그들이 어떤 삶을 살아왔는지 아는 바가 많지 않다. 교사자격증이 있는지 없는지도 살펴보지도 않았다. 훌륭한 분들이라는 건 알겠는데, 왜 훌륭한 건지 조목조목 근거를 대기 어렵다. 의심할 바 없는 헌신성과 도덕성, 아이들에 대한 깊은 사랑 등등을 얘기할 순 있겠지만 이건 너무 추상적이다. 결국, 해당 부모의 질문에 정면 대응하기로 했다. 그의 질문은 교사자격증 보유 여부와 역량 향상을 위한 연수는 어떻게 받는지 등이다. 먼저 교사자격증에 대해 답했다.

"그게 있는지 없는지 모르겠다. 있든지 없든지 고려 사항 아니기 때문이다. 개인적으로는 자격증이 있다면 대안학교 교사로 받아들이지 않고 싶다. 공교육 과정을 통해 자격증을 땄다면 그게 도움이 되기보다는 단점이 될 수 있기 때문이다. 대신 대안학교 교사는 매우 험난한 과정을 거쳐 선발된다. 학부모와 기존 교사, 대안교육 관계자, 지역사회 인사 등으로 구성된 인사위원회의 까다로운 검증 과정을 거친다. 방대한 분량의 문서를 내고도, 길고 험난한 심층 인터뷰를 거친다. 심지어 위원들과의 난상토론 과정을 거치기도 한다. 이런 과정을 통해 살아온 삶과 대안교육에 대한 관점, 교사로서의 적절성 등 다양한 측면을 평가받게 된다. 이런 과정을 거쳐 선발됐다는 것은 공교육 과정 4년을 이수해 받는 교사자격증보다 더 영예롭고 가치 있다고 본다."

다음으로 역량 강화를 위한 연수 여부에 대해 답했다.

"우리 대안학교 교사는 내가 아는 한 최고 수준이다. 역량 강화를 위한 기회가 있냐 물었는데, 장담하건대 교사들의 역량은 매일 순간순간 업그레이드되고 있다. 하루하루가 연수며 교육이다. 그러니 날마다 최고 수준이다. 끊임없는 토론과 상호 평가 등을 통해 날마다 변화 발전하고 있다. 심지어 학부모와 학생들과의 난상토론을 통해 역량이 강화되고 있으며, 매 순간 자기 평가 기회를 가진다. 학부모들과 학생들로부터 일상적으로 냉정한 평가를 받는다. 이 밖에도 수많은 대안학교나 대안교육 진영 관계자들과의 활발한 연대활동을 통해서도 정보와 경험을 쌓아가며, 내공이 쑥쑥 자라고 있다. 판에 박힌 몇 시간짜리 연수와는 비교되지 않는다. 아이들이 이들 교사와 더불어 5년을 보낸다는 건 엄청난 행운이다. 장담한다."

다소 과장된 측면이 없지 않겠지만, 정말 그렇다고 생각한다. 공교육 과정에서 내가 경험한 수많은 교사를 모두 합해 놓는다 해도, 당시 대안학교 교사 한 명의 존재감을 넘어서지 못할 것이라고 봤다. 그런 믿음은 지금도 여전하다.

고비용이라는 한계와 진실

대안학교를 이야기할 때마다 맞닥뜨리는 벽이 있다. 첫 번째 벽은 뭐니 뭐니 해도 돈 문제다. 다 좋은데 돈이 문제란다. 대놓고 돈 많은 자의 아이들이 다니는 곳 아니냐는 이야기도 꽤 많이 들었다. 아예 돈 많은 자가 모여 만든 고액과외 교습소쯤으로 여기는 이들도 만나 봤다. 이런 지적은 이미 대안학교라 할 수 없는 (그래서 나는 '명문사학이라' 부르는) 몇몇 유명 대안학교 때문일 것이다.

지나친 측면이 있겠지만 그런 비판이 아주 어긋난 것은 아니다. 대부분 비인가 대안학교의 문턱은 (상대적으로) 높은 편이다. 시설이나 규모가 작으니 많은 아이를 받아들이기 어렵다. 그러니 일단 입학하기 어렵다. 찾는 이는 날로 많아지는데, 고작해야 매년 10~30명 정도 받는다. 너굴이 다니던 곳은 당시 15명을 넘지 못했다. 공간이 좁고 교사 수도 늘릴 형편이 못 되니 그랬다.

어렵사리 입학한다 해도 들어가는 돈도 만만치 않다. 입학단계에서 뭉칫돈을 내는 곳이 대부분이며, 매달 내야 하는 돈도 공교육과 비교할 수 없을 만큼 많다. 실제 서울 근교의 한 중고등 통합과정 대안학교의 경우 입학 때 학교발전기금 명목으로 500만 원 정도 목돈을 내야 했다. 한꺼번에 낼 수도 있고 나눠 낼 수도 있지만, 서민들로서는 부담 가는 금액이다. 내 경우엔 2년 동안 매달 나눠 냈다. 여기에 매달 내야 하는 교육비와 급식비 등이 40만 원쯤 됐다. 살림 궁색한 서민들로선 그리 만만한 규모는 아니다. 조금씩 차이는 있겠지만 이런 사정은 수도권의 도시형 대안학교 어디나 비슷할 거라고 본다. 아예 아이의 숙식까지 떠맡길 수 있는 지방의 기숙형 대안학교는 말할 나위 없다.

대안학교 보내는 데 이처럼 많은 돈이 드는 건 어찌 보면 필연적이다. 학교 운영에 드는 돈은 전적으로 부모들이 책임져야 하기 때문이다. 정부의 '인가'를 받지 않은 (정확하게 말하면 정부의 인가 자체를 거부한) 대안학교 대부분 그렇다. 물론 정부가 요구하는 조건을 충족해 '인가' 받을 경우 어느 정도 지원받을 수 있지만, 제대로 된 대안학교라면 정부가 요구하는 조건을 받아들이기 힘든 실정이다. 설사 받아들이려 해도 거의 불가능한 게 현실이다. 대안학교 정신이나 영혼을 팔아 빵을 구하라는 것이나 마찬가지기 때문이다.

그러니 대안학교들로서는 어렵더라도 어떻게든 학교 구성원들만의 힘으로 살림을 꾸려 나가야 한다. 그러면서 다른 한편으로는 학교 문턱을 낮춰야 하니 여간 어려운 일이 아니다. 할 수 있는 건 다 해보지만, 문턱 높다는 지적은 계속되고 있다. 심지어 저임금 장시간 노동에 시달리는 교사들 노동조건 개선마저 쉽게 실행에 옮기지 못하는데도 문턱은 쉽게 낮아지지 않는다. 궁여지책으로 후원회를 운영하고는 있지만, 학교나 학생들에게 해줄 수 있는 게 별반 없으니 크게 도움이 안 된다. 약간의 목돈 마련을 위해 후원의 밤 행사 따위를 열기도 하는데, 이 또한 그게 그거다. 투자 대비 효과만 따진다면 안 하느니만 못하다. 그런데도 해마다 하나 마나 한 행사를 여는 건 대안학교 네트워크의 단결을 도모하는 소중한 자리기 때문으로 보인다. 눈에 보이지 않는 가치의 소중함을 알기에 설령 돈 안 돼도 땀 흘려 연다.

이처럼 어떻게든 문턱을 낮추기 위해 발버둥치지만 상황은 그리 좋아지지 않는다. 문턱은 여전히 높은 편이다. 게다가 물가 오름세가 가파르니 해마다 오를 수밖에 없다. 문턱을 낮추기는커녕 교육비를 올려도 허덕이기 일쑤다. 하루가 다르게 천정부지로 솟구치는 건물 임대료와 물가 탓이다. 허리띠를 졸라맨들 어려운 살림살이를 벗어나기 어렵다.

사정이 이러니 대안학교는 그나마 좀 여유 있는 중산층 이상이나 가는 거 아니냐는 비판이 나오는 건 당연하다. 그렇게 비칠 수 있고, 그리 크게 어긋나는 말은 아니다. 내가 몸담았던 대안학교도 그랬고, 방문했던 대부분 대안학교 또한 사정은 마찬가지였다. 다만, 사실과 좀 다른 부분은 있다. 저소득층 등 사회적 배려가 필요한 이들의 대안학교 진입이 불가능한 것은 아니기 때문이다.

대부분 대안학교는 어려운 살림살이에도 불구하고 저소득층이나 장애인 등에 대해서는 문턱을 낮추거나 없애고 있다. 매년 입학 정원의 일정 비율을 사회적 취약층에게 할당해 무상으로 교육받을 수 있게 하고 있다. 너굴이 다녔던 대안학교는 정원의 30%를 할당해 무상교육 혜택을 제공한다. 수혜자가 그리 많지 않다고 할 수 있겠지만, 전체에게 교육비를 받아도 허덕이는 현실을 고려하면 대단한 결단이다. 부족한 재원은 결국 나머지 70% 몫이니 말이다. 저소득층을 위한 정책은 또 있다. 이른바 '나눔 장학금' 혹은 '교육비 나눔' 정책이다. 완전히 면제되는 30% 외에 교육비 전액을 감당하기 어려운 이들이 있으면 어느 정도 깎아 주는데, 감액한 금액을 좀 더 여유 있는 가정이 좀 더 내도록 하는 방식이다.

이처럼 어려운 살림에도 불구하고 대안학교의 문턱 낮추기 노력은 눈물겹다. 그러니 건강한 노동환경과 인권, 복지를 강조하는 대안학교지만 정작 교사들 복지와 노동환경만큼은 열악하기 짝이 없다. 그런데도 좀 더 문턱을 낮추기 위해 안간힘을 쓰고 있으니, 지켜보기 안쓰럽다.

사실 일반적인 가정의 교육비 지출 규모를 따져보면 대안학교 교육비가 지나치게 고비용이라 할 수 없다고 본다. 단순하게 등록금 등 '공식적인 비용'만을 따지면 다소 비싼 편이며, 완전 무상교육인 초중학교 과정과 견준다면 꽤 많은 비용이 드는 것은 사실이다. 하지만 공교육 과정 아이들에게 투자하는 사교육비용이나 급식비 등 여러 가지를 고려하면 지나치다고 할 정도는 아닐 것이다. 즉, 대부분 학부모가 초등학교 때부터 학원이나 과외 등 별도 사교육비를 부담하는 게 현실이라는 걸 고려하면 대안학교 쪽이 외려 더 싸다고도 할 수 있을 것이다. 중고등학교 때는 더 말할 나위 없다. 고액 과외까지는 아니더라도 대부분 아이를 방과 후 수업이나 학원, 과외 등에 내몰며, 여기에 만만찮은 비용을 쏟아붓는 게 현실이다. 이렇게 볼 때 대안학교 교육비가 공교육 과정에 드는 비용보다 "매우 높다"는 주장은 지나치다. 공교육 과정에 투여하는 여러 가지 직간접 비용을 고려하지 않고 무조건 '부자들의 학교'라 몰아치는 건 적절치 않다.

대안학교는 사교육을 엄격하게 금지한다. 너굴이 다닌 대안학교의 경우 공교육 과정 학력을 높이기 위해 사교육을 받을 경우 더는 대안학교에 머물지 말도록 권고한다. 자퇴의 형식을 취한 퇴학 조치라고 할 수 있다. 그러니 대안학교 재학 중에는 사교육비를 따로 지출할 필요도, 그럴 수도 없다. 아이들 급식 문제도 재료비 정도만으로 해결된다. 양질의 신선한 재료로, 아이들과 학부모, 교사가 힘을 모아 정성껏 아이들 점심을 준비하니 걱정할 것 없다. 이를 단순히 돈의 액수만 놓고 따질 일은 아니라고 본다. 비용은 물론 소중한 무형의 가치까지 함께 고려한다면 그리 쉽게 비판할 일은 아니다.

교육비를 들어 '고비용'이니 '중산층 이상 학부모를 위한 곳'이라는 등 대안학교를 비판하는 건 과장됐다고 본다. 물론 비용을 낮추라는 데는 동의한다. 대안학교 쪽도 그러기 위해 여러모로 애쓰고 있다. 하물며 교육비를 받아 수익을 올리고자 하는 것도 아니니, 굳이 비싼 교육비를 받을 이유도 없다. 모든 교육비는 오로지 아이들과 학교 운영을 위해서만 쓰인다. 많이 내든 적게 내든 들어오는 돈은 100% 교육 수혜자 쪽을 위해 쓰일 뿐이다.

대안학교 문턱은 다소 높은 편이며, 꾸준히 낮아져야 한다. 원하는 이들은 돈 걱정 없이 아이를 맡길 수 있도록 해야 한다는 게 대부분 대안학교 관계자들의 바람이다. 하지만 이는 대안학교만의 노력으로는 풀기 어려운 문제다. 구조적 문제이기 때문이다. 아이들을 대안학교에 보내고 있는 학부모 모두 당당하게 교육세라는 세금을 내고 있는 터, 궁극적으로 국가는 아이들과 학부모에게 교육 선택권을 보장하고 대안학교에도 공교육과 동등한 수준의 지원을 해야 한다고 본다. 그래야 비로소 우리 사회 건강과 다양성이 꽃피고, 아이들이 행복해질 것이다.

대안학교 사람들의 희망과 갈등

대안학교에 몸담은 기간은 그리 길지 않았다. 너굴이 입학해 중퇴하기까지는 약 2년 반 정도가 다다. 채 3년이 안 되는 동안 아이와 함께 입학해 중퇴한 셈이다. 이후 학교의 무슨 위원 자격으로, 혹은 거쳐 간 학부모로서 이따금 드나들곤 했다.

머문 시간은 짧았지만 꽤 많은 경험을 했다. 몸담고 있던 기간에 학교 건물을 새로 지었고, 학부모 대표라든지 법인 이사장이라는 등 여러 일을 떠맡아 해야 했다. 일할 사람이 많지 않은 동네다 보니 그리됐다. 일이란 게 본디 비교적 시간 쓰기 여유로운 쪽으로 몰리기 마련이며, 해봤거나 하고 있는 이가 또 하게 돼 있다. 대안학교뿐 아니라 어딘들 그렇지 않겠나 싶다.

그러다 보니 3년이 안 되는 기간 머물렀음에도 불구하고 많은 걸 보고 듣고 경험할 수 있었다. 좋은 경험이며 값진 시간이었다. 그걸 밑천 삼아 학교 밖 아이들에게 관심을 가질 수 있으니 말이다.

대안학교에 첫발을 들인 뒤 가장 먼저 닥친 고민은 공동체성에 관한 것이었다. 대안학교라는 커뮤니티는 뭔가 달라도 많이 다를 것이라는 생각을 하고 있었으나 별로 그렇지 않았다. 각종 회의에서 오가는 말은 그럴싸했지만, 그러기에 말과 행동과의 거리는 더 멀었다. 학부모들 욕망 또한 적당히 세속적이어서 대안학교 가치와 이따금 불화를 빚었다. 학부모 사이에서도 학벌과 자본, 또는 권력 크기와 무게에 따라 발언 무게가 다르다는 느낌도 받곤 했다. 많이 갖고 더 배운 이가 더 바른 소리를 하니 그럴 수밖에 없었을 거다.

사회적 등급(?)이 비슷한 이들끼리 무리를 짓는 것 또한 어느 모임과 크게 다르지 않았다. 되레 더하면 더했지 덜하지 않았다고 본다. 아이가 갓 입학한 새내기 학부모 시절, 그들 무리와 조화롭지 못해 잠시 고민에 빠지기도 했다. '공동체성'을 중요한 가치로 여기는 집단치고는 심각하다 할 정도로 패거리 문화도 엿보였고, 그 사이에서 나는 겉돌았다. 스스로 소외를 자초했거나, 그들이 나를 따돌렸거나 둘 중 하나였을 거다. 당시에는 후자로 생각했지만, 돌아보니 전자 쪽일 거로 생각한다.

돌아보면 대안학교 공동체 내부에 이처럼 보이지 않는 갈등이 존재하는 건 어찌 보면 당연하고 자연스러운 일이다. 사람 사는 동네에 그런 게 없다는 게 되레 이상한 일일 수 있겠다. 대안학교라고 크게 다를 바 없었던 거다. 대안학교는 뭔가 달라도 크게 달라야 한다는 기대치가 워낙 높았기에 상대적으로 실망감이 더 컸을 것이라고 본다.

그럼에도 불구하고 대안학교 구성원들 사이의 갈등에 유난히 민감했던 것은 '가치 중심적 집단'이기 때문이다. 대안학교를 찾는 학부모 대부분은 현 공교육 체계에 대해 강한 문제의식을 느끼고 있다. 획일적이고 기계적인 교육 시스템에 아이를 맡겨 둘 순 없다고 본다. 이에 더 나아가 일부 학부모들은 그런 공교육 시스템이 작동하는 근원적인 요인, 즉 사회 체제에 비판적이거나 부정적인 의식이 있다. 문제 근원에는 신경제 체제가 갖는 모순이 있으며, 이를 극복해야 한다고 본다. 더러 대안교육운동 일반이 이를 향해 나아가는 하나의 방편으로 보기도 한다.

그런가 하면 상당수 학부모는 대안학교 교과 과정에 매료돼 찾았을 뿐이다. 오늘 아이가 행복해야 행복한 내일을 이룰 수 있다는 소박한 믿음과 함께, 여행과 노작 등을 중심으로 한 대안학교의 교육 과정 그 자체가 좋아 선택했을 뿐이라는 것이다. 그까짓 학벌 따위에는 관심 없으며, 그저 십대에는 열심히 놀고 꿈꾸며, 자연을 사랑하고 여행을 다니는 등 하고 싶은 것 마음껏 하도록 해줘야 한다는 생각도 갖고 있다. 실제 대안학교 철학 또한 이와 그리 크게 어긋나지 않는다.

똑같이 대안학교를 찾았지만 생각은 이처럼 제각각이며 그 편차가 매우 크다. 그러한 생각 차이는 구체적인 학습 과정과 아이들 진로 결정 등 수시로 닥치는 현실적 문제 앞에서 종종 갈등으로 이어진다. 심지어 집회나 시위 현장에 아이들이 참여하는 것을 어떻게 볼 것인가를 둘러싸고 난상토론이 벌어진다. 사교육 금지 방침에 대해 그 수준을 놓고는 밤샘토론을 벌이기도 한다. 검정고시를 준비하는 아이들을 도울 것인지, 아니면 어느 수준까지 지원할 것인지도 종종 쟁점이 된다. 아이들 대학 진학을 둘러싸고는 학벌주의 타파론자들과 그렇지 않은 이들 간에 치열한 난상토론이 벌어지곤 한다.

토론이나 논쟁은 그나마 좀 낫다고 할 수 있다. 아예 서로의 인식수준 차이 때문에 되도록 섞이지 않으려는 모습으로 이어지기도 한다. 비슷한 이들끼리 무리를 짓고는 되도록 섞이지 않겠다는 완고한 모습을 보이기도 한다. 논쟁이나 토론으로는 인식 편차를 넘어설 수 없다는 걸 알기에, 결국 서로 영역을 인정하는 선에서 평화를 구하자는 취지일 수도 있을 것이다. 하지만 그 속내에 흐르는 갈등요인은 해소될 수 없는 것이어서, 갓 입학한 학부모 눈에도 쉽게 포착되곤 했다.

어찌 보면 대안학교 내부의 이런 갈등은 근원적이어서 쉽게 해소될 수 없는 것인지도 모른다. 차라리 각자 입장에 따라 이를 충족하기 위한 대안학교를 따로 세우는 것이 속 편할 수 있겠다는 생각도 해봤다. 좀 더 시간이 흘러 대안학교가 더 많아지면 다양한 학부모들 의식과 요구가 반영된 다양한 대안학교들이 생길지도 모를 일이다.

하지만 현재 운영되고 있는 대안학교만 갖고는 이처럼 다양한 학부모들 의식을 모두 그 그릇에 담아내기엔 역부족이다. 그러니 제각각인 입장의 공통분모를 도출하고는 이를 실현하는 절충지점에서 교과과정을 만들어 운영하고 있는 것으로 이해한다. 누군가에게는 부족하고, 누군가에게는 과도하게 비칠지라도 그 정도 선에서 만

족하라는 메시지일 것이다. 나 또한 이러한 이치를 깨달을 때까지 1
년여 갈등의 시간을 보내야 했다.

어느 집단치고 갈등 없는 곳이 있을 수 없다. 대안학교 또한 다를
바 없다. 하물며 우리 사회 전체의 구조적 문제를 고민하고, 좁게는
공교육 일반에 대해 치열한 문제의식을 느끼고 있는 이들이 모였으
니 고민의 치열함은 갈등의 치열함으로 이어지기 마련이다. 치열한
문제의식은 지속해서 가져가되, 대안학교 현장에서 일어나는 갈등
이 끝내 분열로 이어지지 않게 하려고 각자 인내와 슬기가 필요할
것이다.

대안학교를 찾는 부자(?)들

앞서 살펴보았듯, 대안학교에 대한 여러 비판 가운데 으뜸은 '부자들의 학교'라는 거다. 수많은 이야기를 들었고, 이를 무기 삼아 공격하는 이들도 많았다. 심지어 귀족학교라거나 부자들만의 또 다른 '명문사학' 아니냐는 비판도 숱하다. 상당수 대안학교가 이런 지적을 받게 된 데에는 일단 비용도 비용이지만, 구성원들의 사회적 지위나 신분 때문 아닌가 싶다. 대안학교가 추구하는 가치나 철학, 의도와는 달리 구성원들의 수준(?) 또한 시간이 흐를수록 높아지는 경향을 보이기 때문이다. 실제 짧은 기간 대안학교 울타리 안에 머무는 동안 바라본 풍경도 그러했다. 그런 추세는 날로 강해지면 강해졌지 약화되지 않을지도 모른다.

너굴이 대안학교에 첫발을 들였을 때만 해도 학부모들 직업이나 학력은 우리 사회 평균적 수준 정도였다. 고작해야 열댓 명 정도고, 날마다 어울리고 부닥쳤으니 굳이 조사나 통계를 들이대지 않아도 훤히 알 수 있었다. 다양한 직업을 가진 학부모들은 다들 고만고만한 소득으로 그럭저럭 살림을 꾸려 나가는 정도였다. 현직교사와 자영업자, 문화활동가, 회사원 등 이른바 '서민'이라 부르기에 딱 알

맞다는 느낌을 받았다.

하지만 그로부터 몇 년 정도 지난 뒤 모습은 확연히 달랐다. 아이가 대안학교를 그만둔 뒤 지역위원 자격으로 인사위원장이 돼 신입생 학부모 면접을 봤는데, 일단 학부모들 직업이 몇 년 전과 크게 달라진 데 놀랐다. 대학교수와 대기업 임원, 양·한의사, 건설회사 사주, 공인회계사, 변호사 등 면면이 화려했다. 불과 20여 명 아이의 부모 면접일 뿐인데도 그랬다.

학교에 낸 입학원서에 나타난 부모들 학력과 경력도 크게 달라졌다. 대부분 대학 졸업이거나 그 이상이었다. 소득 수준은 묻지 않으니 알 수 없지만 상당한 재력을 가진 것으로 보이는 이들도 적잖았다. 도시 밖에서 지원한 어느 학부모는 아이를 위해 학교 근처에 따로 집을 얻겠다고도 했다. 부모가 아이를 통학시켜주는 것은 규칙에 어긋나니 그리하겠다는 거다. 이들에게 '서민'이라는 낱말은 어울리지 않아 보였다. 확실히 우리 주변에서 흔히 볼 수 있는 '보통사람'들의 모습은 아니었다.

학력이나 재력 등에 있어서 학부모들의 수준이 전반적으로 크게 높아지면서 면접에도 특이한 현상이 나타났다. 고학력 학부모들은 어느 질문에도 막힘이 없었다. 주관이 뚜렷했고 체득한 정보량이 많았다. 대안학교가 어떻다는 것 정도는 얼추 꿰고 있었다. 아이를 보내기 전 이미 대안학교 전반적 상황에 대한 학습을 마친 것으로 보였다. 지원한 대안학교 홈페이지를 꼼꼼히 살피고, 각종 자료를 습득해 훑은 게 틀림없어 보였다.

제출한 입학 서류 완성도도 높았다. 수많은 질문에 대해 그들이 단 답변은 모범답안에 가까웠다. 질문 핵심을 간파하고 막힘없이 풀어나갔다. 심지어 자신의 약점을 드러내는 데도 주저하지 않았으며, 되레 이를 입학해야 하는 구실로 삼는 노련함도 엿보였다.

여기에는 이들이 가진 학력과 재력, 네트워크가 밑거름된 것 같다. 돈으로 얼마든지 정보를 얻을 수 있는 시대며, 정보 습득력은 재력에 비례하는 세상이니 그럴 거다. 각자 전문 분야에서 오랜 기간 학습 경험을 쌓은 이들로서 대안학교에 관한 정보를 얻는 것쯤은 아무것도 아니었을 거다. 이미 상당수 학부모는 전국 이런저런 대안학교 탐방이나 순례를 마친 경험도 있다. 방대한 사적 네트워크를 자랑하는 이들은 자신의 네트워크에 포착된 대안학교 관계자들의 조력을 받았을지도 모른다. 무엇보다 그들이 거기까지 오르는 동안 체득하고 축적한 '목표 관철 노하우'는 워낙 탁월한 것일 테니, 대안학교 진입 관문 정도야 요즘 아이들 말 그대로 '껌'일 것이다.

그렇다고 해서 그게 꼭 나쁘다는 건 아니다. 그럴 수 있으며, 그걸 나무랄 생각은 없다. 많이 알아보고 철저히 준비하는 것은 되레 미덕일 수 있으니 말이다.

하지만 일부 민감한 질문에 솔직하지 못하다는 건 대안학교 입학 이후 행보에 걸림돌이 될 수도 있다. 이를테면 대학 진학에 대한 견해를 묻는 말이 그렇다. 대부분 학부모가 이 질문에 대한 답변이 가장 곤혹스럽다고 이야기한다. 그러니 단정적으로 쓰기보다는 원론적 수준에서 모범답안을 낸다. 자신의 이야기를 하지 않은 채 두루뭉술하고 애매하게 답한다. 꼭 대학에 입학해야 한다고 보지 않지만, 아이가 원한다면 굳이 막지 않겠으며, 막을 수 없다는 답변이다. 누군들 그리 답하지 않겠느냐 싶을 정도의 원론적 답변이다. 아이의 의견을 존중하는 태도야 바람직하지만, 본인 입장을 묻는 말에 아이를 내세우는 것은 적절치 않아 보였다.

대안학교 지원 동기 또한 모범답안에 가까웠다. 아이가 행복해야 하며, 오늘날 공교육은 그걸 보장해주지 못한다고 지적한다. 다양성을 보장하지 못하는 공교육 현실을 날카롭게 파고든다. 상당수 학부모의 공교육에 관한 문제의식은 높은 수준이었다. 마치 학교가 아이에게 해줄 수 있는 것이 아무것도 없다는 데까지 나아간다. 죽어가는 학교, 화석이 된 공교육에 대한 대안으로 대안학교를 찾았다는 것이다.

대안학교를 찾는 상류층 학부모들의 공교육에 대한 비판적 관점은 대안학교의 그것과 그리 다를 게 없다. 높은 학력에 가진 것 많은 엘리트 학부모 눈에 누구 말마따나 "아이들을 난쟁이로 만드는 통"이 돼버린 학교 현실이 포착되지 않을 리 없다. 그러니 획일적이고 기계적인 주입식 교육이 펼쳐지는 공교육 현장에 아이를 맡겼다가는 '내 아이의 우수한 경쟁력'이 자라기는커녕 위축되거나 묻혀버릴 수 있다고 볼 것이다. 실제 그렇게 답한 부모들도 상당수였다. 이 밖에도 학교폭력이나 왕따 문제, 자살하는 아이들 등 여러 가지 문제가 횡행하고 있는 학교 현장에 아이를 맡기고 싶지 않다는 뜻도 내비쳤다.

학부모들 상당수는 대안학교를 원해서 찾았다기보다는 문제투성이 공교육 현장으로부터 도망치거나, 합류를 거부한 것이다. 달리 대안이 없다면 하는 수 없이 공교육에 합류할 수밖에 없겠지만, 다행히도(?) 대안학교라는 곳이 있으니 그걸 선택한 거라고 본다. 다시 말해 대안학교 뜻이 좋다기보다는 공교육 체제에 편입되기 싫은 게 일차적 동기다. 그렇다면 대안학교는 여기서 오는 문제를 해결하려는 방편이 된다.

그런 상황이니 적잖은 학부모들이 대안학교 교육철학이나 교과 과정에 적극적으로 동의하기란 쉽지 않은 일일 것이다. 입학 전이야 합격을 위해 그럴듯하게 포장했을 뿐, 입학 이후에는 필요한 최소한 의무만을 준수할 뿐 겉돌 확률이 매우 높다. 대안학교가 제공하는 단 것은 취하되 쓴것은 문제가 생기지 않을 정도의 형식적 참여만 할 뿐 내 갈 길을 가겠다는 태도도 엿보였다. 그래도 여행이나 각종 야외활동, 견학, 놀이, 문화예술 프로그램 등 아이들이 행복해할 수 있는 '달달한' 프로그램이 즐비하니 대체로 만족도는 높은 편이다.

단적으로 말해 상당수 상류층 부모의 욕망은 오늘 행복하고, 내일 좋은 대학을 가야 한다는 건데, 민주적 대안학교의 뜻은 학벌 따위는 그리 중요하지 않다는 거니 갈등이 없을 수 없다. 그러니, 평소 드러나지 않았던 갈등은 교과 과정 편성 때 종종 수면 위로 떠오른다. 대학 입학을 위해 필요한 과목을 좀 더 늘렸으면 좋겠다는 요구를 노골적으로 하는 부모들도 있으며, 검정고시 준비를 도와주면 좋겠다고 제안하는 이들 또한 드물지 않다. 대안학교 뜻은 잘 알겠는데, 아이가 원하니 좀 도와주면 어떻겠냐며 하소연하는 일도 왕왕 벌어진다.

적잖은 학부모들의 이런 욕망이나 바람이 지속하면서 일부 대안학교의 경우 세간의 비판처럼 '명문 사학' 모습을 닮아간다. 겉모습은 여느 대안학교와 다르지 않지만, 그렇게 운영하면서도 해마다 명문대(?) 진학생을 배출하는 경이로운 실적을 과시하는 대안학교들이 날로 늘어나는 것은 바로 이 때문이다. 이를 두고 양수겸장, 누이 좋고 매부 좋은 거 아니냐는 반론도 있겠지만 과연 그럴까 싶다. 대안학교가 공교육 현실에 대한 대안 찾기에서 출발했다면, 그게 제대로 자리 잡기 위해서는 삶의 양식조차 대안적이어야 한다. 그렇다면 대안학교는 학벌이나 자본의 굴레에서 벗어나 자유로운 삶을 추구함으로써 자기 삶의 주인 노릇을 제대로 할 수 있도록 배우고 익히는 장이어야 한다. 비록 그 길을 가는 것이 어렵고 더디더라도 견디고 꾸준히 나아가야 한다. 힘들고 어렵다고 일부 학부모들 욕망과 적당히 타협하는 대안학교가 늘어난다면 대안학교의 미래 또한 밝지 않을 것이다. 궁극적으로 그런 대안학교에 대한 대안으로서의 대안학교가 또 나와야 할 테니 말이다.

대안학교 아이들이 갖춰야 할 세 가지

날이 갈수록 세상살이 살기 험해지니 개개인이 갖춰야 할 삶의 무기(?)도 다양해지고 있다. 특히 대안학교 아이들 대부분은 학력과 무관하게 험한 세상 살아가려니 학력 대신 몇 가지 더 갖춰야 할 것들이 있다. 대안학교 대부분이 그렇다고 할 수 없겠지만 너굴이 다닌 대안학교 학부모들 사이에서 농반진반으로 오고간 이야기인데, 대안학교를 벗어날 즈음에는 다음 몇 가지 정도는 꼭 갖춰야 할 것 같다는 이야기를 주고받은 적이 있다.

첫째, 자기 자신이 먹을 것 정도는 스스로 키우고 조리해서 먹을 정도는 되어야 한다는 것이다. 대안학교는 이를 위해 텃밭을 마련해 아이들로 하여금 가꾸도록 하는 시간을 별도로 배정하고 있다. 이를 '노작'이라고 하는데, 배추며 무는 기본이고 학교에서 먹을 찬거리도 학생들을 포함해 대안학교 구성원들이 함께 가꾸고 키우도록 한다. 아울러 수확한 농작물들도 되도록 아이들까지 참여해 함께 조리하도록 한다. 굳이 남의 손을 빌리지 않아도 제 먹을거리는 혼자 힘으로도 너끈히 해낼 수 있도록 하기 위해서다.

둘째, 자기 자신의 몸을 스스로 돌볼 수 있는 능력을 갖춰야 한다고 본다. 몸이 심하게 아플 때야 병·의원을 찾아야 하겠지만 가벼운 질환은 자신의 힘으로 다스릴 수 있어야 한다는 것이다. 이를 위해 대안학교 구성원들은 틈나는 대로 대체의학에 대한 기본적 지식을 습득하기 위해 노력한다. 주로 뜸이나 침, 식이요법 등 위험요인이 적고 간단하게 배울 수 있는 것을 서로서로 도와가며 익혀가는 것이다. 나 또한 허리통증이나 두통 등 가벼운 증세에 시달렸을 당시 구당 선생으로부터 뜸 솜씨를 전수한 대안학교 학부모의 뜸 덕분으로 치료한 적도 있다.

셋째, 자기 자신이 입을 옷 정도는 스스로 만들어 입을 수 있어야 한다고 본다. 너굴이 다닌 대안학교의 경우 이를 위해 아예 바느질이나 재봉질 등을 아이들에게 가르치기도 했는데 의외로 아이들의 반응이 좋았던 것 같다. 너굴 역시 당시 배운 재봉 기술로 내 잠옷바지를 하나 만들어 주기도 했는데, 불행히도 사이즈가 맞지 않아 입지는 못하고 있다. 바느질이나 재봉질을 가르치는 것은 주로 학부모 가운데 손재주가 좋은 분들의 몫이다.

대안학교가 아이들에게 이 세 가지를 갖추도록 돕는 것은 여러 가지 깊은 뜻이 있어 보인다. 먹을거리와 입을 거리, 그리고 건강에 이르기까지 뭐든 다 돈으로 해결하려 할 경우 결국 돈을 삶의 중심에 둘 수밖에 없을 것이라는 우려 때문으로 보인다. 물론 그렇다고 해서 돈이 필요치 않은 삶을 살라는 것은 아니다. 다만, 생활에 필요한 최소한의 것들은 되도록 스스로 해결함으로써 좀 더 자본으로부터 자유로운 삶을 살 수 있도록 하기 위해서일 것이다. 최소한 먹을거리와 입을 거리, 그리고 몸의 건강을 스스로 어느 정도 해결하고 유지할 수 있는 정도만 되어도 돈의 노예가 되는 신세는 벗어날 수 있을 것으로 보인다. 그렇다고 해서 대안학교를 나온 아이들이 이 세 가지를 두루 잘 갖췄으며, 일상에서 잘 실천하고 있다고 보기는 어렵다. 다만 그 정신만은 쉽게 잊지는 않을 것이며, 그것만으로도 충분하다고 본다.

대안학교 나오면 뭐해요?

"대안학교 졸업하면 뭐해요?"

너굴이 대안학교 다닐 때 가장 많이 받은 질문이다. 당연한 질문이며, 누구나 궁금해 한다. 졸업 이후에 대한 전망 없이 아이를 대안학교에 보낼 순 없을 거다. 하물며, 누구나 다 가는 학교를 벗어나는 모험을 감행할 때는 용의주도함, 주도면밀함이 필수 덕목이다. 물어보고 따져봐야 할 것 많다. 그중 졸업 이후에 대한 전망이야말로 가장 신경 써야 할 대목이다. 그러니 이와 관련한 질문이 많은데, 공교롭게도 그때마다 난감했다. 내 아이는, 우리의 아이들은 도대체 뭘 할 수 있으며, 뭘 해야 하는지 모르겠기 때문이다. 나 또한 따져보고, 여럿이 얘기도 많이 나눠봤지만, 똑 부러지게 답을 구하지 못했다. 뭔가 쓰일 구석이 많아 보이긴 하는데, 어느 구석에 가장 잘 어울려 쓰일 수 있지는 당최 가늠하기 어렵다. 모름지기 하루하루 삶은 반듯하게 설정한 좌표를 향해 한 발짝씩 나아가는 것이 마땅할 터, 무엇을 이룰지, 무엇이 될지, 목표조차 없는 일상이란 소모적인 삶이라 여기는 게 요즘 세상 아닌가.

물론 아이들과 부모 모두 하고 싶은 게 있다. 아니, 있는 정도가 아니라 많다. 하고 싶고 일과 이루고 싶은 것들이 없다면 그야말로 정상이 아닐 거다. 남들 다 하고 싶은 것, 대안학교 식구들도 다 하고 싶어 한다. 할 수만 있다면 하고 싶어 한다. 번듯한 직장과 두둑한 보수, 큰 의자와 권력 등등에 대한 욕망은 피할 도리가 없다. 정교하고 거대한 사회 체제 속에 편입돼 있는 한 누구도 그 욕망으로부터 자유롭지 않다. 많이 벌어 많이 소비하고, 더 큰 권력을 쥐고 세상을 뒤흔들고 싶은 욕망이야 대안교육 공동체 식구들이라고 없을 리 없다.

하지만 대안학교 영역으로 들어오는 순간 더는 그걸 꿈꾸지 말아야 한다. 비록 욕망은 내면에서 꿈틀대더라도 되도록 이를 잠재우려 노력해야 한다. 그게 다는 아니며, 최선도 아니라 믿으며, 그걸 넘어서기 위한 내공을 기른다. 여럿이 함께 그런 내공을 키워가는 것, 그것이 대안학교 존재 이유라 본다. 우리 사회를 지배하는 자본의 논리에 따라 모두 한결같이 키워가는 욕망이 삶의 참된 가치는 아니라 보기 때문이다. 크고 높은 의자에 앉거나, 많은 돈을 쥐는 게 삶의 목표가 되는 순간 '생활'은 윤택해지겠지만 '삶'은 피폐해진다는 믿음도 가져야 한다.

대안교육 진영이 바라보는 우리 사회는 정글이다. 저마다 더 큰 권력을 향해, 더 많은 돈을 좇아 피 튀기는 경쟁을 벌이기에 세상은 날로 더욱 황폐해지고, 사람은 본성을 잃고 사회는 정글을 닮아가고 있다는 것이다. 저마다 자기 삶의 주체가 아닌 사회 체제의 도구화

된 존재로서 '생활'할 뿐, 오롯이 자기 삶의 주인으로서의 '삶'을 살아가지 못하는 게 현실이라고 본다. 학교라는 획일적 틀에서 이뤄지는 공교육 역시 이러한 기존 체제 유지와 강화를 위한 '도구로서의 인간'을 육성 배출하는 사육장일 뿐이라는 건 비단 대안교육계만의 지적은 아닐 것이다.

그래서 참된 대안교육은 이러한 질서를 거부한다. 더 많은 권력과 자본을 얻기 위한 조건들을 충족할 수 있는 곳은 학교와 학원으로 충분하다고 본다. 좋은 성적을 내 좋은 대학을 가고, 좋은 대학을 나와 좋은 직장을 잡고, 잘 먹고 잘사는 데 필요한 모든 것은 학교나 학원에서 배우고 익히면 된다는 것이다.

대안학교는 그 말뜻 그대로 기존 질서에 맞서 대안적 삶을 지향하는 데 존재 이유가 있다고 본다. 무엇(What)이 되느냐보다 어떤(How) 삶을 살아갈 것인가에 초점을 맞춘다. 바꿔 말하면 무엇이 될 것인가는 전혀 중요하지 않다. 그 대신 '무엇'을 하든 간에 '어떤' 삶을 살아갈 것인가를 고민하도록 돕는다. 무엇을 하든 간에 자기 삶의 참된 주인으로서 당당하게 살아가도록 하는 데 교육의 초점을 맞춘다. 구두를 닦든 남의 머리를 만지거나 커피를 만들어내든 간에 인간 본연의 존엄함과 본성을 잃지 않고 당당하게 살아가는 것이야말로 참된 삶이라 보는 것이다. 밥벌이 방법은 말 그대로 이를 위한 하나의 방편일 뿐, 그 자체가 목적일 수 없으니 그렇다. 그러니 무엇으로 빵을 구하든 그게 그리 중요한 건 아니다. 그저 하루하루 일상 속에서 타자와 더불어 행복을 찾으며 그런 환경을 만들어나가는 게 소중하다.

대안교육 공동체 안에 머물던 때 종종 듣던 이야기가 있다. 대안교육을 통해 아이들은 두 가지 내공을 키우게 된다는 것이다. 하나는, 비록 100원을 벌어도 1,000원을 버는 사람보다 더 행복할 수 있는 내공이다. 다른 하나는 비록 초등학교 졸업 학력일지언정 학벌 좋은 이들과 견줘 꿀리지 않을 정도의 인문학적 내공을 갖추는 것이다. 그런 내공만 갖춘다면 대안학교를 나와 세상으로 나가도 무엇을 하든 자기 삶의 주체로 당당한 삶을 살아갈 수 있을 거라는 얘기다. 물론 이는 그리 쉬운 일이 아니다. 그러기에 여럿이 함께 몇 년 동안 노작과 여행, 인문학 수업, 다양한 체험 프로그램 등을 통해 날마다 조금씩 내공을 키워나간다.

결론적으로 대안교육 핵심은 제자리 찾기인 셈이다. 돈과 권력이 사람의 주인 노릇을 하는 세상에서 사람이 주인인 세상으로 되돌리는 운동 말이다. 모두가 얼마짜리 수입과 얼마나 큰 권력을 갖느냐에 관심을 두는 세상에서, 어떤 가치와 관점, 입장을 갖고 살 것인가를 고민하자는 것이다. 더디지만 여럿이 함께 십수 년 세월 뿌린 씨앗이 마침내 큰 결실을 거둘 날도 그리 멀지 않았다고 믿는다.

아이들의 꿈, 어른들의 꿈

너굴이 대안학교를 그만둔 뒤에도 이따금 학교 일을 거들 기회를 가졌다. 크고 작은 행사에 참여하기도 했고, 그저 지나는 길에 차 한잔 마시기 위해 들르기도 했다. 그러다 뜻하지 않게 신입생 선발을 위한 인사위원회 위원장을 맡은 적이 있다. 인사위원회는 교사 대표와 학부모 대표, 지역위원 등으로 구성되는데 지역위원 자격으로 위원장 노릇을 하게 된 것이다.

대안학교의 경우 입학원서 접수가 마감되면 서류 전형은 요건을 제대로 갖췄는지만 보고 곧바로 아이들과 학부모 면접을 진행한다. 그렇다고 아이들을 상대로 한 면접이나 인터뷰 따위를 하는 건 아니다. 그 대신 일박이일 동안 예비학교를 열어 아이들과 교사들이 하룻밤을 함께 보내면서 다양한 프로그램을 진행한다. 그 과정을 통해 교사들은 아이들을 살핀다. 아이들이 과연 대안학교에서 잘 적응할 수 있는지, 교사들은 또 아이들을 잘 감당할 수 있는지, 서로가 서로를 이해하는 시간을 갖게 되는 거다.

입학 여부를 최종적으로 결정하는 인사위원회는 학교로부터 넘겨받은 입학원서 등 서류와 부모 인터뷰를 통해 판단하게 된다. 인터뷰라 하지만 대화라는 표현이 적절할 정도로 오래도록 깊이 있는 이야기를 나눈다. 한 가정을 상대로 다섯 명의 인사위원과 한 명의 교사 등 여섯 명이 만나는 자리지만, 이것저것 서로 궁금한 것에 대해 대화하는 자리라 별로 부담스럽지는 않은 자리다. 너굴이 입학할 때 경험에 비춰 보면 그렇고, 인사위원들도 되도록 편안하게 대화하는 자리로 만들기 위해 노력한다.

인사위원들은 인터뷰에 앞서 입학원서 등 서류를 검토하게 된다. 한 명당 서류가 A4 용지 20장 안팎 정도였는데 그 부피가 대단했다. 아마도 거의 모든 대안학교 입학원서 양식이 그럴 것인데, 내 경험에도 그걸 작성하는 게 여간 힘든 일이 아니었다.

서류 가운데 칸칸이 나뉘어 있는 이른바 '소정양식'으로서의 입학원서는 별것 아니다. 문제는 자유롭게 쓰는 난인데, 말이 자유롭게지 그 자유로움을 누린다는 게 쉽지 않다. 곧 초등학교를 졸업하게 되는 아이들이 자필로 자기소개서를 쓰고, 이 밖에도 내가 바라본 나, 내 가족 이야기, 초등학교 생활은 어땠는지, 대안학교에서 뭘 하고 싶은지, 대안학교를 찾게 된 이유나 동기 등을 기술해야 한다. 대안학교는 이를 통해 아이 필체나 글쓰기 능력은 물론, 아이 가족의 전반적인 상황을 이해하고자 하는 거다.

부모들에게는 좀 더 무거운 미션이 주어진다. '학부모1'과 '학부모2'라는 낱말을 쓰는데 (이는 편부모 아이들을 배려한 표현이다) 부모1과 부모2 모두 자기소개와 함께 자신이 생각하는 아이 특성과 장점 등을 각각 써야 한다. 이 밖에도 대안학교의 교육철학이나 목표에 대해 공감하는 점이 무엇인지, 무엇을 얻고 어떻게 변화되길 바라는 지, 진로는 어떻게 전망하고 있는지, 대학 입시를 위한 교육과정을 운영하지 않는 데 대한 생각은 어떤지, 청소년의 사회문제에 대한 관심과 참여에 대한 생각은 어떤지, 나눔의 삶을 위해 무엇을 실천하고 있는지 등등에 대해서도 각각 작성해야 한다.

이처럼 두툼한 입학원서들을 하나하나 검토한다는 건 확실히 곤혹스러운 일이었다. 또박또박 자필로 써내려간 글들은 저마다의 독특한 형상으로 각자 삶을 진술하고 있다. 그 한 줄 한 줄을 쓰기 위해 고심했을 것이며, 뒤돌아보기도 했고, 길게 멀리 내다보기도 했을 거다. 특히 몸이 불편하거나 마음을 아픈 아이들이나 부모들은 더더욱 힘든 일이었을 거다. 공교육은 절대로 이들을 감당하지 못하거나 감당하지 않는 상황에서, 대안학교는 이들에게 상대적으로 더 절실한 곳일 수 있기 때문이다.

두툼한 서류 뭉치를 몇 번이고 읽으면서 참 많은 생각을 떠올리기도 했다. 다른 아이들보다 늦게 크고 있지만, 더 곧고 강하게 크는 아이들도 있으며, 이미 훌쩍 웃자란 아이들도 눈에 띈다. 초등대안학교를 거친 덕분에 이른바 '대안교육 현장'에 익숙한 아이들도 있고, 일찌감치 부모와 함께 귀농하기로 작심하고 대안학교를 찾은 아이도 있었다.

이처럼 삶의 과정과 양태는 제각각이었지만 모두가 '더불어, 함께 사는 공동체'를 지향하기에, "배워서 남 주느냐"는 식의 공교육 현장을 등졌다는 점은 한결같다. "배워서 남 주자"는 것 또한 대안학교 가치 중 하나일 수 있으니 말이다. 그런 점에서 대안학교의 입학전형은 합격 불합격을 가리는 과정이라기보다는 서로에 대한 교감의 폭과 깊이를 더 하는 과정으로 이해한다. 대안학교 문을 두드리는 이들치고 그게 뭔지 전혀 모르는 이들은 거의 없으니 그렇다.

다만, 알고는 있지만 잘못 알았거나, 머리로는 이해하고 있지만 가슴으로 공감하지 않는다면 서로 곤란한 일이니, 이를 구분해내는 과정이 필요하다고 본다. 이른바 인사위원회라는 것은 이를 위한 하나의 장치일 뿐인 거다. 주어진 미션은 과분하고 부담스러웠지만 이를 통해 새로운 얼굴을 만날 수 있는 것은 확실히 보람된 일이었다. 같은 길을 함께 걷고자 하는 동지나 동무를 만난 것이기에 그렇다.

인사위원장을 맡던 때 입학한 아이들은 벌써 대안학교 4년 차에 접어들었다. 4년 전 그 아이들이 서툰 글씨로 썼던 꿈과 기대를 대안학교에서 과연 어떻게 키우거나 이루고 있는지 무척 궁금하다.

대안학교 찾는 장애아들의 안타까운 사연

공교육의 대안(?)으로서 대안학교가 자리매김했다지만, 그 정도에 그치는 건 아니다. 공교육이 날로 황폐해지면서 대안적 (Alternative) 기능뿐 아니라 공교육에 대한 보완적(Supplement) 역할까지 떠맡고 있는 실정이다. 공교육의 사회적 기능이 학벌과 출세 또는 성공을 뒷받침하는 것에 집중되면서, 그 밖의 기능은 학교 밖으로 밀려나는 건 필연적이다. 학교 밖으로 밀려난 기능 가운데 일정 부분은 결국 대안학교 몫이 되고 있다.

대표적인 것이 장애를 가진 아이들이다. 최근 들어 대안학교 문을 두드리는 장애아가 늘어나고 있다. 대안학교와 관계를 맺고 있던 짧은 기간에도 그런 징후가 뚜렷하게 나타났다. 대안학교 신입생 모집 기간에는 정원을 크게 웃도는 장애아를 어찌해야 좋을지 무척 난감했다. 거대한 공교육 영토에서 밀려난 장애아들이 (교육 부문 중 가장 취약한) 대안학교 문을 두드리는 현실에 분노하곤 했다.

대안학교를 찾는 장애아들은 대부분 지적 발달이 다소 늦거나 아이들과의 관계에 취약한 아이들이다. 마음앓이를 하는 아이들도 더러 있다. 부모들은 그 아이들을 공교육 현장에서 감당하기 어려울 거라 본다. 많은 아이가 치열한 경쟁을 벌이는 학교 현장에서 아이가 상처받거나 더 큰 마음의 상처를 입을 수 있다고 걱정한다. 그런 아이들의 평범하지 않은 행동이 자칫 왕따로 이어지지 않을까 노심초사다. 혼자서 적잖은 아이들을 지도 또는 '관리'해야 하는 교사는 그런 아이에게 주의와 관심을 기울일 겨를이 없을 거라 판단한다.

외부의 작은 자극에도 민감하게 반응하거나 크게 다칠 수 있는 아이들이 그런 공교육 현장에 적응하기 어려울 거라는 건 누구나 다 헤아릴 수 있는 일이다. 학교 현실도 늦되거나 마음앓이를 하는 아이들을 감당하기에 허약하기 짝이 없다. 심지어 그런 아이들이 학교에 진입하는 것을 마뜩잖게 여기는 학교도 태반이다. 노골적으로 다른 곳(?)을 찾아가 볼 것을 권유하기도 한단다. 아이가 딱히 장애라 하기 어려운 상태임에도 불구하고 대안학교를 찾아가 볼 것을 권유해 찾아왔다는 학부모도 적잖게 만났다. 그렇게 해서 대안학교 문을 두드린 몇몇 아이들의 예를 들어보자.

가영이(가명)는 심성이 여리다. 주어진 규칙을 잘 지키려 애쓴다. 하지만 변화나 도전은 두렵다. 사회적 관계에도 서툴고 자신을 나타내는 데도 어려움을 겪는다. 가영이 부모는 "자기표현이 서툰 가영이가 속히 자신감을 찾았으면 좋겠다"고 한다. 하지만 초등학교는 가영이의 어려움을 돕지 못했고 어려움은 더욱 커졌다. 결국, 4학년 때 공교

육을 떠나 대안학교에 발을 들였다. 다른 아이들은 중학교 진학을 앞
둔 때 가영이는 다시 중고등학교 통합과정 대안학교의 문을 두드리
고 있다.

나영이(가명) 역시 "다른 아이에 비해 좀 늦되다"고 한다. 사회성이
약하니 주변 여건에 민감하게 반응한다. 자신감도 떨어지고 자존감
을 잃어간다. 초등학교 입학 전 공동육아 때부터 나타난 현상이다.
나영이는 초등 대안학교에 들어갔고, 다시 중고등 통합과정 대안학
교를 찾았다. 그곳이라면 아이의 자존감을 되살릴 수 있고, 나영이의
순수함을 드높이고 특유의 책임감을 키울 수 있을 것이라는 믿음 때
문이다.

다영이(가명)는 틱 장애가 있다. 어릴 때는 없었는데 초등학교에 다
니는 중 부모를 따라 해외생활을 하고, 다시 학교에 돌아온 뒤 생긴
증상이다. 잦은 환경 변화와 학교생활 적응이 어려웠기 때문일 거란
다. 덩달아 사람들 앞에서 위축되고, 집중력도 떨어졌다. 책을 좋아
하고 즐겨 읽는 것을 자랑스러워하지만, 남들 앞에서 당당하지 못하
다는 걸 아쉬워한다. 운동 능력도 약한 편이어서 부모 마음을 아프게
한다. 졸업을 앞둔 다영이 역시 대안학교를 찾았다. 삶과 단절된 입
시 위주의 공교육 시스템에서 다영이가 적응하기란 쉽지 않겠다는
게 초등학교 담임교사의 조언(?)이고, 아빠의 생각이었다.

이 아이들 모두 대안학교 인사위원회에 관여할 때 만난 아이들이다. 당시 아이들의 상황을 부모들로부터 전해 들으면서 무척 답답하고 화가 났다. 우리 사회의 취약한 부분을 당연히 앞장서 책임져야 하는 공교육마저 이를 포기하거나 시스템 밖으로 내몰고 있다는 생각 때문이었다. 특히 다영이의 경우 교사가 대안학교를 찾아볼 것을 '조언'했다지만, 이는 공교육이 직무유기를 넘어 스스로 공적 기능을 더는 수행할 수 없음을 드러내 보이는 장면이라 할 수 있다. 굳이 서구 사회를 들먹일 필요 없이 제대로 된 사회라면 있을 수 없는 일이다.

공교육을 포함한 공공영역의 일차적 임무는 상대적으로 취약한 사회적 영역을 향해야 한다는 건 상식이다. 더욱이 학교라면 당연히 서툴고 약하며 뒤처진 아이들을 먼저 배려하고 돌봐야 한다. 앞서 달리는 아이들보다는 뒤처지는 아이들을 먼저 챙겨, 그 아이들이 아픔을 극복하고 스스로 달릴 수 있도록 힘을 북돋아 주어야 한다. 그러한 일련의 과정 역시 공적 교육의 중요한 내용이어야 한다는 건 너무나 당연한 일일 것이다.

한데, 공교육은 이와 반대로 가고 있다. 몸과 마음이 허약한 아이거나 장애를 가진 아이들을 '피 튀기는 달리기'의 '장애물' 정도로 여기는 것 아닌가 하는 생각이 들 정도다. 그런 아이들을 안기보다는 마침 대안학교라는 곳이 있으니 그쪽으로 내모는 분위기 아닌가 싶다. 아이의 부모들 역시 이런 어처구니없는 상황을 체념한 듯 받아들이고 있는 듯했다.

　현실이 이러니 대안교육 현장의 부담은 날로 무거워지고 있다. 국가나 교육 당국으로부터 이렇다 할 지원도 없는 상황을 고려한다면 지나칠 정도다. 대안학교가 장애아들을 감당할 수 있는 수준은 대부분 전체 입학 정원의 10% 정도다. 고작해야 한 해에 한두 명 뽑을 뿐인데 예닐곱 명씩 몰려드니 곤혹스러움이 말할 수 없을 정도다. 입학하지 못한 아이들은 또 어디로 가야 하는지, 생각하면 할수록 마음 아프고 답답하며 화가 났다. 대안교육 현장에서 해마다 일어나는 이 참담한 상황은 공교육의 전면적 혁신 없이 나아지지 않을 것이다. 그러니 바라건대, 공교육으로부터 등 떠밀려 대안학교를 찾았든, 자발적으로 찾았든 간에 아프거나 늦되는 아이들이 좋은 대안학교를 만나, 보란 듯 쑥쑥 자라길 바랄 뿐이다.

길이 없다면 함께 만들자

아이가 다니던 대안학교 이름은 줄여서 '배움터 길'이다. 정식 명칭을 쓸 때는 그 앞에 '더불어 가는'이라는 수식어를 붙인다. 공식적 이름은 '더불어 가는 배움터 길'인데 길어도 너무 길다. 그러니 줄여서 '배움터 길'이라 부른다.

학교가 굳이 '길'을 내세운 애초 배경은 알지 못한다. 말 그대로 학교 밖 아이들 여럿이 어울려 배우고 익히며 함께 간다는, 그런 뜻을 담고 있는 것으로 생각할 뿐이다.

배움터 길에서 이런저런 일꾼 노릇을 하는 동안 참 많은 어려움을 겪었다. 구성원들 뜻을 모으는 과정은 험난했다. 어려운 살림살이 또한 늘 발목을 잡았다. 특히 학교의 앞날을 둘러싼 논쟁 또한 치열했다. 각자 그리는 꿈과 이상이 달랐고, 현실적 처지 또한 천차만별이었다. 그래도 모두 함께 앞으로 나아가야 했다. '더불어 가는 배움터'니까.

그 시절 좋아했던 글이 있다. 노신(아큐정전의 작가)의 '고향'이라는 글의 마지막 대목에 나오는 글이다. 노신은 이 글에서 "길도 본디 없고, 희망도 원래 없다"라고 한다. 얼핏 암담한 상황이다. 하지만 그는 희망이란 게 마치 땅 위의 길과 같은 것이라 했다. 본래 땅 위에는 길이란 게 없었다. 그러니 있다고 할 수도 없고, 없다고 할 수도 있다고 말한다. 그저 여러 사람이 다니면 그것이 곧 길이 되고 희망이 된다고 풀었다.

배움터 길 또한 마찬가지라고 봤다. 일찍이 없던 길을 가는 거니, 모두 함께 길을 만들어 나가야 했던 거다. 더불어, 함께 가면서 길을 내고, 그 길에서 희망을 만들어야 했던 거다. 그러니 모두 힘겹고 고단했다.

그렇듯 어려운 시절을 견디고 견뎌 온 끝에 이제는 그 길에 제법 많은 아이가 다닌다. 여전히 탄탄대로도 아니고, 쌩쌩 달릴 수 있는 포장도로도 아니지만 서로 어깨 걸고 걸을 만큼 넓어졌다. 그 길에 얼마나 많은 이들이 더 함께할지 알 수 없다. 하지만 세상에 없던 길, 세상에 단 하나뿐인 길을 내고 당당하게 걸었다는 것만으로도 충분히 행복하고 자랑스러웠다. 지금 그 길을 가고 있는 이들 또한 그럴 것이라 믿는다.

● 진짜 대안학교, 가짜 대안학교

대전에 '요재미학교'라는 대안학교(?)가 유명세를 탄 적이 있다. 여러 언론에 오르내린 데다, 학교 이름이 재미있어 관심 있게 봤는데 '무늬만 대안학교'다. 보도된 내용은 대안학교 인가를 받은 '요재미학교'가 홈페이지나 TV광고를 통해 '국제학교'라고 홍보했다는 거다. 대안학교가 TV광고도 했다니 거 참 묘안 일이라 생각했다. 내가 알고 있는 대부분 대안학교는 TV광고는커녕 학교 운영비도 부족해 허덕대는데 말이다.

알고 보니 무늬만 대안학교 맞는 것 같다. 교육청으로부터 대안학교 인가를 받은 뒤 운영은 국제학교 식으로 했다 한다. 최근에는 서울 강남권에 이런 학원들이 대안학교의 탈을 쓰고 성업 중이라는 소식도 들린다. 국제학교나 대안학교인 양 포장하고는 학부모로부터 학비를 비싸게 받는다면 말 그대로 꿩 먹고 알 먹기다.

한데, 이런 식의 대안학교가 한둘이 아니다. '요재미학교'는 TV 광고까지 해가며 세상에 널리 알려 문제가 된 것으로 보인다. 대부분 귀족형 대안학교들은 굳이 그렇게 대대적인 홍보전을 펴지 않아도 학생 모집에 어려움을 못 느낀다. 교육 과정을 아예 영어, 골프, 연수 명목의 해외여행 등으로 채우고, 학부모로부터 많은 돈을 받아도 별일 없이 잘 돌아간다. 쥐꼬리만 한 정부 지원을 받으니 아예 비인가 대안학교로 남아 이런 식으로 운영하는 곳도 더러 있다. 학부모들로서는 '우리끼리' 모여 우리 뜻대로 자식 교육하겠다는데 정부가 끼어들 일 아니라는 식이다. 제법 말이 된다. 가치 중심의 삶을 지향하는 대안학교 또한 마찬가지 입장이니 말이다.

문제는 이런 상황이 애초 설립을 주도한 쪽이나 교사들이 아닌 학부모와 학생들 요구에서 비롯된 경우가 드물지 않다는 것이다. 학교가 커지거나 유명세를 타면서 경제적 여유가 있거나 사회적 지위가 높은 가정의 아이들 수도 덩달아 늘고, 부와 권력의 세습을 위한 이들이 발언권이 강해지면서 대안학교의 애초 철학이나 가치가 변질하는 경우가 잦다는 것이다. 물론 이런 학교들도 당당하게(?) 대안학교임을 내세우고 있는데, 이런 행태는 어려운 형편에도 대안교육의 값진 가치를 지켜나가는 대다수 대안학교에 대한 모독이라고 생각한다.

결국, 문제는 형식이 아닌 내용에 있다고 본다. 공교육의 폐해를 넘어서기 위해 학부모들이 뜻을 모아 세운 '학교 밖 학교' 모두 형식적으로는 대안학교일 수 있겠다. 하지만 궁극적으로 추구하는 가치와 목표가 다르니 이를 한 묶음으로 볼 수는 없을 거다. 정부나 공공영역에서야 그게 그거니 싸잡아 대안학교라 부르지만, 학벌을 벗어나 대안적인 삶, 가치 중심의 삶을 지향하는 학교야말로 진정한 대안학교다. 그게 아니라면 '무늬만 대안학교'다. 그런 학교를 나는 '변종 명문사학'이라고 부른다. 우리 사회 귀족들 영역이다. 고액 등록금을 요구하는 '요재미학교'는 그 가운데 하나의 예에 불과하다고 본다. 이른바 출세와 성공이 거의 모든 국민의 목표인 한 그런 학교는 점점 더 많아질 게 뻔하다.

● 회의주의자들에 대한 회의

대안학교를 떠난 뒤 어느 정도 시간이 흐른 뒤 당시를 돌아볼 때 가장 먼저 떠오르는 건 각종 회의 장면이다. 학부모 전체 회의, 학년별 학부모 모임, 운영위원회의, 이사회의, 교육·인사 등 각종 위원회는 기본이다. 여기에 특별한 그 무엇이 있을 때마다 수시로 구성되는 각종 특별위원회와 준비위원회, 집행위원회 등등…. 아마도 사람이 상상할 수 있는 거의 모든 회의가 망라된 느낌이다.

이처럼 회의가 많은 건 대안학교가 추구하는 가치에 맞게, 대부분 정책은 구성원 간 협의를 통해 정해지고 운영되어야 하기 때문이다. 대안학교는 공교육처럼 조직이 수직 계열화돼 있는 게 아니니 뭘 하든 여럿이 함께해야 한다. 머리를 맞대고 함께 궁리하고 함께 일을 나눠 해내야 한다. 그러니 수시로 모여야 하고, 모임을 위한 각종 회의까지 보태지면서 수많은 회의가 생긴다. 어쩔 수 없는 일이며, 당연히 감내해야 한다. 심할 경우 일주일에 두세 번씩, 각자 일과를 마친 늦은 시간에 회의에 참석해야 한다. 누구나 성실하게 참여해야 하며, 이를 탓해서는 안 된다.

회의는 많기도 하지만 길기도 하다. 대부분 회의가 예정된 시간보다 늦게 시작되는 데다 심할 경우 새벽 무렵까지 이어지기도 한다. 교사부터 학부모, 심지어 아이들과 지역위원에 이르기까지, 구성원이 워낙 다양하니 토론은 툭하면 핵심을 비껴가기도 한다. 종종 동문서답식 논쟁도 지루하게 이어진다. 수시로 쟁점을 벗어나 곁길로 새기도 하며, 엉뚱한 주제를 놓고 긴 시간을 흘려보내기도 한다. 두어 시간 치열한 논쟁을 벌이긴 했지만 결국 하나 마나 한 결과로 이어지기도 한다.

하지만 이도 어쩔 수 없는 일이다. 토론의 달인들만 모아 놓고 할 수 있는 일도 아니다. 효율성을 목표로 할 일도 아니다. 지치고 힘들고 비효율적일지언정 합의에 이를 때까지 끊임없이 되풀이하고 견뎌야 한다. 황당할 수 있겠지만 이 또한 대안학교가 추구하는 가치와 부합한다. 더디더라도 바로 가야 한다는 가치 말이다. 그런 과정 자체가 좋은 교육이자 학습 기회니 더더욱 그렇다.

물론 문제가 없는 건 아니다. 극히 예외적인 일이기는 하지만 자신과 견해가 다를 경우 엉뚱한 대응을 하는 경우도 없지 않다. 상대 주장에 논리적 대응을 하거나 대안을 제시하기보다는 의도적으로 논쟁을 엉뚱한 국면으로 몰아가기도 한다. 이 때문에 하나의 사안을 갖고 몇 달을 끌기도 했다. 소통이 안 됐다든지, 다수가 일방적으로 끌고 간다는 등 동원 가능한 수사(修辭)를 다 동원하는 데야 별도리 없었으니 말이다. 그런데도 돌아보면 이 역시 값진 교훈을 얻기 위한 대가였다는 생각이 드니, 흘러간 그 모든 것은 다 아름답기 마련인가 보다.

● 조기 졸업일 뿐 중퇴는 없다

대안학교를 만나 잘 다니던 너굴이 다시 대안학교 밖으로 뛰쳐나온 건 2년 반 만의 일이다. 학교에 다니는 아이들로 치면 중3 또래 때다. 당시 너굴은 사춘기로 몸살을 앓았다. 사춘기 때 계집애들이라면 할 법한 모든 걸 다 했다. 눈 화장도 짙게 하고 '야시시한' 치마도 입었다. 껌 좀 씹고 다리 좀 떨어대며, 죽이 맞는 녀석과 어울려 다녔다.

너굴의 튀는 행동은 자연스레 학교 아이들과 불화를 빚었다. 선배들과 조화롭지 못했고, 후배들과 갈등했다. 덩달아 교사들은 버거워했다. 너굴 또한 그저 혼자 끙끙 앓았을 뿐, 누구 하나 제대로 거들지 못했다. 그 또래 아이들 사춘기란 병에는 본디 이렇다 할 처방이 없는 것인지, 나 또한 전전긍긍할 뿐 똑 떨어지는 처방을 내리지 못했다.

대안학교와 아이는 줄곧 겉돌았다. 너굴이 벽을 먼저 쌓은 것인지, 아이들이 먼저 바리케이드를 친 것인지 규명할 순 없다. 결국, 너굴과 어울려 다니던 아이가 먼저 대안학교를 떠났고, 뒤이어 너굴도 대안학교와 결별했다. 이렇다 할 이별 의식은 없었다. 몇 월 며칠인지는 알 수 없으나 그저 어느 날부터 대안학교에 나가지 않았다. 이후 그 친구는 일반 고등학교에 들어갔고, 너굴은 그 이름도 그럴싸한 홈스쿨러(너굴은 로드스쿨러가 더 맘에 든단다)가 됐다.

너굴이 홈스쿨러가 된 뒤 나 또한 왕년의 인연으로 몇 차례 교사나 학부모들 모임에 참석하기도 했는데, 그때마다 딸내미의 근황을 묻는 말이 꽤 많았다. 공교육에서 대안학교로 탈주한 아이가, 그 대안학교마저 뛰쳐나갔다면 과연 어디서 뭘 할 수 있는지 궁금했을 거다. 나 역시 무척 궁금하긴 마찬가지였다.

물론 그 답은 오롯이 당사자인 너굴만이 알고 있다. 대안학교마저 뛰쳐나오니 세상은 막막했지만, 가만히 들여다보니 할 게 정말이지 많았던 것 같았다. 대학의 평생학습원에서 사진도 배우고, 수련관에서 왕이모, 왕언니 등과 어울려 영어 공부하는 재미도 쏠쏠했던 것 같다. 도서관에 가니 읽고 싶은 책도 너무 많고, 이곳저곳에서 공짜 강좌 듣는 즐거움도 큰 듯했다. 이도 저도 지루하고 따분하면 변산공동체에 가서 한두 주 머물며 몸을 쓰는 것도 좋았고, 남아도는 시간에 패스트푸드점에서 알바를 뛰며 용돈을 모으는 것도 좋은 경험이라 했다. 말 그대로 거리가 학교인 로드스쿨러가 누릴 수 있는 권리며 즐거움이었던가 보다. 학교라는 틀 안에서 얻는 것보다 많으면 많지 적지 않을 거란 생각도 들었다.

공교육이든 대안학교든 그 모든 '학교'라는 울타리를 벗어난 아이가 시간이 흐르면서 차츰 학교 밖 생활에 익숙해지는 상황을 접하면서 대안학교 교사들은 그런대로 안도하는 모습이었다. 적응하지 못할 경우 다시 대안학교에 들어와도 좋다는 신호를 보냈지만, 굳이 그럴 이유는 없어 보였다.

대안학교 교사들은 그런 너굴을 보며 "대안학교를 중퇴한 게 아니라 '조기졸업'한 것"이라 말했다. 대안학교에도 나름대로 학제(學制)라는 게 있지만 굳이 그걸 고집할 이유는 없단 얘기다. 하물며 일반 학교도 월반이니 조기졸업이라는 제도가 있는 터, 일찌감치 대안학교를 벗어나 저 혼자 뭐든 할 수 있다면 중퇴니 뭐니 할 이유가 없다는 거였다. 게다가 '중퇴'라는 딱지를 붙일 경우 아이가 상처를 받을 수 있으며, 한때 함께했던 아이들과 벽이 생길 수도 있으니 '조기 졸업'이 적절하다고 했다. 아이 역시 끝까지 가지 못하고 중도에서 물러난 걸 조금이라도 부끄러워할 수 있으니 그리 불러줘야 한다고 덧붙였다.

많은 이유가 있겠지만 분명한 건 대안학교에서 그리 불러주니 아이 역시 그리 생각한다는 거다. 몇몇 교사들이 '조기 졸업생 너굴'이라 하니 자기도 '조기 졸업생'으로 생각하고, 그리 알고 있다는 거다. 이름을 불러주니 꽃이 됐다는 김춘수 시처럼 조기 졸업생이라 불러주니 당당한 조기 졸업생으로서 부끄럽지 않도록 행동하게 되는 것 아닌가 생각한다. 대안학교 식구들의 살가운 배려가 다시 한 번 돋보이는 대목이다.

● 대안학교 강화인가, 공교육 개혁인가?

너굴이 대안학교에 다닐 무렵 그 학교를 열심히 돕던 후배가 있다. 대안학교가 부르면 언제든지 달려왔고, 정성껏 물심양면 지원을 아끼지 않았다. 후배의 아이가 대안학교에 다니는 것도 아닌데 무척이나 열심이었다. 후배의 아들이 초등학교 졸업 무렵 대안학교 입학을 제안해봤지만 한마디로 '노'였다. 일고의 여지가 없다는 듯 단호했다. 아울러 자신은 공교육 혁신이 먼저라고 말했다. 머쓱해하는 내게 "아이도 초등학교 시절 학교에 잘 적응하고 관계도 좋으니 그리할 필요 없다고 본다"라고 덧붙였다. 아이가 그렇다면야 달리 토를 달 수는 없었다. 하지만 대안학교를 그리 열심히 드나드는 녀석이 그렇게 말하니 좀 의아했다. 후배가 대안학교 취지와 정신을 모를 리 없다고 생각했기 때문이다.

잘라 말하자면, 대안학교는 (더 넓게 보아 대안교육은) 공교육과 서로 배타적 관계가 아니다. 외려 대안교육이 공교육 혁신을 촉진하는 측면도 있으니 상호 보완적 관계라고 할 수도 있겠다. 이를테면 최근 경기도 교육감 주도로 운영되는 혁신학교만 봐도 그렇다. 프로그램 상당 부분은 이미 대부분 대안학교가 오래전부터 해오던 것들이다. 지나치게 교과목 중심이던 교육 과정에 인성이나 창의성, 예술적 감수성 등을 북돋우는 과정을 더하는 과정이 그렇다. 혁신학교라는 이름으로 대안학교를 부분적이나마 닮아가고 있다고 해도 무리는 아니라고 본다. 이런 변화가 전적으로 대안학교 덕분이라고 볼 수 없겠지만, 상당 부분 영향을 주었다고 확신한다.

이 같은 예는 외국 사례에서도 볼 수 있다. 교육을 고민하는 사람이라면 귀에 익숙한 영국의 '서머힐학교'가 그렇다. 1920년대 설립된 이후 이 학교가 전 세계 교육현장에 끼친 영향은 계량 자체가 불가능하다고 할 정도로 엄청나다. 심지어 국내 대안학교들도 서머힐 모델을 꼼꼼하게 들여다보는 기회를 종종 가진다. 사회문화적 토양이 다르더라도 바른 교육이 지향하는 가치나 철학은 다를 바 없기 때문일 것이다.

대안교육의 궁극적인 목표는 공교육을 대체하는 것이 아니라고 본다. 이상적인 목표는 대안교육이 필요 없는 세상이라고 할 수도 있겠다. 대안학교의 수가 많아지고, 학생들이 날로 늘어나는 것은 공교육의 문제에서 비롯된 것이다. 다시 말해 대안학교가 매우 매력적이기 때문이 아니라, 공교육에 대한 신뢰가 떨어지고 문제가 날로 더욱 크게 부각되면서 학교 밖으로 뛰쳐나오는 아이들이 많아졌다고 봐야 한다. 공교육이 바로 서고, 학교가 교육의 본질로 돌아간다면 굳이 대안학교가 있을 이유가 없을 것이다. 대안학교는 그 날이 올 때까지 공교육 밖에서 이러한 변화의 방향을 제시하고 바람을 일으키는 역할을 해나갈 것이다.

● 대안학교 수업은 어떻게 이뤄지나?

대안학교에서 머문 기간이 그리 길지 않으니 대안학교 현장에 대한 정보가 그리 많지 않다. 수도권의 몇몇 대안학교를 방문하고, 주로 서울과 경기지역 대안학교 학부모들과의 연대활동을 통해 정보를 주고받은 게 거의 전부다. 되도록 다양한 현장을 둘러보는 것이 좋겠지만, 굳이 발품을 팔아 많은 대안학교 현장을 찾지 않더라도 대안학교에 대한 궁금증을 푸는 방법은 여러 가지다. 웬만한 대안학교들은 홈페이지를 통해 학교에 대한 소개와 함께 배움의 철학과 목표, 과정, 학사 일정 등을 상세하게 알리고 있기 때문이다. 특히 전국의 대안학교들이 모인 대안교육연대 홈페이지(www.psae.or.kr)는 대안학교뿐 아니라 대안교육 일반에 관한 폭넓은 정보를 얻을 수 있는 곳이다. 대안교육연대에 가입해 있는 대안학교의 홈페이지 주소는 물론, 대안교육 현장의 다양한 소식과 정보 등에 이르기까지 생생하게 접할 수 있다.

몇몇 대안학교를 둘러보면 알 수 있겠지만 대부분 대안학교의 학제와 교과 과정은 세부적으로는 조금씩 차이가 있기는 하지만 대체로 비슷하다고 할 수 있다. 추구하는 철학과 목표가 대동소이하므로 교과 과정 역시 큰 틀에서 본다면 엇비슷하다는 것이다.

예를 들면 너굴이 다녔던 중고등학교 통합과정 대안학교의 경우 5년 학제로 운영한다. 중학교 과정을 '나무 과정'이라 하는데, 중학교 1학년에 해당하는 아이들을 '작은 나무'라 부른다. 이때에는 주로 새로운 학교문화에 적응하기, 관계 맺기, 인문학을 통한 고정관념 깨기, 제대로 놀기, 몸 다루기, 일하기, 여행하기 등으로 한 해를 보낸다. 이후 중2~3학년에 해당하는 '큰 나무'에 접어들면 세상을 바라보는 자기 자신만의 가치와 관점을 만들 수 있도록 한다. 자기주도적 학습과 협동적 배움의 원리를 체득할 수 있도록 하며, 스스로 설 수 있도록 다양한 체험활동을 하게 된다.

고등학교 과정을 '숲 과정'이라 하는데, 사회로 나가기에 앞서 다양한 사회 참여 활동은 물론 자기주도적 학습을 본격적으로 하게 된다. 이와 함께 스스로 진로를 설계하고, 관련 현장을 찾아 인턴십 활동을 하는 등 대안적인 삶을 살아나가는 준비를 하게 된다.

이러한 목표를 이루기 위한 학제는 언어문화, 인문학적 상상력, 과학적 상상력, 문화적 상상력, 일하기 등 크게 5개 영역으로 구성된다. 세부적인 교과목은 홈페이지를 방문하거나, 관심 있는 대안학교를 찾아가 상담을 받는 것이 좋겠다.

● 아이가 대학 진학을 원할 경우 대안학교의 도움을 받을 수 있나?

대학 진학은 중고등학교 통합 과정으로 운영하는 대부분 대안학교가 맞닥뜨리고 있는 민감한 사안이다. 졸업을 앞두고는 대학 진학을 위해 대안학교를 중도에 그만두는 아이들도 적지 않다. 물론 대안학교에 아이를 들여보낸 상당수 학부모가 입학 당시에는 학벌 따위는 그리 중요한 게 아니라거나, 대학을 목표로 대안학교를 찾은 건 아니라고 했을 것이다. 하지만 아이의 대안학교 졸업이 다가오면서 마음이 흔들리는 것은 어쩔 수 없었을 거다. 그대로 사회에 진출하기에는 준비가 안 됐다고 판단했을 수도 있고, 그러니 일단 대학에 진학하도록 해 졸업장도 따고 시간도 벌고 싶은 마음도 생겼을 수 있다. 대안학교의 철학과 목표 등을 잘 알고는 있지만, 대학에 진학한다는 게 그런 가치와 크게 어긋나는 건 아니라고 생각할 수도 있겠다. 저마다 생각이 다르고 제각각 제 갈 길로 가겠다는데야 대안학교 측이 말린다고 될 일도 아니라고 본다.

하지만 앞서 밝힌 것처럼 대안학교가 추구하는 가치는 대학 진학과 아무런 상관이 없다. 다시 말해 대안학교는 대학진학에 어떠한 도움도 주지 않는다. 학부모들의 입김이 센 일부 대안학교나, 졸업생의 명문대 진학을 자랑하는 일부 (무늬만) 대안학교들은 어떨지 모르겠지만, 상당수 대안학교가 아이들의 대학진학을 돕기 위한 교육 프로그램을 따로 운영하지 않는다.

너굴이 다닌 대안학교에서도 일부 학부모들이 수학과 영어 수업 시간을 늘려 달라는 등 공교육 범위의 학력 향상을 위한 교과운영을 요구하기도 했지만 받아들여지지 않았다. 아이가 좋은 대학에 들어가길 원한다면 기숙학원이나 명성 높은 학원을 찾으면 될 일이지 굳이 대안학교에 들어갈 필요는 없을 것이다.

다만, 대안학교 과정을 마칠 무렵 아이가 대학 진학을 원할 경우 방과 후에 스스로 알아서 공부하도록 한다. 검정고시를 앞두고는 잠시 휴학하고 시험 준비를 하는 아이들도 간혹 볼 수 있다. 대학에 들어간다는 것이 대안학교 가치와 정면으로 어긋나는 것은 아니기 때문일 것이다. 설령 그렇다 하더라도, 대안학교에 다닐 동안은 대안학교의 교육철학과 목표에 부합하는 배움에 충실해야 한다고 본다. 이런 과정에 검정고시 준비니 대학입시 준비니 하는 과정이 끼어들 경우 대안학교의 정체성 자체가 흔들릴 수 있을 테니 말이다.

대안학교를 벗어나
거리로

,

4

사춘기라는 것이 감기몸살 비슷한 것인가 보다. 얼마간 호되게 앓았다가도 어느 날 아무 일도 없었다는 듯 털고 일어나니 말이다. 너굴의 사춘기도 꼭 그랬다. 이런저런 조언과 처방전에 따라 할 수 있는 건 다 해봤지만 먹혀들지 않았고, 결국 시간이 약이었다.

혹독한 사춘기를 겪은 뒤 마음의 키가 훌쩍 큰 것일까. 아니면 사춘기 졸업 기념 분위기 전환 차원이었을까. 아무튼, 너굴은 사춘기를 벗어나면서 동시에 대안학교도 '조기 졸업'하게 됐다. 그러고는 뭘 하든 혼자 해보겠노라고 했다. 바야흐로 대안학교 학생에서 홈스쿨러이거나 로드스쿨러로 변신하겠다는 거였다.

동시에 너굴의 옷차림도 전투복(?)으로 바뀌었다. 사춘기 시절의 짙은 화장과 아슬아슬한 옷들과 결별하곤 청바지에 티셔츠 차림으로 거리를 누비기 시작했다. 한동안 배고프면 먹고 졸리면 자는, 동물적 본능에 충실한 삶을 살기도 했다. 그러다 지치면 아침 일찍 동네 도서관을 찾기도 했다. 때로는 동네 밖 원정도 마다치 않았다.

너굴의 그런 생활도 올해로 어느덧 4년째다. 그동안 무엇을 얼마만큼 얻었는지 따져보지 않았다. 그런들 재보기 난해한 행보의 연속이었다. 또래들은 고3 수험생이거나 대학 1학년이겠지만 너굴의 사회적 신분 역시 여전히 모호하다.

너굴의 좌표 없는 생활은 적어도 몇 년 계속될지도 모른다. 적어도 또래들이 대학에서 열심히 스펙을 쌓거나 지식을 쌓아 올리는 동안만큼은 계속될 것이다. 다만, 정말 하고 싶은 일, 잘할 수 있는 일을 찾는다면 그때가 로드스쿨러 생활을 졸업하는 날이 될 것이라고 믿는다.

홈스쿨러에서 로드스쿨러로

너굴이 학교 밖으로 나올 때도 '대책' 없었던 것처럼 대안학교를 벗어날 때도 대책 없긴 마찬가지였다. 말이 좋아 홈스쿨링이거나 로드스쿨링이지, 그게 뭔지 나나 너굴이나 아는 바 없었다. 뭐든 일단 문제가 있다 싶으면 앞뒤 안 가리고 벗어난 뒤 뒷일은 차차 도모하자는 데 아빠와 딸이 의기투합한 모양새가 됐다. 의도한 바는 아닌데 결과적으로 그렇게 된 셈이다.

그렇게 대안학교마저 그만둔 뒤 너굴의 일상은 지루하고 무료했다. 눈 뜨면 어디론가 가야 하는데 오라는 곳 없고, 갈 곳도 없었다. 집 안에만 틀어박혀 있기에는 너무 젊어 몸살이 날 지경이었다.

무엇보다 너굴에게 뭔가 그럴듯한 이름을 붙여줘야 했다. 남들이 뭐하냐 물을 때 콕 찍어 한마디로 답해줄 수 있어야 했다. 정확하게 표현하자면 "학교 안 다니고 그냥 집에 있다"라는 것인데, 시쳇말로 '너무 모양 빠지는 표현'이라는 게 너굴의 의견이다. 애당초 대안학교를 벗어날 때 '홈스쿨링(Homeschoolling) 하겠다' 했으니 '홈스쿨러(Homeschooller)'라고 할 수 있겠다만, 여기에도 몇 가지 문제가 있다. 명색이 홈스쿨링이라면 가정(Home)이 곧 학교(School)여야

한다는 얘긴데, 학교는커녕 어느 한구석 비슷한 게 없다. 명색이 홈
스쿨링이라면 부모 중 누군가가 교사 노릇을 해야 하는데 고단한 맞
벌이 부부로서 그런 역할 한다는 건 엄두도 못 내는 형편이었다.

게다가 너굴의 처지를 고려한다면 이른바 '정통 홈스쿨링' 개념과
도 거리가 멀었다. 홈스쿨링의 원조(?) 격인 미국의 홈스쿨링이라
는 게 종교적 배경에서 시작됐다는 건 잘 알려진 사실이다. 우리 사
회의 홈스쿨링도 대체로 비슷한 양상이다. 독실한 기독교 가정에서
종교적 가치를 배경으로 (학교보다는) 가정에서 부모나 모셔온 선생
님이 아이들을 양육하는 데서 홈스쿨링이 비롯됐다고 한다. 이후에
는 공교육의 문제가 사회적으로 크게 두드러지면서 부모가 직접 나
서서 공교육 과정을 직접 가르치는 양상으로 확대돼나가고 있기도
하다.

그러니 홈스쿨링이라 부르려면 최소한 부모의 어느 한쪽이라도
학업(?)을 돕고, 너굴 역시 열심히 공부해서 좋은 대학에 진학하려
는 욕심이라도 있어야 한다. 하지만 현실은 완전히 딴판이다. 나와
아내 둘 다 도울 처지가 못 되며, 아이 역시 이른바 '학업'에 전혀 뜻
이 없다. 너굴도 이런 형편을 얼추 헤아리는지 홈스쿨러이기보다는
'로드스쿨러(Roadschooler)'로 불리길 원했다. 굳이 풀어쓰면 '거리
학교 학생'쯤 될 텐데, 왠지 그게 더 폼나 보인다고 생각한 것 같다.

작명을 통해 상황이 규정되기라도 한 것인지, 너굴은 로드스쿨러
답게 눈 뜨면 거리로 나갔다. 거리가 학교니 거리로 나가야 하는 건

맞는데, 도대체 어디 가서 뭘 하는지 제대로 파악하기 어려웠다. 일찍이 대안학교 시절, 동네가 죄다 교사(校舍)라는 걸 익히 깨달았기 때문일 것이다. 읽고 싶은 책은 도서관에서 읽었고, 도서관이 지겨우면 언제나 쾌적한 환경을 제공하는 대형서점에서 하루를 보내기도 했다. 몸이 고단하면 카페에서 반나절 보내곤 일찌감치 귀가해 빈둥대며 놀거나 쉬거나 잠잤다.

기동력이 생명인 로드스쿨러에게 배낭은 필수 아이템이다. 배낭 안에는 한창 인기몰이 중인 태블릿 PC와 몇 권의 책, 그리고 점심을 대체할 몇 가지 간식을 챙겼다. 밖으로 나다닌들 함께 점심을 먹을 사람이 있는 것도 아니니 그저 틈나는 적당한 곳에서 손쉽게 먹을 수 있는 것으로 때우기 일쑤다.

혼자 힘으로 해결하기 어려운 것은 도시 곳곳에서 열리는 대중 강좌로 해결했다. 언제고 떠나고 싶은 해외 배낭여행을 위해 동네 청소년수련관에서 영어회화 강좌를 들었으며, 몇몇 인문학 교육 기관에서 여러 강좌를 수강하기도 했다. 이 밖에도 탈학교 아이들을 위한 공간 하자센터는 물론 대학의 평생학습원까지 넘나들었다.

모름지기 로드스쿨러에게는 도시라는 공간 자체가 거대한 학교다. 시간표도 따로 없고, 정해진 교과목도 없다. 몸이 느끼는 대로 움직이고 마음이 동하는 곳으로 향하면 그만이다. 그것이야말로 그 무엇으로부터 자유롭고, 그로써 행복할 권리가 있는 10대 로드스쿨러만의 특권일 테니까.

홈스쿨링에 관한 오해와 현실

너굴이 로드스쿨러가 된 건 스스로 의도한 바가 아니었다. 다니던 대안학교마저 중도에 그만뒀으니 이제는 갈 곳이 없었고, 결국은 거리를 학교 삼아 떠돌게 된 것이다. 어쩌다 보니 거리로 나가게 된 너굴의 이런 처지를 딱히 홈스쿨러라 하기도 어려우니 개념조차 애매모호한 로드스쿨러라 부르게 된 셈이다.

사실 의무교육제도가 단단히 뿌리 박혀 있는 우리 사회에서 홈스쿨링이 아직은 큰 비중을 차지하고 있는 것도 아니니 이에 대한 개념도 그리 정확하게 정립돼 있지 않다고 본다. 너굴의 경우도 그렇듯, 용어조차 편의적으로 사용하고 있는 것으로 보이며, 같은 말을 쓰고 있으면서도 정작 방향은 서로 다른 경우도 심심찮게 볼 수 있다. 제도권 밖의 한계며, 심지어 법률 위반 영역이기에 나타나는 현상일 수도 있겠다.

홈스쿨링이라면 말 그대로 가정(Home)이 학교(School)이니 학교에서 할 공부를 가정에서 한다는 뜻이 된다. 그러니 학교보다는 좀 더 자유로운 분위기 속에서 부모나 초빙 교사가 학교에서 가르치는 교과목을 주로 가르치고, 아이의 재능과 특성에 따른 별도의 교육을 수행하는 풍경을 그려볼 수 있겠다. 명실상부한 홈스쿨링의 모습이며, 실제 우리 사회에서도 이런 형태의 홈스쿨링 가정이 빠른 속도로 늘어가고 있다고 한다. 이 가운데 (다 그런 것은 아니겠지만) 일부 홈스쿨링 가정이 지향하는 가치는 높은 경쟁력과 성공으로 요약된다. 이러한 목표 달성을 위해 가정에서의 교육이 학교 교육보다 더 권위적인 양상을 보이기도 하며, 상당한 재정이 뒷받침되어야 해서 고학력 이상 상류층이 주를 이룬다고 볼 수 있다.

이와 달리 대안교육계에서는 좀 더 다른 모습의 홈스쿨링을 제시한다. 단순히 높은 수준의 학력을 쌓아나가는 것이 아니라는 거다. 즉, 아이로 하여금 자율적이고 창의적이며 참된 사회성을 갖출 수 있도록 하는 데 더 많은 관심을 기울여야 한다고 본다. 홈스쿨링이라는 것인 단순하게 아이들의 교육 문제이기보다는 (대안학교가 그렇듯) 아이들의 삶의 방식을 바꾸는 과정이어야 한다고 역설한다. 그러기 위해서는 단순히 '가정이 학교'가 되는 것이 아니라 '가정 (Home)에서의 교육(Education)'이어야 하기에 홈스쿨링보다는 홈에듀케이션(Home Education)이라는 표현이 더 올바르다고 본다. 따라서 그러한 목표 달성을 위해서는 같은 뜻을 가진 홈스쿨링 가정끼리 힘과 지혜를 모으는 것이 더욱 효율적일 것이다. 여러 가정이 연대할 때 아이들도 덜 외로울 수 있고, 부모들의 어깨도 한결 가벼워질 수 있을 테니 말이다.

그렇다면 너굴이 주장하는 로드스쿨러는 또 뭘까. 대안교육계를 비롯한 교육계에서는 최근 심심찮게 입에 올리는 낱말이지만 아직은 국어사전에조차 오르지 않아 '공식 우리말'이 아닌 상태다. 그럼에도 불구하고 몇 해 전 방송에 소개돼 사회적 파장을 불러일으킨 것처럼 현실적으로 적잖은 아이들이 그 길을 가고 있으니 로드스쿨러라는 제법 그럴싸한 이름을 붙여준 것이라고 본다. 이 아이들이 품고 있는 생각과 이루고자 하는 바를 정리해 정의한다면 '공교육을 거부하는 대신 학교 밖의 다양한 공간을 넘나들며 스스로 배우고자 하는 것을 배우고, 다양한 사람들과의 만남을 통해 삶의 가치와 철학 등을 키워나가는 청소년'쯤 되겠다. 좀 장황하고 복잡하다면 말 그대로 길(Road)을 학교(School) 삼는 아이들이라 보면 될 것이다. 물론 그 길이라는 것은 이미 나 있는 길일 수도 있고, 없다면 스스로 만들어 나가는 길일 수도 있다. 로드스쿨러라는 낱말조차 사전에도 없는 터에 그 무슨 정형화된 틀이나 규칙이라는 게 있을 턱이 없다.

이처럼 '가정 학교(홈스쿨링)'나 '가정 교육(홈에듀케이션)', '길 학교(로드스쿨링)' 등 여러 가지 방식이 있지만 아직은 이를 구분해 부르는 경우는 별로 없으며, 이 모두를 싸잡아 '홈스쿨링'이라 부른다. 따라서 홈스쿨링을 어떻게 하느냐에 따라 말 그대로 홈스쿨링인 경우도 있고, 온라인이든 오프라인이든 이웃과 연대해 홈에듀케이션으로 하는 가정도 있으며, 아예 또래 아이들끼리 손잡고 거리로 나서 로드스쿨링을 하는 청소년들도 있다. 이 모두 배경은 공교육에 대한 문제의식에서 비롯됐지만, 이에 대한 대안과 추구하는 가치, 실현하는 방식에서는 서로 사뭇 다르게 나타난 것이라 할 수 있다.

　큰 틀에서의 홈스쿨링은 아직 대안학교처럼 크게 자리를 넓혔다고 볼 수 없다. 대안교육 관련 기관 및 단체들이 서로 나눈 정보와 경험, 그리고 온라인 공간 홈스쿨링 관련 활동 등에 대한 모니터링 등을 통해 어림잡아 추정하는 수밖에 없는데 대략 1000 ~1500여 가정쯤 되지 않을까 생각한다. 이는 7000여 명(2013년 한국청소년정책연구원)에 이르는 대안학교(정부 표현대로라면 '미인가 대안교육시설') 아이들의 10%를 훨씬 웃도는 규모다. 대안학교는 비록 '미인가 시설' 취급받긴 하지만 통계에는 잡힌다. 하지만, 홈스쿨링은 아예 통계에도 잡히지 않는다. 학령기에 접어들었지만 '존재 형태를 알 수 없는' 28만 명 청소년들에 포함돼 있는 것이다. 의무교육제도 아래에서 교육 사각지대가 그만큼 넓다는 것도 놀라운 일이다.

　홈스쿨링이 이처럼 제도 안팎의 사각지대에 놓인 것은 개개인의 가정을 중심으로 철저히 개별화돼 있기 때문으로 보인다. 이렇듯 개별화돼 있는 홈스쿨링은 결국 부모의 개인기(?)에 의존할 수밖에 없다. 따라서 부모의 학력과 재력, 심지어는 취향과 가치관(심지어 종교관까지!)에 따라 아이의 오늘과 내일이 크게 영향을 받게 된다. 사회적으로 높은 지위에 오르고 많은 재화를 쌓은 부모일수록 자신의 성공신화(?) 대물림에 집착할 가능성이 높다. 솔직히 이런 경우 아이로서는 홈스쿨링보다는 공교육 안에 머무는 게 훨씬 낫다고 생각한다.

이는 홈스쿨링에 관심 있는 부모들이 마치 교과서처럼 여기고 있는 책에서도 강조하고 있는 사항이다. 이른바 '천재남매'를 키웠다는 진경혜 씨가 쓴 책인데, 제목에 등장하는 '리틀 아인슈타인…' 하는 대목이 매력적이었는지 상당히 잘 팔린 것으로 기억한다. 글 대부분은 자녀들에 관한 여러 에피소드로 채워져 있는데, 결국 이야기의 핵심은 배우는 게 즐거워야 한다는 평범한 이치를 거듭 강조한 것이라고 본다. 천재라는 것은 통제하고 억누르고 강하게 이끌어 만들어지는 것이 아니며, 되레 그 반대라는 것이다. 아이들의 자존감을 높여주고, 스스로 독립적으로 생각하고 판단할 수 있도록 해줘야 한다는 것, 그럼으로써 사회성과 자기조절 능력, 창의력을 키울 수 있다는 것 등을 거듭 강조하고 있다.

이런 이야기는 홈스쿨링에 관한 책을 쓴 조선대 서덕희 교수도 크게 강조하고 있다. 서 교수는 "교육은 요리와 다르다"라는 것을 강조한다. 요리야 주어진 조리법대로 하면 그만이겠지만 교육은 남의 것을 흉내 내거나 내 맘대로 할 수 있는 것은 아니라는 이야기다. 홈스쿨링이든 홈에듀케이션이든 로드스쿨링이든 뭐든 가정이라는 폐쇄된 울타리 안에서, 나만의 방식대로, 내 생각대로 아이를 키울 수 있다고 생각하는 이들이라면 다시 돌아보고, 깊이 새겨들어야 할 대목이다.

기대치 낮추고 신뢰도 높이기

너굴이 로드스쿨러라는 그럴듯한 이름을 얻긴 했지만, 일상의 모습은 빛나거나 멋진 것과는 거리가 멀다. 집 밖으로 나가서는 어떤지 알 수 없지만, 이따금 집 안에 머물 때 모습은 청년 백수 모습 그대로다. 졸리면 아무 때나 자고, 먹고 싶을 때 먹는다. 너굴의 가장 친한 벗인 강아지 '콩'이와 다를 바 없는 일상이다. 게다가 늦잠은 기본이며 밤늦도록 TV를 지켜보는 날도 허다하다.

모처럼 작심하고 도서관에서 빌려온 책은 툭하면 그대로 반납하기 일쑤다. 읽어두면 좋을 것 같은 책을 몇 차례 사주기도 했는데, 모르긴 몰라도 끝까지 다 읽은 게 몇 권 안 될 것이다. 책상머리에는 나름 마음 다잡는답시고 좋다는 경구는 죄다 써 붙여 놓았지만 그건 그거고, 일상은 그것과 아무 상관없어 보인다. 만일 너굴이 사내아이였다면 아마도 게임에 몰두했을지도 모른다. 다행히 게임에는 전혀 흥미를 느끼지 못하지만, 그 대신 TV 보는 시간이 꽤 길다.

이런 아이 지켜보는 데는 상당한 인내가 필요하다. 이 점은 여느 부모들과 다를 바 없다. 이따금 호통이라도 치고 싶은 마음 굴뚝같지만, 그저 참는다. 큰소리까지는 아니더라도 잔소리 좀 늘어놓고 싫어도 웬만하면 그냥 덮는다. 그런들 달라질 건 별로 없을 게 뻔하다는 것, 잘 알고 있기 때문이다.

사실 어른들의 호통이나 잔소리가 제대로 먹히는 경우는 매우 드물다. 특히 10대 아이들 부모라면 다들 잘 알고 있을 것이다. 그런들 힘만 빠지고, 아이는 아이대로 스트레스 받거나 반발심만 생길 수도 있겠다. 너굴도 자존심과 고집이 매우 센 편이며 소소한 지적에도 발끈하기 일쑤다. 이런 점은 정도 차이만 있을 뿐 세상 모든 10대가 거의 그럴 것이다. 그러니 아이 문제로 속앓이를 하는 부모들로서는 복장이 터질 지경이다. 답답하고 안타까운 마음에 몇 마디 던져보지만 대부분 본전도 못 찾는다.

그래도 학교에 다니는 아이를 둔 부모들은 그래도 나보다는 좀 낫다고 본다. 그런 아이들은 이른 아침 학교에 가 밤늦게 들어오니 복장 터지는 풍경을 보는 시간이 그리 많지 않을 거다. 하지만 명색이 로드스쿨러라지만 집 안에 머무는 시간도 적지 않은 너굴의 모습을 4년째 지켜보는 입장과 견줘 보면 그야말로 '새 발의 피'일 것이다.

4년이라는 제법 긴 시간 학교 밖으로 나온 아이와 더불어 지내면서 체득한 것은 한마디로 너굴에게 큰 기대 하지 말자는 것이다. 그 무슨 큰 벼슬 한다고 더 행복한 삶도 아니며, 더 많은 돈을 번다고 더 값진 삶이라 할 수 없으니 아이에게 지나친 부담을 주지 말자는 이야기다. 기대가 클수록 실망도 큰 법이고, 너굴의 마음 고통만 더할 뿐이다. 공연히 큰 기대를 걸고 다그친다 해서 일상이 크게 달라질 리 없을 거다. 어쩌면 굳이 부모가 말 안 해도 아이 역시 빈둥대는 제 모습이 스스로 실망스럽고 싫을지도 모른다. 그렇게 스스로 깨우칠 때 새로운 면모를 보여줄 수도 있을 것이다.

그러니 화끈하게 믿어주기로 했다. 사는 게 별거 아니니 기대를 낮추고, 그저 오늘 행복하게 하고 싶은 것 할 수 있다면 그로써 충분하다는 생각이다. 그렇게 믿어주고, 진정성을 갖고 신뢰를 보내는 한 너굴은 절대 부모를 실망하게 하지 않을 것이라는 믿음도 갖기로 했다. 채찍보다 당근이 더 낫다는 평범한 이치다. 잔소리든 큰소리든 약이 되지 않을 터, 그저 마음을 열고 눈 맞추며 지지하고 응원해줄 때 아이는 비록 뭔가 크게 이루지는 못할지라도 바르게 쑥쑥 자랄 것이라 믿는다.

외 로 움 은 나 의 힘

외로움은 로드스쿨러의 일상이자 가장 큰 시련이다. 너굴의 거리학교 생활도 어느덧 네 해를 넘기면서 나름대로 노하우가 생겼다지만 외로움은 어쩔 도리 없어 보인다. 어쩌다 또래를 만나면 흠뻑 빠져들어 헤어나질 못한다. 틈만 나면 어울리고 싶어 하며, 집에서도 스마트폰에서 눈을 떼지 못한다. 너굴도 그래서는 안 된다고 생각하지만 잘 안 되는 모양이다. 또래들은 학교는 물론 방과 후에도 한시도 외로울 새 없이 무리 지어 뭔가 하는데, 자신은 늘 혼자이니 그럴 만도 하다고 생각한다.

너굴이 또래들을 만날 기회는 많지 않다. 만나서 '같이 놀' 아이들은 희귀종만큼이나 드물다. 어른들 말대로 '제대로 된' 아이들은 낮거리에 없다. '정상이 아닌' 아이들만 그 시간에 거리를 쏘다닌다는 게 우리 사회 일반적 시선이다. 그런 아이들이 있다면 그 아이들은 '비행 청소년'이라 부른다. 그러니 선도와 계도의 대상으로 여긴다. 일상적으로 맞닥뜨리는 외로움에 사회적 편견까지 안아야 한다. 학교 밖으로 나온 10대로선 쉽게 감당하기 어려운 상황이다.

이따금 먼 길 여행에 나설 때도 아이는 홀로 떠나야 했다. 전국 곳곳의 공동체나 수련원 등을 찾아 마치 '무쏘의 뿔처럼 저 혼자 가는' 아이의 뒷모습은 왠지 어둡고 무겁다. 너굴이야 제법 당찬 척 웃음 만발한 얼굴로 떠나지만, 마음 깊은 곳 똬리 튼 외로움은 걷어내기 쉽지 않았을 것이다. 영화를 봐도 혼자고, 도시 곳곳을 쏘다니며 '강의 동냥' 다닐 때 역시 아이는 혼자다. 외로움을 무게로 따지면 아이가 안고 있는 외로움의 무게는 상당할 거라고 본다.

그나마 몇몇 또래들을 만난 건 로드스쿨러 2년차 즈음부터 시작한 패스트푸드점 알바 생활을 통해서다. 그곳에서 몇몇 친구들을 만나기도 했다. 고등학교 1, 2학년 친구들과 학교 밖으로 나온 언니 등을 만나 몇 달 동안 어울리며 외로움에서 벗어날 수 있었다. 하지만 그마저도 오래갈 수 없었다. 친구들은 고등학생이며, 학생은 오로지 학과공부에 매진해야 한다는 그 아이 부모와 선생님들의 공통된 뜻일 것이다. 방학 기간 잠시 동안 알바 경험은 허용하겠지만 그 이상은 용납하기 어려웠을 것이다. 하여 친구들은 개학하기 무섭게 학교로 돌아갔고, 너굴은 다시 제자리로 돌아와야 했다.

사실 또래 친구들을 만난다 해도 함께 나눌 얘기가 그리 많지 않다. 아이들이 알고 있는 것이라고는 학교와 학업에 관한 것일 뿐인데, 이에 관한 한 너굴이 알고 있는 것은 전혀 없다. 반대로 너굴이 알고 있는 건 죄다 학교 밖에 관한 것인데, 그 모든 것들은 친구들에게 완전히 낯선 세상 이야기다. 그러니 나눌 수 있는 이야기라야 서로 낯선 분야에 대해 묻고 답하는 정도며, 계집애들의 공동 관심 사항인 다이어트나 미용, 연예인 이야기 등이라 한다. 그 나이에 그럼 그런 얘기 나누지 별다른 게 있겠냐 싶은데 너굴로서는 학교 다니는 애들에게는 뭔가 좀 다른 게 있을 거로 생각했던 것 같다. 그런 기대가 몇 차례 실망으로 이어지면서 공교육 과정의 또래들과의 만남은 더는 진전되지 않았다. 만난다 한들 외로움이 덜어지는 것도 아니고, 이렇다 할 즐거움이나 유익함도 별반 없었다.

　이런 생활이 한동안 지속하다가 마음이 통하는 벗들을 만난 건 동네의 청소년수련관에서다. 지방자치단체가 운영하는 청소년수련관 치고는 이례적으로 학교 밖 청소년을 위한 프로그램에 참여하면서 네댓 명의 또래들을 만나 제법 뜻 깊은 시간을 가졌던 모양이었다. 서로의 속내를 털어내고, 가슴 깊은 곳에 자리한 상처도 치유하는 등의 프로그램을 진행했다는데 너굴 역시 "무척 감동 먹었다"라고 했다. 프로그램에 참여한 아이들은 대부분 부모의 이혼이나 가정폭력 등으로 상처받은 경험을 안고 있었는데, 수련관 측은 그런 아이들을 위한 치유(Healing) 프로그램을 운영했다. 너굴이야 비록 넉넉지 못한 살림살이라도 딱히 불행한 가정환경이라 할 수 없었지만, 프로그램 참여를 통해 자신을 돌아보고 모처럼 좋은 벗들을 만날 수 있어 무척 기뻐했다. 특히 프로그램의 마지막 행사로 교사들까지 다 함께 제주도 여행을 다녀온 뒤 또래 여자아이 몇몇과 지금까지도 친구 관계를 유지하고 있다. 하지만 그 아이들도 최근에는 대학입시 준비로 분주한 시간을 보내고 있으니 보고 싶을 때 볼 수 없기는 마찬가지다.

결국, 외로움은 거리의 아이들 누구나 다 안고 있는 숙명적일지 모른다. 그렇다고 해서 그게 꼭 나쁜 것만은 아닐 것이다. 더러 견디다 못해 일탈하기도 하고, 혹독한 아픔을 겪기도 하겠지만 대부분 어떻게든 이겨내고 있다고 본다. 그처럼 혹독한 외로움을 견딘 아이들은 달라도 뭔가 다르다. 마음 성장 속도가 다르며 세상을 보는 눈이 다르다. 모든 외로움은 아이의 내면을 살찌우는 좋은 자양분이기도 하니 말이다.

학교 밖으로 나와 남들 가지 않는 길을 간다는 것은 함께 갈 사람이 거의 없다는 말과 동의어인 셈이다. 로드스쿨러라라는 말은 제법 그럴듯하지만 앞에 놓인 '로드(road)'에는 거의 아무도 없다. 그 길은 '제주도 올레길'이나 '산티아고 가는 순례자 길'처럼 그저 배낭 하나 메고 고독하게 홀로 걸어가야 하며 결국 그럴 수밖에 없는 길일 것이다. 그렇게 걷고 또 걷는 과정은 올레꾼이나 순례자들이 그러하듯 오로지 홀로 견뎌내야만 하는 자기와의 싸움일 것이다.

친구는 없지만 이모, 삼촌은 많아요

이모나 삼촌이란 혈연관계를 일컫기보다 호칭이 애매한 이들을 부르는 대명사가 돼버렸다. 식당 종업원도 이모며, 옷가게 총각도 삼촌이다. 청소년들이 나잇살 먹은 어른들을 부를 때 이보다 좋은 말을 떠올리긴 어렵겠다. 이모와 삼촌이란 말이 갖는 독특한 이미지 때문일 게다. 대부분 이모나 삼촌들은 푸근하고 따스했으니까.

너굴이 로드스쿨링을 하는 동안 가장 많이 만났던 사람들도 역시 이모나 삼촌들이다. 허구한 날 적잖은 이모와 삼촌들과 무리 지어 다녔으며, 함께 놀고 공부했다. 적게는 30대에서 많게는 오십 줄을 넘긴 이모와 삼촌들은 너굴을 마치 진짜 조카처럼 대해 줬다. 대안학교를 나온 뒤 만난 이모와 삼촌들이 족히 100~200명은 될 것이다. 또래 친구 만날 일 없는 로드스쿨러의 외로움을 그나마 거리에서 만난 어른들 덕에 넘기고 있었는지도 모른다.

막내가 학교 밖 도시에서 만난 첫 번째 어른들은 모 대학교 평생교육원의 사진반 동료들이다. 이름도 그럴싸한 독립언론인(Independent Journalist)을 꿈꾸며 제대로 된 사진을 찍기 위해선 체계적인 학습이 필요하다 생각해 입학했다. 기초부터 전문 과정까지 1

년 과정을 이수했는데, 동창들은 전부 '아줌마, 아저씨'들이었다. 너굴로선 그저 그렇게 부르기는 뭣하고 하니 이모, 삼촌으로 불렀다는데 좋아하더란다. 마치 진짜 조카처럼 대해줘 서로 편했단다.

그 일 년 동안 매달 거의 한두 차례 이른바 '출사(出寫)'를 다녔는데, 가까운 곳뿐 아니라 멀리 동해안이나 영남지역까지 1박 2일 일정도 적지 않았다. 그런 날은 늦은 밤 예의 그 '삼촌' 들이 자동차를 몰고 집까지 찾아와 너굴을 불러대기도 했다. 나의 어머니이자 너굴의 할머니는 "밤톨만 한 계집애를 내돌리냐"며 걱정이 태산이었지만, 나로선 별로 걱정스러운 일이 아니었다. 이모와 삼촌이 어울리는 자리에 조카가 끼어드는 것처럼 자연스러운 일이니 말이다. 게다가 나의 친형제나 아내의 친자매는 아니었지만, 이모와 삼촌으로 불리는 그들의 면면을 우리 부부도 알게 됐으니 걱정할 일도 아니었다.

마침내 1년간의 전문가 과정이 끝난 뒤 너굴과 '이모, 삼촌들'은 이른바 졸업전시회를 열었다. 꽃다발을 들고 찾아간 전시장에서 이모와 삼촌들은 뜨겁게 반기며 고마워했다. 나 또한 어린아이를 일년 동안 돌봐준 그들에게 머리 숙여 깊은 감사의 마음을 전했다.

이후 너굴은 또 다른 어른들을 사귀었다. 물론 그들도 이모와 삼촌들이다. 청소년수련관의 원어민 영어강좌를 오래도록 들었는데, 평일 낮 강좌다 보니 삼촌보다는 이모들이 압도적으로 많았다. 몇몇은 이모라 부르기에는 좀 어울리지 않아 '왕이모'라 부르기도 했

단다. '젊은 오빠'나 '삼촌' 들은 거의 없었다. 여기서도 10대 미성년
자는 막내 한 명뿐이어서 어색하긴 마찬가지였는데, 그나마 이모들
의 환대에 힘입어 근근이 버틴 듯했다.

다행히도 이모들의 학업에 대한 열정은 뜨거웠다. 이른바 '만학
도'에 '아줌마 근성'까지 보태졌으니 그 열의가 짐작된다. 더욱이 강
좌가 끝난 뒤에도 모여서 따로 복습하거나 인근 대학의 지역주민을
위한 영어프로그램에 참여하는 등 지칠 줄 모르는 에너지를 발산했
다. 아이 역시 그 '이모'들의 학습행렬에 기꺼이 끼어들어 꽤 의미 있
는 시간을 보냈다. 그 새 영어실력이 부쩍 늘었다 하니 말이다.

이모와 삼촌들과의 만남은 이후에도 쉼 없이 이어졌다. 또래들은
고2인 나이에 접어들면서 아이는 방송대에 진학했다. 정확하게 말
하자면 방송대 강의를 듣기 위해 등록했다는 게 맞을 거다. 굳이 학
위가 필요한 것도 아니고, 대학생 신분이 되고자 하는 바람은 전혀
없었으니까 말이다. 이후 2년 동안 아이는 방송대 원격 강의뿐 아니
라 오프라인 수업에도 성실하게 참여했다. 한데 여기서도 예의 그
이모와 삼촌들을 수없이 만났다. 일부 '젊은 언니'라 불러도 좋을 '학
우'들도 있었지만 30대에서 50대에 이르는 여성들이 주를 이뤘다.
그들에게 너굴 같은 '젊은 피'는 반가웠고 신선했나 보다. 공부 모임
의 총무도 시키고 회식자리에서는 음료수를 따로 시켜주는 등 "완
존 어린애 취급을 했다"고 한다. 나름 동급생인데 말이다.

이처럼 수많은 이모와 삼촌을 만나면서 나름대로 환대받고 잘 지

냈지만, 그래도 막내는 헛헛했을 거라고 본다. 또래들 간에 이뤄지는 또래들만의 또래문화 결핍에서 오는 헛헛함은 어쩔 도리 없었을 테니 말이다. 또래들은 과연 어떤 꿈을 꾸며, 그들은 또 어떻게 살고 있는지 막내로서는 좀체 헤아릴 수 없으며, 그럴 기회나 방안도 별로 없었다. 또래 남자친구들도 만나거나 사귀고, 또래 계집애들이 갖는 고민과 갈등에 관해 이야기를 나누고 싶었을지도 모른다. 아쉬운 일이지만 그나마 여타의 '이모, 삼촌'들이 너굴의 성장을 여러모로 도왔다는 것만으로도 퍽 다행스러운 일이라 생각한다.

로드스쿨러의 험난했던
청소년수련관 진입기

초등학교 졸업 뒤 대안학교마저 2년 만에 나온 너굴은 갈 곳이 없었다. 그나마 갈 수 있는 곳은 지역 도서관이나 수련관 등 공공시설들이다. 그래서 종종 지역의 청소년수련관을 찾았다. 각종 강좌가 즐비해 골라 먹을 수 있는 재미가 쏠쏠했기 때문이다.

그러나 '청소년'을 위한 '수련관'인데 진입이 수월치 않았다. 한낮의 수련관 강좌 대부분은 청소년을 위한 게 아니기 때문이다. 청소년을 위한 강좌를 개설한들 그걸 들으러 올 청소년은 거의 없을 게 뻔하다. 만드나 마나 한(학교에 가지 못한 소수를 위해서) 청소년 강좌를 만들 이유가 없다. 수긍할 수 있으며, 일리 있는 얘기다. 그렇다면 청소년수련관은 막내와 같은 청소년이 이용할 곳이 아니란 얘기다.

공공시설이라면 수익성보다는 공공성이 우선이며, 소수자와 사회적 약자를 위한 정책을 펴야 한다는 건 상식이다. 더욱이 오늘날 우리 사회에 너굴과 같은 아이들은 이미 '희귀족'이 아니다. 통계에도 잡히지 않는 '잉여'지만, 한 해 7만 명 이상이 아이들이 학교 밖으로 뛰쳐나오는 것으로 추정되고 있다. 그런데도 우리 사회는 이런 현실에 눈감거나, 아예 없다 생각하고 있는 것인지도 모르겠다.

한번은 이런 일도 있었다. 성인을 위한 영어회화 강좌를 듣고 싶어 등록하러 간 막내가 분기탱천해 전화했다. 자기는 분명 청소년인데 성인 수강료를 내라 했다는 거다. 수강자가 성인이든 아니든 '성인용 강좌'니 그래야 한다는 거다. 수강료는 수강자를 기준으로 받는 게 아니라 '강좌' 중심으로 받는다는 거다. 아이로서는 황당했을 거다. '청소년'수련관에서 '청소년'이 수강하는데 왜 성인 요금을 내야 하는지 도저히 받아들이기 어렵다는 거다. 백번 옳은 얘기다.

이런 경우 당연히 부모가 나서줘야 하는데, 일단 아내가 나섰다. 일 단계 조치며, 안 되면 나라도 나설 요량이었다. 다행히 수련관 쪽에서 승복했다. 아내의 너무나 당연한 주장에 책임자란 이가 선선히 동의했다 한다. 말인즉 청소년도 낮 강좌를 들을 수 있고, 그런 아이들은 날로 더욱 늘 것이라 주장했단다. 특별히 강의 내용이 미성년자에게 이롭지 않은 경우를 제외하곤 청소년에게도 수강할 수 있도록 해야 하며, 수련관의 주인인 청소년들에게는 크게 할인혜택을 줘야 한다고 일침을 놓았다 한다. '제주 또순이'다운 발언이다.

물론, 전국 모든 청소년수련관이 이렇지는 않을 거라 본다. 일부 청소년수련관은 아예 학교 밖 아이들을 위한 정규 프로그램까지 마련하고 있다는 이야기를 들은 적도 있다. 하지만 당사자인 너굴 입장에서 볼 때 도시에 자신과 같은 처지의 아이들을 위한 곳은 매우 드물다. 되레 곳곳에 암초만 널려 있다고 해도 지나치지 않을 것이다.

공공(公共)의 영역은 여전히 학교 밖 아이들을 '극히 예외적인 것'으로 여기는 분위기다. 아이들은 낮에 당연히 학교 안에 머물러야 정상이며, 그렇지 않은 경우를 배려할 이유는 없다고 보는지도 모른다.

하지만 이는 명백한 오류다. 그런 논리라면 그 많은 복지관이니 보육시설 등 사회기반시설들도 지을 이유가 없어진다. 이 모두 예외적인 상황에 맞닥뜨린 이웃들을 위한 것이기 때문이다. 이제는 공공 영역도 학교 밖 아이들에게 눈 돌릴 때가 됐다고 본다. 어쩌면 이미 늦은 것인지도 모르겠다. 봇물 터지듯 학교 밖으로 뛰쳐나오는 아이들이 크게 늘고 있으니 말이다.

시대가 달라지고 상황이 벌어져도 꿈쩍도 않는 공공이란 이름의 괴물이 사회 변화에 앞서 예측하고 움직이는 경우는 거의 보지 못했다. 앞서 변화하지는 못해도, 뒤늦게라도 눈을 돌려줬으면 하는 바람이다.

'애정남'도 못 정하는 너굴의 신분

그 누구를 만나든 1차 관문은 '호구조사'다. 일과 관련된 공적 관계로 만나는 이들을 빼면 대체로 그렇다. 호구조사는 일종의 통과의례라 사적 인연으로 만나는 이들과의 친밀도를 높이는 하나의 방편이다. 그 관문을 통과해야 나는 그를 안다 할 수 있으며, 그 또한 나를 안다 말할 수 있게 된다. '민증을 까' 연대별 서열을 규정하고, 서로의 곁에 있는 식구(食口)들에 대해서도 어느 정도 알 때 친밀도를 더해 간다. 물론 이게 합리적이며 좋은 것이라고는 볼 수 없다. 그렇다고 번거롭거나 나쁜 거라 말할 근거도 없다. 그저 우리네 살아가는 관습일 뿐이겠다.

특히 가족 중 자식에 관한 사항은 호구조사의 필수 항목이다. 결혼한 가장일 경우 그의 식솔들에 대한 사항은 이야기를 이끌어가는 좋은 소재다. 상대에 대한 관심보다 그의 식솔들에 대한 관심을 기울이는 게 친밀도를 더 높일 수 있다는 건 대인관계의 기본 상식이다. 무엇보다 자식 얘기는 이야깃거리의 보물단지다. 한번 끄집어내면 끝이 없을 만큼 이어질 수 있다. 자식에 관한 한 그 누구나 할 말이 많기 때문이다. 심한 자랑부터 깊은 고민까지 그야말로 무궁무진하다. 서로가 안고 있는 고민에 대해 서로가 해결사를 자처하기도 하고, 만방에 널리 알리고 싶은 복되고 복된 소식 또한 저마다 한 보따리씩 안고 있다. 그러니 자칫 무료해지기에 십상인 만남 자리에서 자식 얘기는 여러모로 유용한 소재다.

하지만 나로서는 예의 그 자식에 관한 이야기를 나누는 자리가 껄끄럽고 불편하다. 대화 진입부터 갈피를 못 잡기 일쑤다. 진입로는 좁은데다 험하기까지 해 일단 시쳇말로 '버벅거리며' 시작된다. 평범하고 상식적인 질문인데다 누구나 쉽게 답할 수 질문이건만 나로선 대체 어찌 답해야 할지 당혹스럽다. 이를테면 이런 거다.

가장 먼저 날아드는 아이는 몇이냐는 질문에 대한 답은 간명하다. 딸 둘! 몇 살이냐는 질문에는 스물둘, 열일곱. 여기까진 그리 어렵지 않은 질문이다. 하여 그럭저럭 선방하지만, 다음 질문부터가 난감하다. 아이들은 어느 학교 다니느냐 거다. 공부 잘하냐는 질문에 이르면 답변이 장황하고 복잡해진다. 일단 사범대에서 음악교육을 전공하는 큰딸 신분은 확실하니 쉽게 답한다. 하지만 막내딸 너굴에 이르러서는 상황이 좀 다르니 당혹스럽다. 수없이 받는 질문이지만 매번 그렇다. '모범 답안'을 만들지 못했으니 그때그때 달라진다. 아이 신분 변화가 하도 빠르니 그렇고, 그 변화를 규정하는 똑 부러지는 낱말을 찾지 못했기 때문이다.

아이가 대안학교 다닐 때는 사정이 좀 나았다. 대안학교에 대해 들어본 적 없는 사람은 별로 없으니 얼추 상황을 이해한다. 물론 답변 끝에 대안학교에 대한 질문이 쇄도하기도 한다. 들어보긴 했으나 주변에 아이를 대안학교에 보내는 이는 거의 없어 신기하고 궁금한 게 많다. 누구나 다 가져봄 직한 의문을 한꺼번에 풀려는 듯 질문은 끝없이 이어진다. 날아드는 질문이야 어찌 됐건 아는 대로 답하다 보면 상당한 시간이 흐른다.

하지만 아이가 대안학교마저 나온 뒤엔 속수무책이다. 사회적으로 통용되는 낱말은 '홈스쿨러'라는 건데, 이게 좀 애매하다. 가정 (Home)과 학교 (School)를 적당하게 배합해 만든 이 낱말은 여러 가지 상상을 불러일으키나 보다. 가정이 곧 학교라고 이해하는 이들은 부모가 교사일 뿐 공부 열심히 해야 하는 건 마찬가지라고 이해하기도 한다. 부모가 가르칠 형편이 안 되니 학원에 보내나 보다 생각하는 이들도 뜻밖에 많다. 그런 식의 시선은 무척 난감한 것인지라 적극 부정하고 해명하는 편인데, 그러자니 이야기는 무척 장황해진다. 뒤이어 로드스쿨러라는 용어까지 등장하면 이따금 대안교육 토론 마당이 펼쳐지기도 한다.

이야기 끝에 '학벌주의에 반대한다'에 이르면 정치사회적 논쟁으로 번져나가기도 한다. 피하고 싶은 이야기지만 피한다고 피해지는 것도 아니다. 이 지경에 이르면 로드스쿨러 너굴 양은 본인 의지와 상관없이 학벌주의 철폐를 온몸으로 실천하는 투사(?)로 비치는데, 이 또한 사실과 달라 긴 해명이 필요하다. 그저 빛나는 10대 나이에 실컷 뛰놀고 여행하고, 읽고 싶은 책 읽고, 하고 싶은 것 다 해보고 싶을 뿐이니 말이다.

게다가 너굴이 방송통신대에 해마다 1학년으로 입학하고 있다는 사실까지 밝혀지면 거의 수습불가 상황이 돼버린다. 이때부터는 설명 아닌 해명을 해야 하는데, 그 인과 관계를 풀어내는 게 여간 어려운 일이 아니다. 상식적인 얘기지만 방송대도 어엿한 국내 최대 학맥(學脈)을 자랑하는 대학이다. 그러니 너굴은 분명 대학생으로 규정돼야 한다. 대학은 학벌주의의 정점인 터, 학벌주의에 반대한다며 아이를 슬며시 대학에 진학시킨 게 말이 되느냐는 반론에 부닥칠 게 뻔하다. 그러니 설명은 대책 없이 길어질 수밖에 없다. 너굴은 그저 방송대 교양 과정의 몇몇 강좌를 듣기 위해 두 해에 걸쳐 각각 한 학기씩 '등록'한 것일 뿐 '진학'했다고 생각하지 않는다. 그런데도 이를 이해하기란 쉽지 않은 게 우리 사회 현실이다.

사실 말이 좋아 홈스쿨러지 너굴은 집에서 배우는 것이 전혀 없다. 가르칠 사람이 없으니 그렇다. 그렇다고 로드스쿨러로서 길에서 배우는 것이 많다고 하기도 좀 그렇다. 한때 가장 많은 시간을 투여했던 것은 패스트푸드점 아르바이트인데, 시간으로만 따지면 영락없는 미성년자 비정규직 노동자가 맞다. 그나마 아르바이트밖에 매일 규칙적으로 하는 일이 없으니 말이다. 그렇다고 대놓고 미성년자 비정규직 노동자라 할 수는 없다. 살림 어려워 미성년인 아이를 학교도 안 보내고 노동을 시키느냐는 비난에 직면할 수 있으니 말이다. 졸지에 '비정한 부모'라는 딱지가 붙을지도 모를 일이다.

결국, 너굴은 홈스쿨러거나 로드스쿨러, 아니면 대학생이거나 미성년자 비정규직 노동자 등 그 모든 것에 해당하거나, 모두에 해당하지 않는 애매한 신분이다. 상황은 너무 애매해 도무지 간단하게 해명되지 않는다. 이처럼 난해한 상황을 인기 개그 프로그램이었던 '애정남(애매한 것을 정해주는 남자)'은 대체 뭐라고 규정할 수 있을지 궁금하다. 아무리 애매한 상황도 기발하게 척척 규정하는 이들이라도 너굴의 상황만큼은 똑 부러지게 정의하기 어려울 것 같다.

사회적응력이 떨어진다는 미신

일상이 외로움인 너굴을 수년 동안 지켜보면서 걱정스러웠던 것이 한둘이 아니다. 가장 걱정스러웠던 것은 결국 사람들과의 관계에 관한 것이었다. 가뜩이나 여느 아이들보다 더 예민하고 까칠한 녀석이 과연 주변 사람들과의 관계를 잘 풀어나갈 수 있을까 염려스러웠다. 너굴이야 아무 걱정 말라지만 그건 본인 생각일 뿐, 걱정하지 않을 수 없었다. 굳이 '사회적 동물' 어쩌고 하는 대목을 들지 않아도 세상 저 혼자 사는 것 아닌데, 과연 성인이 돼 사회로 나가서 다른 사람들과 조화롭고 슬기롭게 어울릴 수 있을지 걱정이 컸다.

지금도 비슷한 상황이면서도 시제가 과거형인 것은 이제는 그런 걱정을 하지 않는다는 것이다. 상황이 달라졌다기보다는 마음을 달리 먹었기 때문이다. 걱정한들 해결될 일도 아니니 생각을 바꾼 것이다. 세상만사 마음먹기에 달렸다는, 그런 이치일 수도 있겠다. 지금이야 이리 쉽게 이야기를 할 수 있지만, 당시에는 '사람들과의 관계'에 관한 일이 갖는 무거움이 큰 만큼 심적 부담도 꽤 컸다. 그런 걱정은 대안학교 다닐 때부터 고개를 들었다. 이때부터 시작된 문제는 쉽게 풀리지 않았으며, 대안학교를 나온 뒤 상황은 더욱 나빠졌다.

대안학교 입학 당시 너굴의 동기들은 고작 다섯 명이었다. 이 가운데 계집애는 너굴 포함 단 두 명. 사내 녀석들은 언제나 자기들끼리 무리 지어 다녔고, 한 명뿐인 여자아이는 마음앓이를 하는 아이여서 함께 어울리기 어려웠다. 1년 위 선배들은 마치 어른이라도 된 양, 고작해야 1년 차이뿐인 후배들을 마치 어린아이들 취급하면서 함께 어울리지 않았다. 그래도 학교에는 교사들도 있고, 학교라는 공간 안에서 이런저런 일로 아이들과 뒤섞이니 그럭저럭 견딜 만했을 것이다.

문제는 방과 후나 제법 긴 방학 동안인데, 상황은 더욱 심각했다. 동네를 이리저리 돌아다녀 봐도 어울릴 수 있는 친구들이 거의 없었다. 겨우 1년 다닌 초등학교 동창들을 간혹 마주치기도 했지만 데면데면했다. 사내 녀석들은 아예 아는 척도 하지 않았고, 계집애들은 눈이라도 마주쳐야 몇 마디 말만을 섞곤 돌아서기 일쑤였다. 그러니 대안학교 시절 너굴에게 방학이란 지나치게 길고 지루한 시간에 불과했다. 대안학교 교사와 학부모들과 이런 문제를 두고 몇 차례 고민을 해봤지만 이렇다 할 답을 구하지 못했다. 방학 중이라도 몇 가지 프로그램을 만들어 아이들이 만날 기회를 넓히기도 했지만 그렇다고 고민이 덜어지는 것은 아니었다.

대안학교마저 그만둔 뒤 관계의 폭은 더욱 많이 줄어들었다. 명색이 로드스쿨러랍시고 이곳저곳 나다니며 제법 많은 사람을 만나기는 한다. 하지만 함께할 그 무엇이 없는 이들과의 만남은 이렇다 할 의미가 없었다. 아이가 움직이는 공간이나 시간은 또래들의 그것과 달라 도무지 마주칠 일 없으며, 설사 마주친들 섞일 수 있는 여지는 별로 없었다. 이런 생활이 몇 년째 계속되면서, 아울러 너굴도 쑥쑥 자라면서 그리 심각하게 생각하지 않게 됐다. 일상이 되다 보니 무덤덤해진 것이며, 고민한들 소용없는 짓이기 때문이기도 하다.

무엇보다 너굴이 외로움이 그리 큰 문제가 될 건 아니라는 생각도 들었다. 약이 되면 됐지 독이 되지는 않을 것 같았다. 10대 나이에는 반드시 또래 아이들과 많이 어울려 봐야 이른바 '사회성'이라는 게 좋게 형성된다는 게 '참'이라고 보지 않게 됐다. '어떤 사람들과 어떤 만남을 갖느냐'가 더 중요하지, 어떤 사람이든 많이 어울려 봐야 하는 건 아니라는 생각도 들었다.

대안학교 시절 이런 고민을 갖고 몇몇 학부모들과 이야기를 나눈 적도 있었다. 대안학교에 아이를 보낸 학부모라면 대부분 아이의 '사회성', '사회 적응 능력' 등을 고민하고 있었기 때문이다. 물론 그 당시의 나 또한 같은 문제의식을 느끼고 있었으며, 여러 학부모와 걱정만 했을 뿐 이렇다 할 방안을 찾지 못했다. 당시 학부모들을 만난 대안교육단체 관계자 역시 "별로 고민할 것 없다"면서 "부조리한 사회 현실에 잘 적응한다는 게 대체 무슨 의미가 있겠냐?"라고 되물었지만, 가슴에 와 닿지는 않았다. 당장 관심사는 너굴이 어떻게 하면 많은 친구를 사귈 수 있을까, 어떻게 해야 너굴의 외로움을 덜어 줄 수 있을까 하는 데 쏠려 있었기 때문이다.

돌이켜보면 이름조차 기억할 수 없는 그 관계자의 말을 어렴풋이나마 헤아릴 수 있겠다. '사회적응력'이라는 실체 없는 낱말에 매달릴 필요가 없던 게 아닌가 싶다. 대안교육이 자유와 평등이라는 가치 위에서 아이들 스스로 올바로 설 수 있도록 돕는 것인데, 굳이 일찌감치 차별과 불평등이 만연한 '사회'에 '적응'하길 바라는 건 모순이었다. 일상적으로 또래들과 무리를 지을 수 있는 제도권 학교에 다니는 아이들이 과연 사회성이나 사회적응력이 뛰어난 것인지 반문해 볼 필요도 있겠다. 성적에 따라 아이들을 서열화하고 차별하는 학교라는 곳이 제대로 된 사회성을 길러주는 것도 아니니 그리 걱정할 일은 아니었다.

결국, 경험은 훌륭한 교사였다. 대책 없어 지켜보았을 뿐인데 시간이 흐르면서 문제였던 것이 문제 아닌 것이 됐으니 말이다. 이 점은 너굴도 비슷할 것이다. 긴 시간 외롭게 홀로 간다는 것은 확실히 견디기 힘들고 고달픈 것이기는 하지만, 외로움 그 자체가 좋은 약이고 스승이 될 수 있을지언정 결코 독이 되지는 않았다.

도시 곳곳에 숨어 있는 배움터들

너굴이 로드스쿨러를 자처했다는 것은 '길'을 '학교' 삼겠다는 뜻이다. 이 말은 '세상 사람 모두가 다 스승'이라는 말과 거의 동의어라 할 수 있겠다. 사실 이처럼 거창한 말에는 허점이 많은 편이다. 모든 길이 다 학교라는 뜻은 현실에서 어떤 길도 학교가 아닐 수 있다는 말이 될 가능성이 높다. 세상 사람 모두 교사라는 말도 마찬가지다. 다 스승이라지만 결국 아무도 스승이 아니었다는 우울한 결론으로 이어질 소지가 다분하다. 그러니 이처럼 지나칠 정도로 넓게 영역을 설정해 놓으면 실패할 확률 또한 그만큼 커진다는 이야기가 된다.

로드스쿨러 초기의 너굴도 그러했다. 일단 거리로 나서면 뭔가 배울 게 많을 거로 생각했다. 아침 일찍 문 여는 도서관에 거점을 확보하고는 카페며 서점 등을 떠돌아다녔다. 10대 계집애에게 도시는 너무 넓고 황량하기조차 한 공간이어서 어느 구석에서 무엇을 배워야 할 것인지 가늠하기 어려웠다. 그러니 도서관이나 카페, 서점 등 일단 만만한 공간 몇 곳을 정해 한동안 그곳들을 집중 공략했다.

시간이 흐르면서 너굴의 도시 탐사 영역은 확장돼나갔다. 이따금 예전에 다니던 대안학교를 찾아가 아이들과 선생님들을 만나 에너지 충전의 기회를 얻기도 했다. 비록 대안학교에 머문 기간은 길지 않았지만, 당시 쌓은 경험은 뭐든 혼자 알아서 해나가야 하는 로드스쿨러 생활에 큰 도움이 됐다. 책 수십만 권이 쌓여 있는 도서관에서 읽을 만한 책을 고르는 안목을 키웠고, 카페나 서점에서 눈치 보지 않고 한나절 버틸 수 있는 당당함(뻔뻔함일 수도 있겠다)도 갖게 됐다.

어느 정도 그런 공간에 익숙하게 된 뒤에는 동네 청소년수련관을 찾았다. 언제가 될지 모르는 해외 배낭여행의 필수 무기(?)인 영어를 익히기 위해서였다. 이후에는 학교 밖 청소년을 위한 프로그램에 참여하는 등, 수련관의 다양한 프로그램 가운데 필요한 것만 듣는 이른바 '골라 먹기 식'로 각종 강좌에 참여했다. 이 시기 청소년들의 멘토라 불리는 유명 인사들의 공개강좌 시리즈를 들은 건 잊지 못할 좋은 경험이 됐을 것이다.

얼마 동안은 사진에 흠뻑 빠져 지역 대학교의 부설 기관인 평생학습원 사진 강좌를 무려 1년 동안 수강하기도 했다. 평생학습원의 동료(?)들은 전부 이모나 삼촌뻘이어서 당시 열여섯 살이던 너굴은 졸지에 '귀요미 막내' 노릇을 하였다. 삼촌이나 이모들의 정기/비정기 출사(사진촬영) 때는 자동차 뒷좌석에 누워 강원도와 영호남 지방 등 먼 곳까지 누비고 다녔다. 강좌나 출사 등이 끝난 뒤 어른들은 늘 뒤풀이를 했는데, 너굴도 당당하게 회식비를 내고 참석하느라 밤늦은 귀가가 잦았다. 어른들은 회식 자리에서 피로를 술로 달랬지만 너굴은 음료수를 주문해 마셨다. 어른들의 놀이 문화(?)가 과연 어떤 것인지 충분히 이해할 수 있는 시간이었을 것이다.

너굴은 틈나는 대로 대안교육 분야에 잘 알려진 '코뮌들의 네트워크 수유너머(http://www.transs.pe.kr)'나 서울시가 운영하는 청소년 직업체험센터인 '하자센터(http://www.haja.net)' 등도 종종 찾았다. 글쓰기 강좌나 직업체험 프로그램 등 궁금하거나 흥미로운 프로그램에 이따금 참여하곤 했다. 하지만 프로그램 참여로 얻는 것과 견주어 볼 때, 오가는 시간이 너무 걸리고, 프로그램 참가비나 교통비 등 지출도 너무 커 자주 참여하는 데는 한계가 있었다.

이 밖에도 '품 청소년 문화공동체(http://www.pumdongi.net)'이나 '공간 민들레(http://www.flyingmindle.or.kr)' 등 가고 싶거나 가봐야 할 곳은 얼마든지 많았지만 마음만 굴뚝같았을 뿐 종종 오가지 못했다. 물리적 거리가 머니 마음도 멀어지는 건 어쩔 수 없었을 거다.

이처럼 도시 곳곳에 둥지를 튼 배움터는 얼마든지 많았고, 각각의 공간에서 이뤄지는 프로그램은 헤아릴 수 없을 정도로 풍부하고 다채로웠다. 바른 삶을 위한 참 진리는 결국 현장에 있다는 것을 다시 확인할 수 있던 것이다. 게다가 날로 그 수가 늘어나고 있으니 학교 밖을 배움터 삼는 아이들로서는 반가운 소식일 수 있겠다.

하지만 메뉴가 다양하고 그 양이 풍부한 것은 그저 좋은 환경이라고 할 수 있을 뿐, 그게 곧 학교 밖 아이들에게 좋은 것은 아니라는 것이다. 결국, 문제는 이를 어떻게 섭취하느냐 하는 것인데, 이 점에 있어 너굴은 그리 좋은 사례라고 볼 수 없다. 이곳저곳 마음에 드는 강좌를 골라 듣기는 했지만 일회성 수강에 그쳐 축적할 수 없었으며, 각각의 강좌 사이에 계통도 체계도 없어 결국 좋은 경험 했다는 정도에 그칠 수밖에 없었기 때문이다. 물론 이렇게 된 데는 수강료가 비쌌다는 점과 거리가 멀어 많은 시간이 소요됐다는 점 등, 너굴로서는 억울하다 할 수 있다.

한 가지 아쉬운 점을 덧붙인다면, 하자센터나 민들레 등 학교 밖 아이들이 주로 모이는 공간이 마련하는 프로그램에 너굴이 적극적으로 참여하지 못했다는 거다. 이런 공간에서 비슷한 고민을 하는 또래 아이들과 만나 서로의 경험과 고민을 나누거나 덜어낼 기회를 가졌다면 어땠을까 하는 생각을 뒤늦게 해본다. 제아무리 혼자 외롭게 가는 길이라지만, 비슷한 길을 걷고 있는 아이들을 만난다는 것은 그 자체로 꽤 의미가 있다. 이것은 다른 아이들의 경험에 자신을 비춰보는 것으로, 자신을 객관적으로 바라보는 기회를 가진다. 이를 계기로 너굴이 신발 끈을 더 조이거나 궤도를 수정하는 등 좀 더 긍정적인 변화가 있지 않았을까 생각한다.

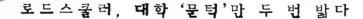

로드스쿨러, 대학 '문턱'만 두 번 밟다

아직은 대학 갈 생각이 전혀 없던 너굴이, 하물며 학벌 따위에는 별 관심 없던 로드스쿨러가 대학생이 됐다. 그것도 2년 동안 같은 대학 1학년으로 두 번 입학했다. 확실히 자기 모순적 상황이며, 그간 내세운 가치나 입장을 스스로 무너뜨린 사건이라 할 수 있다. 대안학교니 로드스쿨링이니 하면서 호들갑을 떨었지만 결국 대학에 들어가기 위해 노력한 것 아니냐, 너굴도 별수 없지 않으냐는 지적이 일 수 있겠다.

너굴이 들어간 대학은 국립 한국방송통신대학교다. 줄여서 방송대라고 쓴다. 2년 전에는 영문학과에 다녔고, 그전 해에는 국문학과에 입학해 1년 다녔다. 너굴의 표현대로라면 글을 잘 쓰고 싶단 생각에 국문학과를 다녔고, 영어는 좀 해둬야 할 것 같아 영어학과에 입학했단다. 진출입이 자유로운 방송대이기 때문에 가능한 일이다.

학벌 따위는 필요 없다는 너굴이 방송대에 들락거린 데는 몇 가지 이유가 있다. 무엇보다 인문학이든 뭐든 원하는 걸 공부하기 정말 좋다는 것 때문이다. 너굴 말마따나 "딱 내 스타일"이라는 거다.

일단 진입이 쉽다. 신입생 모집 규모가 엄청나니 특별히 경쟁률이 치열한 학과를 빼곤 입학하기 어렵지 않다. 여느 대학의 영문학과 정도면 그래도 경쟁률이 센 편인데 쉽게 들어갔다. 국문학과도 경쟁률이 별로니 어렵지 않게 입학했다. 방송대야말로 너굴과 같은 홈스쿨러를 위한 학교 아닌가 하는 생각이 들 정도였다.

물론 성적 따위는 묻거나 따지지도 않았다. 대입 검정고시를 턱걸이로 패스한 '최종학력 초등학교 졸업'인 너굴로서는 여간 고마운 일이 아니다. 대입학력고사 문제지를 보면 울렁증을 일으키는 처지인데도 들락날락할 수 있다는 건 그야말로 신세계가 아닐 수 없다.

등록금도 싸다. 웬만한 고등학교 등록금 수준에도 못 미친다. 너굴이 낸 등록금은 한 한기당 40만 원대다. 비슷한 시기에 서울 소재 사립대에 다니던 큰딸의 한 학기 등록금이 500만 원이었다. 그 금액이면 방송대를 6년쯤 다닐 수 있단 얘기다. 과연 그 학교 교육의 질이 방송대의 열두 배쯤 되는지 따져 볼 필요가 있다.

들어가기도 쉽지만 공부하기 쉽다는 것도 매력적이었다. 방송대만의 최첨단 원격강의의 장점이자 강점이다. 대부분 강의는 아무 데서나 들을 수 있었다. 스마트폰이나 태블릿 PC 등 모바일 디바이스를 이용해 수강할 수 있으니 더욱 편리했다. 고매하신 교수님들 시간에 학생들이 맞춰야 하고, 드넓은 캠퍼스 이곳저곳을 찾아다니며 강의를 들어야 하는 불편함도 없다. 그저 너굴이 편리한 시간에 좋아하는 장소에서 듣고 싶은 강의를 들으면 그만이다. '자유로움'이 최고 가치인 로드스쿨러로서는 이보다 더 좋을 수 없는 일이다.

쉽게 들어갈 수 있고 학비는 저렴해도, 대학생 신분을 확보할 수 있으니 종종 써먹을 수 있어 좋았다. 지천으로 널린 게 대학생이지만, 여전히 우리 사회에서 대학생은 각별한 존재다. '청년 백수'와는 시쳇말로 '급'이 다르다. 적잖은 기업들이 마케팅 활동에서 대학생들만을 위해 뭔가 베풀며, 지방자치단체들도 대학생들만을 위한 특별한 정책을 종종 편다. 운이 좋다면 공짜로 해외 나들이에 나갈 수도 있고, 대학생을 상대로 한 이런저런 공모전에 응모할 수 있다. 방송대학생도 어엿한 대학생인 터, 워킹홀리데이 프로그램 등을 통해 바깥세상 구경도 해보겠다는 게 막내의 꿈이다. 아직은 미성년자니 좀 기다려야 하지만.

게다가 홈스쿨러라는 신분의 애매함을 넘어서는 데 '방송대학생'이라는 카드는 꽤 유용해 보인다. 같은 사고를 쳐도 일단 대학생이라면 조금은 더 두터운 보호막을 칠 수도 있다는 거다. 게다가 홈스쿨러니 로드스쿨러니 하는 신분을 밝힐 경우 수많은 질문이 쏟아지는 상황을 종종 경험한 너굴로서는 '대학 학생증'은 이 같은 난감한 상황을 벗어나는 데 매우 유용한 카드가 생겼다는 것을 의미하기도 했다. 본인은 대학생이기보다 로드스쿨러라는 게 더 자랑스럽지만, 색안경을 끼고 보는 게 불편하기 때문이란다.

로드스쿨러이자 방송대학생이란 신분을 동시에 가진 너굴은 방송대에서 주로 교양 과목 수강에 집중했다. 국문학과 1학년 때는 언어의 이해, 인간과 심리, 대중영화의 이해, 세계의 역사, 글쓰기, 글과 생각 등을 수강했다. 듣고 싶은 교양 과목이 많아 골라 먹는 재미가 쏠쏠했단다. 영문학과 1학년 때는 영문법의 기초, 컴퓨터의 이해, 세계의 역사, 대학영어, 동서양 고전의 이해, 한국사의 이해, 세상 읽기와 논술 등을 들었다.

이 많은 과목을 (비록 원격강의를 통해서라지만) 한 학기당 40여만 원만을 내고 들을 수 있다는 건 매우 만족스러운 일이다. 각종 사회단체나 무슨 센터 등에서 하는 강좌 수강료에 비하면 싸도 너무 싸다. 게다가 먼 거리를 오가며 허비하는 시간을 줄일 수 있으니 이보다 더 좋을 순 없단다. 방송대 강좌 수강 이후 시간이 갑자기 많아진 느낌이 든 너굴은 알바 시간도 대폭 늘렸다.

돌이켜보면 나와 너굴이 방송대를 발견한 건 전적으로 지역 사회단체의 벗 덕분이다. 초등대안학교를 나온 그의 딸아이 또한 방송대학생 신분인데, 나와 비슷한 예찬론을 늘어놓았다. 벗의 딸이나 내 딸이나 학벌 따위엔 그다지 관심 없긴 마찬가지다. 금쪽같은 10대의 나날을 좋은 대학 가기 위해 아등바등할 수 없단 점도 같다. 그 대신 놀며 여행도 다니고, 원하는 시간에 하고 싶은 공부도 좀 하면서 맘껏 누리고 싶단 것 또한 비슷하다. 방송대 진입은 두 아이의 소망을 이루기 딱 좋은 환경을 제공해주고 있다.

이래저래 방송대는 학교 밖 아이들의 좋은 '기댈 언덕'이다. 그저 고마운 일이다. 좀 더 욕심을 부린다면 차제에 학교 밖 아이들을 위한 특별 강의를 대폭 늘려보는 것도 좋겠다는 생각이다.

세계라는 마지막 대안학교를 향해

지난해 말 너굴은 로드스쿨러 생활에서 벗어났다. 굳이 공교육 학제를 들어 말하자면 대안교육 과정을 마치고 졸업하는 것이다. 올해 1월로 성인이 되니 홈스쿨이든 로드스쿨이든 더는 스쿨(학교)에 다닐 필요가 없다는 거다. 그동안 공부를 열심히 했는지 따질 필요도 없으니 성적표 따위도 있을 리 없다. 물론 빛나는 졸업장 같은 것도 없고, 그저 가족끼리 간단한 축하 파티나 해줄까 한다. 대안학교와 거리학교 등 가는 사람 별로 없는 길을 가느라 애썼으니 그정도는 해줘야 한다고 생각한다.

너굴이 특별한 '학교 밖 학교' 생활을 벗어나기에 앞서 (역시 공교육 방식대로) 진로지도(?)를 미리 해둘 필요가 있는지 생각해 보았지만 하지 않기로 했다. 만 19세 성인이 되는 순간부터는 뭘 하든 어디로 향하든 그건 스스로 알아서 판단할 일이기 때문이다. 중학교 나이 때 다닌 대안학교에서도 뭐든 스스로 판단하고 자기 주도로 풀어나가는 방법을 익혔으며, 거리로 나온 뒤의 일상 또한 비슷했다. 그만하면 얼마든지 홀로 설 수 있을 것이라 믿었으며, 마땅히 그래야 한다고 본다.

어찌 보면 성인이 된 이후 너굴의 삶에 부모가 끼어들려 해도 딱히 끼어들 여지가 없다. 아이는 성인이 된 이후 자신이 가야 할 길을 일찌감치 정해 놓았기 때문이다. 앞서 밝혔던 것처럼 만 열아홉 살 이후 너굴은 기약 없는 해외 배낭여행을 떠날 것이다. 또래 아이들은 대부분 대학에 진학하겠지만, 자신은 대학에 가는 대신 세계를 떠돌며 더 넓은 세상을 보고 더 많은 사람을 만나겠다는 것이다. 맘에 드는 곳이 있다면 잠시 눌러앉을 수도 있겠고, 공부를 하거나 일을 할 수도 있겠다. 솔직히 그런 일은 원치 않지만, 길에서 만난 녀석과 사랑에 빠져 엉뚱한 길로 가도 어쩔 수 없다고 본다. 자기 삶은 스스로 책임져야 하는 성인이니까. 그래도 배낭여행에 드는 경비 일부는 어떻게든 부모가 마련해주기로 했다. 큰딸 대학 학자금 대출의 일정 부분을 부모가 떠안기로 한 이상 너굴에게도 공평하게 지원할 의무가 있기 때문이다.

아이의 해외 배낭여행은 대학 진학과 비슷한 과정일지도 모른다. 또래들은 대학을 선택하는 과정에서 대부분 진로를 정했겠지만, 너굴은 세계를 떠돌면서 진로를 모색하게 될 것이다. 비록 그간의 대안교육 과정에서 이런저런 '꿈'이나 직업을 생각해본 적이 있지만 대부분 그리 오래 간직하지 못했다. 여러 미디어를 통해 얻은 그럴싸한 이미지들은 휘발성이 강해 가슴속에 오래 남아 있지 못했다. 하물며 너굴은 하루에도 열두 번씩 생각이 바뀌는 10대 아닌가.

이런 점은 대부분의 청소년 역시 마찬가지다. 언젠가 한 기관이 학교 밖 아이들을 상대로 한 조사에서는 아이들이 주로 선택한 직업이 디자이너나 만화가, 푸드 스타일러, 프로게이머 등 미디어 노출 빈도가 높은 직종이 주를 이뤘다는 글을 본 적이 있다. 아마도 청소년들이 즐겨 찾는 미디어를 통해 제공되는 정보는 대부분 피상적이었을 것이다. 그러니 세상의 다양한 직업에 대한 정보가 충분하지 않은 아이들로서는 미디어에 종종 노출되고 겉으로 화려해 보이는 것에 마음이 이끌릴 것이 뻔하다. 게다가 미디어에 노출되는 이들의 경지에 오르기 위해서는 얼마나 어려운 과정을 견디고 노력해야 하는지에 대해서는 아는 바 없으며, 알려 하지도 않고 알 수도 없는 상태다.

물론 이런 점은 너굴이라고 해서 다를 바 없다. 지난 6년간 대안교육 과정을 거쳤지만 이른바 '먹고 사는 일'에 대한 구체적 고민은 한 바 없다. 이따금 글 좀 쓴다는 칭찬에 고무돼 작가라든지 무슨 패션잡지 편집장, 또는 기자가 되고 싶다는 등의 '꿈'을 꿔보긴 했지만, 그 안쪽 세계에 대해서는 전혀 알지 못한다. 중학교 과정의 대안학교에서도 '직업의 세계' 프로그램을 마련해주진 않았고 저 혼자만의 로드스쿨링 과정에서 체득할 수 있는 것도 아니다. 게다가 그런 것을 굳이 서둘러서 10대 때 깨우치는 것이 과연 바람직한가에 대해서도 회의적이다.

그렇다고 '먹고 사는 일'에 대해 마냥 무관심 할 수는 없다. 너굴도 이제 곧 성인이 되니 서서히 이에 대해 고민을 할 때가 다가오고 있다. 다만 그 방식은 달리하고 싶다는 것이 나와 너굴의 생각이다. 이제껏 걸어온 길이 달랐던 것처럼 앞으로 걸어갈 길도 달리한다는 것이다. 너굴은 그 길을 나라 밖에서 찾고 싶어 한다. 미성년자 때는 나라 안 구석구석을 누볐으니 이제는 나라 밖을 누비면서 찾아볼 요량이다. 배낭을 메고 세계 곳곳을 다니면서 많은 사람과 만나고, 많은 것을 보고, 많은 경험을 쌓을 것이다. 여행만큼 좋은 학교는 없다는 말처럼, 나라 밖의 세상은 이제껏 알지 못했던 새로운 가르침을 줄 수 있다고 믿는다. 비록 그 길이 험하고 힘들지라도 그만큼 값진 것을 안겨 줄 것으로 기대한다. 세계는 너굴에게 있어 마지막 대안 학교라는 믿음으로 이제껏 그랬던 것처럼 외로워도 당차게 나아갈 것이다.

● 성공적 홈스쿨링은 지역공동체에서

홈스쿨링이 날로 크게 늘어날 것이라는 데에는 그리 큰 견해 차이가 없다. 관련 분야 전문가들도 대체로 그렇게 내다본다. 여기에는 몇 가지 근거가 있다.

일단 사회적, 기술적 환경이 좋아지고 있다. 정보기술(IT)의 발달은 홈스쿨러들에게 복된 소식이다. 라디오나 TV는 기본이고, 컴퓨터나 스마트폰, 태블릿 PC 등을 활용한 원격교육 기술이 날로 진화하고 있다. 기술만 발달하고 있는 게 아니다. 기술력을 타고 오갈 수 있는 교육 관련 디지털 콘텐츠도 풍부하며 급격히 불어나는 추세다. 마음만 먹으면 국내에서도 해외의 품격 높은 각종 강좌를 얼마든지 수강할 수 있는 시대다. 누구나 무료로 배우고자 하는 것을 동영상으로 제공해주는 칸아카데미(http://khanacademy.org)나 국내외 대학 등이 제공하고 있는 무료 강좌들도 얼마든지 많다. 너굴처럼 영어 학습을 영화나 아리랑 방송, TED 등을 통해 할 수도 있다. 말 그대로 사이버 공간의 거대한 네트워크 안에서 언제 어디서나 어떤 교육용 콘텐츠에도 접속할 수 있으니 그 다채롭고 풍요함은 학교 안쪽과 견줘 꿀릴 게 없다.

그렇다고 해서 홈스쿨러의 필요충분조건이 다 충족된 것은 아니다. 거의 모든 홈스쿨러들이 10대 미성년자들인 것을 고려하면 이러한 환경은 홈스쿨링에 필요한 것 가운데 절반쯤 충족된 것으로 본다. 사이버 공간이나 디지털콘텐츠, 원격교육 기술만 갖췄다고 교육이 이뤄지는 것은 절대 아니니 그렇다. 아이들에게 정말 중요하지만 가장 취약한 것은 역시 사람들과의 관계라고 보기 때문이다. 그렇다고 무작정 많은 사람과 어울리는 것이 좋다는 뜻은 아니다. 자칫 홈스쿨링이라는 이름으로 교육의 모든 것을 '가정' 안에서 오로지 '부모'와의 관계성 속에서 이루려는 데서 오는 허약함과 위험성을 경계해야 한다는 것이다.

잘 알려진 아프리카 속담으로 '한 명의 아이를 키우기 위해서는 하나의 마을이 필요하다'는 말이 있다. 대안교육계에 잘 알려진 얘기인데, 홈스쿨링이든 로드스쿨링이든 학교 밖에서 아이를 제대로 키우려면 '여럿이 함께' 돌보는 것이 이상적이라는 뜻이다. 현실적으로 쉬운 일은 아니겠지만 아프리카 속담처럼 지역공동체나 마을공동체가 동네 아이들을 함께 키운다면 이상적일 것이다. 각각의 가정이 '내 아이'만을 키우는 것이 아니라 마을 주민이 함께 '우리의 아이들'을 키우는 환경이라면 인성이나 감수성, 의사소통 능력, 배려 등에 대해 걱정할 것 별로 없을 것 같다. 게다가 이런 환경이라면 아이들은 공동체적 책임이나 협동심을 자연스럽게 키워나갈 수 있게 된다. 전적으로 개별 부모들이 짊어져야 했던 교육이라는 무거운 짐도 서로 나눌 수 있으니 부모들의 어깨도 한결 가볍다.

하지만 도시의 현 상황에서 이러한 수준으로 나아가기에는 어려움이 클 것으로 보인다. 실제 너굴이 로드스쿨러를 자임한 몇 년 동안 주변에서 비슷한 처지의 아이들을 찾아봤지만 결국 찾을 수 없었다. 일부 탈학교 아이들이 있기는 했지만 여러 가지 여건으로 함께할 가능성은 거의 없었다. 설사 가까운 곳에서 두세 명 정도의 학교 밖 아이들을 만날 수 있었더라도 지역공동체나 마을공동체 등 방식으로 묶어 일상적으로 함께하지는 못했을 것이다.

다만, 주변에 뜻을 같이하는 몇몇 가정이 있다면 낮은 수준으로나마 함께 시도해 볼 수 있었을 것이다. 즉, 마을 또는 지역 공동체학교로 가는 중간 단계 정도로 일 년에 두세 번 정도 공동 관심사를 주제로 한 프로젝트를 일정 기간 함께 해보는 것은 어렵지 않았을 것이다. 이를 계절학교라 해도 좋고, 캠프나 세미나 등 어떤 이름을 붙여도 상관없을 것이다. 앞의 글에서 나온 지역 청소년수련관의 학교 밖 청소년을 위한 프로그램은 취지와 동기는 좀 달라도 형식적으로는 비슷한 모델이라고 본다.

홈스쿨러의 외로움은 그 자체로 약이 될지언정 독이 된다고 보진 않는다. 하지만 대안교육이 지향하는 중요한 가치, 즉 '다름과 함께 사는 법'을 배우고 익히는 데는 한계가 뚜렷하다. 이 때문에 대안학교에서는 공동체적 가치에 근거한 협력교육과 지역사회와의 연대 등을 매우 중요하게 여기며, 이를 삶 속에서 체화할 수 있도록 아이들을 돕는다.

홈스쿨링은 그 자체로 대안교육의 또 다른 대안일 수 있겠지만, 개별화된 채 고립적으로 진행될 때 본래의 가치가 빛바랠 위험성이 크다고 하겠다. 따라서 이를 넘어설 수 있는 여러 방책을 마을이나 지역과 손잡고 모색하는 것이 매우 중요하다고 본다.

● 홈스쿨링에도 왕도가 있을까?

배움에는 왕도가 없다는 말은 홈스쿨링에도 예외는 아니다. 규격화된 공교육 틀 안에서도 왕도가 없는데, 하물며 제각각인 홈스쿨링 과정에 특별한 비법이 있을 리 만무하다. 고작해야 먼저 가 본 사람들이 전하는 경험담이나, 비슷한 길을 걷고 있는 이들과의 교류로 얻은 정보를 밑거름 삼아 자신만의 독자적인 길을 내는 수밖에 없다. 앞서 간 사람 별로 없는 낯선 길을 가는 데서 오는 자유로움과 함께 그만한 어려움도 따르기 마련이다.

그나마 위로가 되는 건 홈스쿨링의 역사가 20년을 넘으면서 제법 많은 사람이 앞서 갔다는 점이다. 홈스쿨링을 통해 뜻하는 바를 이뤘다는 이도 많고, 대안교육이 추구하는 가치 있는 삶을 사는 이치를 깨달았다는 이도 적지 않다. 아이가 행복해하며, 학벌의 굴레로부터 자유롭고, 당당하게 자기주도적인 삶을 살 수 있게 됐다는 이들의 이야기도 들린다. 물론 원하는 대학에 진학해 원하는 자리에 오를 것이라는 성공담(?)도 흔하다.

그 어떤 목표든 간에 이를 이루었다 하는 홈스쿨러의 학부모들이 전하는 노하우 역시 다양하다. 아이의 배움을 돕거나 거드는 구체적인 방법도 저마다 다르다. 구체적인 각론은 저마다 다르지만 그나마 큰 틀에서 볼 때 두드러지는 몇 가지는 대부분 엇비슷하다. 홈스쿨러 학부모들이 나름대로 정한 노하우거나 원칙이라지만, 홈스쿨러 아닌 아이들을 대하는 부모들의 태도 또한 마찬가지여야 하는 것 아닌가 하는 생각이다. 아이로 하여금 바르게 자랄 수 있도록 돕는 방식은 홈스쿨러든 학교 안 아이든 마찬가지기 때문일 것이다. 그 몇 가지를 들어 보자.

첫째, 아이가 자율성을 잃지 않도록 거들어야 한다는 것이다. 여기에는 아이의 본성에는 스스로 뭔가 이루거나 해내려는 의지가 깃들어 있다는 믿음이 깔렸다. 적절한 환경만 주어지면 누구는 보란 듯 잘 자라고 싶어한다는 것이다. 그런 아이들이 빗나가는 경우는 억압받고 있거나 무시, 차별 등 부정적 영향을 강하게 받기 때문이라고 보는 것이다.

둘째, 아이들의 자율성을 북돋우기 위한 환경을 잘 만들어 주어야 한다. 이것저것 요구하고 강제하는 것은 당장이야 뭘 하는 척이라도 하겠지만, 결국 아이의 자율성을 훼손하는 결과를 가져온다. 서두를 것 없이 적절한 환경을 만들어주고 기다리는 지혜와 인내가 필요하다는 것이다.

셋째, 앞의 글에서도 언급한 것처럼 눈높이를 낮출 필요가 있다. 기대가 크다고 그대로 되란 법은 없다. 부모의 지나친 기대는 되레 아이에게 부담으로 작용할 뿐 긍정적 효과로 이어지지 못하기 일 쑤다. 이 때문에 한 홈스쿨러 학부모는 "마치 옆집 아줌마처럼 아이를 대하라"라고 조언한다. 적절한 비유다. 마치 옆집 아줌마처럼 만나면 칭찬하고, 머리 쓰다듬어 주고, "녀석, 잘생겼다"라며 현재 있는 그대로를 칭찬할 뿐, 뭘 하라고 시키지 않는 게 중요하다는 얘기겠다.

어찌 보면 아무것도 아니며, 무척 단순한 이야기들이다. 하지만 그 어느 한 가지 제대로 지키기 쉽지 않을 것이다. 공교육이든 대안교육이든 그 어느 영역에서도 이런 원칙들이 적용되어야 하겠지만, 실제 적용되는 사례를 찾아보기 힘든 이유일 것이다.

그나마 홈스쿨러 부모들은 아이의 홈스쿨링을 결정하는 단계에서 어려운 결단을 한 경험이 있으니 상대적으로 더 잘 지켜나갈 수 있을 것이라 본다. 세상이 곧 학교며 일상의 삶이 곧 교육인 홈스쿨링을 결단한다는 것은 곧 아이들을 믿고 기다려주며 있는 그대로를 존중하겠다고 약속한 것이다.

● 남의 약도 내겐 독이 될 수 있다

홈스쿨링에 대한 사회적 관심이 높아지면서 관련 정보도 풍요로 워지고 있다. '성공적인 홈스쿨링'을 위한 책도 꽤 많이 출판됐고, 온 라인 공간에서도 관련 정보가 활발하게 오간다. 홈스쿨러가 운영하 는 개인 홈페이지도 증가 추세니 조금만 관심을 기울이면 필요한 정 보를 손쉽게 얻을 수 있게 됐다. 홈스쿨링을 시작하려는 이들에게 는 고마운 일이다.

그렇다면 정보만 많으면 충분한 걸까? 성공(?)한 이들이 전하는 정보대로 따라 하면 덩달아 성공할 수 있을까? 그렇지 않을 것이다. 앞서 말한 대로 교육은 요리와 같지 않기 때문이다. 요리야 같은 재 료를 구해 레시피 그대로 하면 된다. 똑같지는 않아도 비슷한 결과 가 나오니 크게 걱정할 게 없다. 하지만 교육에는 레시피가 있을 수 없다. 심지어 성공했다는 이들이 전한 대로 해도 결과는 정반대일 수도 있다. 교육이 쉽지 않은 이유며, 획일적인 공교육이 갖는 한계 이기도 하다. 똑같은 교사에게 같은 과제를 같은 시간 배워도 그 차 이가 매우 크다. 일란성 쌍둥이조차 다를 정도로 재료(?) 자체가 천 차만별이니 그럴 수밖에 없다. 다양한 (정부 말마따나) '인적 자원'을 단 하나의 기준과 과정대로 '육성'한다는 것 자체가 무리이며, 아이 들과 우리 사회를 병들게 하고 있다.

홈스쿨링은 대체로 획일적 공교육에 대한 문제의식에서 출발한

다. 학교라는 거대한 집단과의 불화, 부적응도 마찬가지다. 학교 안
에서 지지고 볶으니 가정과 사회에서 행복하게 배우고 익히도록 하
자고 결단한다. 물론 결단 전 이런저런 정보를 얻고, 다양한 사례를
탐구하며, 여기저기서 조언도 구했을 것이다. 심지어 '천재'나 '신동'
을 만들었다는 학부모들의 신화 같은 이야기가 담긴 서적도 구해 보
았을 수도 있겠다. 그대로만 하면 우리 아이도 비슷하게 될지 모른
다는 기대도 해봄 직하다. 누구라도 그리할 것이며, 그럴 수밖에 없
다고 본다. 무작정 내달리는 것보다는 낫다.

　문제는 섭취 방식에 있다. 먹을 게 많다고 다 먹을 수는 없다는 이
야기다. 너무 많은 정보는 없는 것과 마찬가지라는 속설과 비슷한
맥락이다. 넘치는 정보의 홍수 속에서 유익하고 유용한 정보를 골
라내는 게 더 힘든 세상이다. 어느 특별한 홈스쿨링 사례가 일반화
될 수는 없는 일이며, 다른 가정의 약이 우리 아이에게는 독이 될 수
있다는 것도 유념해야 할 일이다.

　홈스쿨링 가정의 처지와 환경 또한 깊이 고려해야 할 일이다. 홈
스쿨링이 크게 늘고 있는 미국의 경우 세상이 말하는 '성공적인 홈
스쿨링' 가정환경은 전통적 기독교 문화의 상류층이 대부분이다. 넉
넉한 재력과 전업주부인 어머니 쪽의 전폭적인 지원에 힘입어 아이
는 가문의 전통과 주류사회 계승이라는 위업을 달성한다. 우리 사
회 역시 이런 양상은 크게 다르지 않을 것이다. 열정적인 기독교 가
정의 홈스쿨링이 네트워크를 형성해 활발하게 전개되고 있고, 상당

수 홈스쿨링 가정이 전업주부인 '엄마'들의 헌신과 열정을 밑거름 삼아 이뤄지고 있다.

이런 방식의 홈스쿨링은 대체로 '주류사회 계승 또는 진입'이나 '성공 신화'에 초점을 맞추고 있다. 홈스쿨링 통해 명문대학을 갔다거나, 영어신동이 됐다는 등의 이야기가 '뉴스'가 되는 것을 보면 홈스쿨링도 목표에 따라 용어를 달리해야 하는 거 아닌가 하는 생각이 들 정도다.

이처럼 주류사회 진입을 위한 방편으로서의 홈스쿨링은 대체로 주류사회의 논리와 방식대로 하면 될 것이다. '엄마표 홈스쿨링'은 거의 필수적으로 보이며, 학교 대신 학원을 부지런히 들락거리면 '꿈'은 이뤄질 것이라 본다. 검정고시 통과야 그리 어려운 일 아니니 홈스쿨링을 한다 해서 대학 진학을 걱정할 건 아니겠다. 홈스쿨링 관련 정보도 필요하면 얼마든지 구할 수 있을 정도로 넉넉하다. 시중에 나와 있는 각종 홈스쿨링 성공기를 참고해도 좋겠고, 신문 잡지 등에 소개된 '홈스쿨러 성공담'도 꽤 쓸모 있을 것이다.

우리 사회 다수가 추구하는 목표와 달리 대안적 삶과 가치를 추구하는 홈스쿨러들이라면 당연히 그 방식도 크게 달라진다. 최근 몇 년 새 아이들과 함께 귀농이나 귀촌을 통해 이러한 가치를 일상화하기 위해 아이와 함께 대안적 삶을 살아가는 이들이 크게 늘고 있다. 이들은 온라인 공간을 통해 자신들의 경험을 가감 없이 날것으로 보여주기도 한다. 같은 길을 걷길 원하는 이들을 돕고자 하는 것인데,

이른바 경험 나눔이라 하겠다.

　이처럼 대안교육의 가치와 궤를 같이하는 홈스쿨러라면 '여럿이 함께'가 필수적일 거다. 다양한 온·오프라인 네트워크를 통해 각자 가는 길을 짚어보고, 경험을 나누는 기회를 수시로 얻는 것이 좋겠다. 이러한 과정은 오로지 '내 아이'만 바라보는 것이 아니라 '우리의 아이'를 함께 고민할 수 있는 계기가 된다는 점에서도 매우 중요하다.

학교와
거리를 넘어

5

너굴의 대안교육 6년 세월은 (아이도 아이지만) 내게도 큰 배움의 과정이었다. 상식이라 믿었던 것은 맹신(盲信)에 불과했으며, 관행에 대한 순응은 게으름의 다른 표현이었다는 것을 알게 되었다. 어릴 적부터 줄곧 주입돼온 교육에 관한 일련의 가르침들은 결국 어른들과 기존 질서를 지탱해나가기 위한 것일 뿐, 결코 아이들을 위한 것이 아니었다는 것을 뒤늦게야 깨달았다. 아이 아니면 보지 못했을 세상을 조금이나마 볼 수 있었던 거다.

없는 길을 내가면서 만나는 모든 상황은 하나같이 물음표를 달고 닥쳐왔다. 질문은 일찍이 생각해보지 않은 것들인데다, 애당초 정답이 없는 것으로 보였다. 우리 사회의 상식과 관행이란 권위에 기대어 문제를 풀어나가는 것은 부질없는 일이었다. 그러기에는 10대 아이의 삶은 너무나 역동적이며, 변화무쌍한데다 진폭이 매우 컸다. 우리 사회의 희귀종이자, 틀에 가둬두지 않은 날것으로서의 청춘을 만나는 데서 오는 혼란스러움이다. 이 장의 글들은 그런 혼란 가운데서 그나마 실낱같이 떠올린 생각들을 정리한 것이다.

교육이란 게 본디 정답이 없으니 이 글 또한 정답이라 할 수 없다. 애써 정답을 내려 해도 그럴 만한 처지도 아니다. 그저 너굴의 6년 행보를 지켜보면서 스스로 던진 질문에 스스로 답한 것일 뿐이다. 이와 함께 너굴처럼 학교 밖으로 나온 아이들과 그 가족들로 하여금 '내 아이' 아닌 '우리의 아이들'이 좀 더 당당하고 행복하게 학교 밖 생활을 할 수 있도록 하는데 힘을 모아 줬으면 하는 바람도 함께 담았다.

어른들의 시간, 아이들의 시간

'시간이 살같이 빠르다'는 말은 필시, 나이 든 이들만의 집단적 조어(造語)일 거다. 같은 경험을 한 이들이 공감을 통해 만들어 낸 이른바 '집단지성'의 산물일 거란 생각이다, 10대로선 '살같이 빠른 세월'을 좀체 감지할 수 없으니 말이다. 시간의 빠름은 머무는 시간 대에 따라 서로 다르게 체감되는 탓이다.

어른들은 자주 뒤를 돌아보면서 빠르게 흐르는 시간의 속도에 탄식한다. 삶의 고갯마루 마흔 즈음을 넘기니 급격히 시간이 빨라지더라는 것, 게다가 날로 더욱 가속도가 붙더라는 것이다. 마침내 오십을 넘긴 뒤의 빠르기는 '화살' 아닌 '총알'에 비견된다.

개구리, 올챙이 시절 모르는 건 당연하다. 머무는 시간 다르니 생각도 달라지는 거다. 화살이나 총알같이 빠른 시간 속에 사는 이들로서는 하루가 일 년 같던 시절을 잊는다. 누구나 다 그렇게 되는 법이다.

이를테면, 군대 가는 친구 아들에게 위로랍시고 던지는 말도 "3년 도 안 되니 금방"이란다. 제대해 나타나면 "그새 갔다 왔느냐"며 놀란다. 그 또래의 20여 개월은 모르긴 해도 어른들의 20년쯤으로 느꺼질 텐데 말이다.

시간에 대한 세대 간 느낌의 차이는 종종 소통 장애로 이어진다. '총알' 같은 시간 속을 걷는 어른과 굼벵이처럼 더딘 시간 속의 달리는 아이들과의 거리는 멀고도 멀다. 멀고도 머니 닿으려 해도 닿기 어렵고, 아예 닿으려 하지 않기도 하니 더 그렇다. 이를테면 "까짓 한 일 년 죽으라 공부만 해라"든지 "눈 딱 감고 3년만 견디라"는 식의 발언이 그렇다. 이 모두 아이를 위한 거라는 확신과 함께.

서로 다른 각자의 자리에 머문 채 그저 발언할 뿐이니, 그 말이 온전히 오가지 못한다. 10대의 하루는 우리의 일 년쯤 되는 거 아닌가 싶다. 로드스쿨러 너굴을 보면 딱 그렇다. 뭐가 되고 싶은지 물으면 그때그때 다르다. 작심(作心)한 건 사흘은커녕 이틀을 못 넘긴다. 그야말로 변화무쌍하다. 순간순간 다르며, 심지어 날씨 따라 달라진다.

이걸 '나이 먹은 우리'의 눈으로 보면 심각해진다. 당장 '진득하지 못하다'거나 '뚝심 없다'는 결론에 이른다. 더러 전문 용어까지 들먹이며 뜯어보고 진단한다. 여간 큰 문제가 아니다. 우려할 상황이며 속히 바로잡아야 한다는 판단을 내리는 데 몇 초 안 걸린다.

과연 그럴까. 물론 아니라고 본다. 아이는 그 하루 새 수없이 많은 생각을 한 거라고 믿는다. 하고 싶은 것 많고, 이루고 싶은 꿈 하도 많아 도무지 갈피를 잡을 수 없는 거라고 믿고 싶다. 더욱이 너굴이나 그 또래 녀석으로선 당장 뾰족한 결론을 내릴 필요도 없다. 하물며, 꾸고 싶은 꿈 맘껏 꾸고, 세우고 싶은 계획 제멋대로 세울 수 있는 특권이 있는 10대 아닌가. 세워 보고 아니다 싶으며 집어치우고, 이 꿈 저 꿈 꿔보고 맘에 안 들면 다른 꿈을 꾸는 거다. 그때 아니면 언제 또 해보겠는가. 아이는 그 하루 새 웬만한 어른들이 일 년 동안 꿀 수 있는 꿈을 모두 꿀 수 있는 건지도 모른다.

돌아보면 중년인 나는 지난 몇 년 새 한 걸음도 나아가질 못했다. 누구나 다 꾸는 지루하고 단순한 꿈 하나 꾸며 제자리를 맴돌았다. 그새 너굴은 탈바꿈을 계속해왔다. 변신에 변신을 더했다. 행보는 그야말로 '버라이어티' 했으며, 오간 지점들은 서로 연결돼 보이지도 않는다. 물론 다음 행보 역시 헤아리기 어렵다. 내일은 또 무엇에 '필'이 꽂힐지 알 수 없다. 세상의 모든 것을 다 해보겠다는 건지도 모른다. 그건 하루를 일 년처럼 사는 세상 모든 아이의 특권이다.

이걸 바라보는 어른들로선 불안하기 짝이 없겠지만, 우리 또한 그랬다. 그저 그걸 잊거나 부정하거나 둘 중 하나일 거다. 그러고는 이미 다른 처지에서 우리의 잣대로 아이들을 재단하려 한다. 아이의 상황과 나의 10대 때 상황은 이미 견줄 대상이 아닌데도 그렇다. 아이들과의 대화가 곧잘 어긋나는 건 바로 이 때문일지도 모른다.

결국, 아이들과의 거리를 좁힌다는 것은 내가 아이로 돌아가는 데서 출발한다고 본다. 지나치게 높은 기대를 접고 아이의 눈높이에 자리한 채 눈부터 맞출 수 있을 때 대화든 소통이든 시작될 수 있을 것이다.

세상을 리셋하고 싶은 아이들

청소년 범죄가 단골 뉴스가 된 시대다. 툭하면 각종 미디어를 장식한다. 더불어 교육과 청소년, 범죄 전문가들의 논설이 줄을 잇는다. 청소년 범죄의 주된 배후는 게임과 만화, 영화 및 각종 동영상 파일 등이다. 가족들의 관심과 애정 결핍은 서비스 품목이다. 만만한 영역이며, 딱히 후속 작업을 할 것도 없다. 만화와 영화, 게임 등은 목 좀 조이면 되고, 각 가정의 일은 각자 알아서 할 일이다. 어디에도 국가가 책임질 일은 없다. 소소한 청소년 범죄야 여느 범죄와 마찬가지로 일상적인 일이 됐으니 호들갑 떨 것 없고, 특별히 엽기적이거나 충격적인 범죄가 발생하지 않는 한 모른 척, 못 본 척 넘어가고 있다.

상황이 이렇게 된 것은 이 또한 '불편한 진실'이기 때문이다. 어른들 처지와 상황을 고려한다면 청소년들에게 별로 말발이 서지 않으니 말이다. 아이들은 어른들을 닮는 법이다. 어른들 세상에서는 성(性)마저 이미 화폐로 교환되고, 사람의 영혼까지 시장 좌판에서 거래된다. 벼랑 끝에 내몰린 노동자가 불에 타 죽어도 모두가 아무 일도 없었다는 듯 돌고 도는 세상 아닌가. 그런 세상에서 맑은 눈 가진 아이들이 뭘 보고 배울 것인지 먼저 어른들 스스로 돌아봐야 할 것 같다.

물론 어른들 누구도 아이들이 자신을 닮아가는 것을 원하지 않는다. 그러면서도 정글이 된 이 사회 법칙에 순응할 것을 강요한다. 모순된 상황이지만 일상적 풍경이다. 이런 상황에서 아이들은 극소수가 승리하며 태반이 루저(패배자)가 되는 경주장으로 내몰리고 있다. 아이들은 칼끝처럼 좁디좁은 정상을 향해 일제히 일렬종대로 달려나간다.

하나뿐인 트랙에서 벌어지는 경주에서 선택의 여지는 전혀 없다. 그러니 달리기보다는 그리거나 쓰기를 잘하는 아이들은 일찌감치 대열을 이탈한다. 체력이 약한 아이들 역시 낙오자가 된다. '이건 미친 짓'이라 생각하는 아이들 몇몇은 하나 마나 한 경기에 참여하느니 무리를 지어 달리기를 방해한다.

그러나 불행하게도 우리 사회는 경주를 포기하거나 거부하는, 또는 달리기 아닌 그리거나 쓰기를 하고 싶어 하는 아이들을 위한 별도의 장은 마련되어 있지 않다. '미친 짓' 아닌 '다른 짓'이 과연 있는 것인지, 그것은 무엇인지 돌아볼 기회는 전혀 없다. 체력전 아닌 다른 무엇으로 승부를 걸어볼 가능성 역시 주어지지 않는다. 그러니 경기장을 이탈한 아이들은 방황할 수밖에 없다. 학교라는 경기장 담장을 넘어 빠져나왔지만 갈 곳은 없다. 거의 모든 거리는 어른들을 위한 공간이기 때문이다.

현실에서 버림받은 아이들의 또 다른 이름은 낙오자, 패배자, 루저, 열등생, 불량청소년이거나 좀 점잖게 말하면 탈학교 아이들 정도다. 학교 밖 세상에 그들이 갈 곳이라고는 아무 데도 없으니 유일한 탈출구인 온라인 공간으로 숨는다. PC방은 아이들의 해방구다. 아이들은 이곳에서 유일하게 위로받는다. 승자의 기쁨을 누릴 수 있으며, 약자를 배려하는 관용도 뽐내볼 수 있다. 최고의 찬사를 받기도 하며, 기량(?)이 성장하는 보람도 느낀다. 이 모든 것, 현실 세계에서는 맛보거나 누려볼 수 없는 기쁨이다.

누구 말마따나 이들은 현실 세계 역시 '리셋'하고 싶은 충동을 할 법하다. 복잡하고 안 풀리고 답답한 현실을 한순간의 자판 조작으로 리셋할 수 있다면 좋겠다는 충동은 어찌 보면 당연하다 할 수 있겠다. 그 모든 체제와 시스템을 만들고 아이들을 그 속으로 몰아넣은 건 전적으로 어른들 책임이니 말이다.

'아직은' 경기장 안에 있는 아이들일지라도 태반이 앓고 있거나 아파하고 있다. 수많은 아이가 이미 승산 없음을 알고 있으며, 이미 달리고 싶은 마음이 전혀 없을 거로 생각한다. 마음은 이미 경기장 밖으로 이탈했지만, 몸은 그저 경기장 안에 머물러 있는 유체이탈이랄 수도 있겠다. 그러니 오죽 고통스럽고 아프겠나 싶다. 극단적인 사례지만 몇몇 아이들의 큰 범죄 역시 심하게 병들고 아파하던 끝에 저지른 일이라고 생각한다.

그런데도 이런 사건이 일어나면 해법은 늘 엉뚱하게 제시되곤 한다. 한마디로 아이들을 학교라는 '틀' 안으로 더욱 강하게 밀어 넣으면 된다는 식이다. 아이들의 마지막 탈출구인 게임과 만화, 영화 등으로부터 완벽하게 격리하거나 철저히 규제하면 좋아질 거라는 황당한 논리도 제시된다. 몇몇 아이들이 그렇게 된 데에 대한 어른들의 무관심과 학교를 중심으로 한 공교육 제도의 문제 등이 복합적으로 작용했다고 본다. 하지만 모두 고개를 외로 꼬고는 애써 모른 척하기 바쁜 모습이다.

청소년들에게 다양성은 생명과도 같다. 이들에게 다양한 것이 제시되고 스스로 선택할 수 있을 때 아이들 마음의 건강이 유지된다. 학교 안이거나 밖이거나 상관없이 어느 곳에서든 하고 싶은 것을 하고, 누리고 싶은 것은 누릴 수 있어야 한다. 달리고 싶은 아이들은 달리고, 날고 싶은 아이들은 날고, 수영을 잘하면 수영으로 승부를 걸 수 있도록 해주는 건 전적으로 어른들의 책무다.

정상을 향해 좁디좁은 외길을 내고, 그 좁은 길로 아이들을 몰아넣은 어른들. 그리고 추락하거나 이탈하는 아이들을 향해 아무것도 해주지 않은 채 그저 비난을 퍼붓는 어른들. 그 어른 무리 속에 혹시 나는 포함돼 있는 건 아닌지, 모두가 스스로 돌아봐야 할 것 같다. 더 많은 아이가 아프거나 병들거나 죽어 나가기 전에 말이다.

통제력보다 영향력을

이따금 알지 못하는 이들로부터 이메일이 날아든다. 자녀에 대한 근심 걱정이 잔뜩 담긴 이메일이다. 요지인즉, 걱정이 태산인데 어찌하면 좋겠냐는 거다. 불원천리 달려올 테니 묘책을 전수해줬으면 좋겠다는 황당한 요청도 받는다. 몇 년 전 한 포털 사이트의 파워 블로거에 선정됐을 당시 대안교육에 대해 적잖은 글을 올린 게 계기가 돼 내 의지나 처지에 상관없이 이런 질문을 받게 된 거다. 황당한 질문인데, 내가 블로그 독자로 하여금 마치 전문가로 비칠 수 있도록 잘못 썼기 때문이거나, 제대로 썼지만, 그들이 오독(誤讀)했거나 둘 중 하나다. 어느 쪽이든 절반의 책임은 나의 몫이다. 그러니 되도록 예의를 갖춰 교사 등 전문가(?)와 상의할 것을 권유한다. 미심쩍은 구석이 있긴 하지만, "약은 약사에게, 처방은 의사에게"라는 말의 권위를 어쨌거나 믿어보는 게 속 편하니 말이다.

동네에서도 종종 같은 질문을 받는다. 자녀 교육 문제에 관한 한 대부분 사람이 자유롭지 못하니, 이런저런 만남의 자리에서 종종 화제로 떠오른다. 이런 경우 좌중의 시선은 대부분 내게 쏠린다. 대안교육 관계자였거나 로드스쿨러의 아버지는 뭔가 다를 거 아니냐는 기대감 담긴 시선이다. 꽤 자주 벌어지는 상황이어서 익숙해질 법도 한데, 매번 처음 당하는 것처럼 불편하다. 질문자와 그 가족과 그의 아이들 상황이 제각각이듯, 나와 내 가족과 아이의 상황을 일반화할 수 없다는 생각 때문이다. 그러니 애써 화제를 딴 곳으로 돌리든지, 아니면 범용성(?) 좋은 낱말 몇 개 골라 선사하는 것으로 상황을 벗어나곤 한다. 아이의 미래와 가정 평화 등이 달린 중대한 사안에 어쭙잖은 답변으로 끼어든다는 게 나로서는 감당하기 어려운 일이다.

하지만 이는 그저 내 생각일 뿐이다. 끈끈한 사적 인연으로 엮인 이웃과 벗들의 진지하거나 절박한 사연은 차마 외면하기 어렵다. 중3인 아들 녀석이 집을 뛰쳐나가 며칠째 소식불통인데 어쩌면 좋겠냐는 절박한 호소 앞에서 '전문가와 상담해라'라는 말은 자칫 무책임하고 한가롭다는 비판을 면하기 어렵기 때문이다. 툭하면 침묵시위를 벌이며 어떤 대화 제의도 받아들이지 않고 제멋대로인 '딸년'을 대체 어쩌면 좋겠냐는 하소연 또한 모르쇠로 일관하기 난감하다.

쌈박질로 세월을 보내며, 담배와 술 냄새 풀풀 풍기며 오밤중에 돌아오는 막내를 도대체 어떻게 다잡아야 하는 건지, 한숨 섞인 토로 앞에 "진지하게 대화를 나눠보라"라는 답변은 하나 마나 한지라 민망하다. 게임으로 세월을 보내는 녀석과 공부는 뒷전인 채 연애질(?)로 세월을 보내는 딸을 걱정하는 아비들의 젖은 눈길 또한 차마 외면하기 어렵긴 마찬가지다.

이들이 내 앞에서 아프고 쓰린 아이 상황을 털어놓는 데 이르기까지 기울인 노력 역시 눈물겹다. 아이 담임과 학교의 상담교사 등 이른바 전문가들을 만난 건 기본이다. 아이와 대화를 하기 위해 별별 방법을 다 동원했고, 온갖 진기 묘기 다 부려봤다는 이들도 있다. 하다 하다 안 되니 지푸라기라도 잡고 싶은 심정으로 내게 털어놓은 거다. 나와 같은 '야매' 또는 어설픈 대안교육 학부모는 대체 뭘 생각으로 아이를 학교 밖으로 탈주시킨 것인지, 그 속내를 알고 싶어 한 거다. 한발 더 나아가 "너는 학교 밖으로 나온 딸내미하고 잘 지내냐?" 묻고 싶기도 할 거다.

그렇다 하더라도 그들은 방향을 잘못 잡았다. 내 아이야 초등학교 졸업 이후 학교 안에 들어가 본 적 없으니 상황이 그들과 딴판이다. 중고등학교에 다닌 적 없으니 그게 뭔지 모른다. 그 안의 상황과 아이들이 처지를 잘 알지 못한다. 나 또한 '중고등학생 나이에 해당하는' 아이를 뒀지만, 그 또래 아이들의 고뇌와 아픔을 생생하고 구체적으로 체감하지 못하고 있다. 아파하는 아이들의 부모 마음 역시 헤아린다 말하기 어렵다.

다만, 아이들과의 문제야 일상에서 늘 만나는 것이어서 간접 경험은 많이 한다. 네댓 명만 어울려도 교육문제는 거의 단골 메뉴다. 아이들과의 관계에 관한 한 그 누구든 자유롭지 않다. 게다가 좌중의 한둘은 골머리를 앓고 있으니, 하소연과 푸념 듣는 데 이골이 나 있다. 그런들 딱히 사태 해결의 실마리가 주어지지는 않지만, 일단 털어놓으면 속이라도 후련한 것인지 잘도 풀어 놓는다. 이렇다 할 도움을 줄 처지가 못 되는 처지에 그저 가슴 열어 들어주고, 고개를 주억거리며 맞장구 쳐주는 게 최선이다. 그렇게 듣고 공감하고 함께 고민하다 보니 간접 경험치고는 꽤 구체적이고 생생하다.

대안교육을 만난 뒤 10년 가까운 세월 동안 여러 경로로 들은 이야기는 무성하지만, 유형별로 짚어보면 몇 가지 안 된다. 아이들이 처한 상황이 얼추 비슷하며, 이에 대응하는 부모의 태도나 자세 또한 거기서 거기기 때문이다. 공교육의 틀이 획일적이며 정형화돼 있듯, 그 안에서 아이들이 갈등하고 앓는 상황 역시 대동소이하다.

부모 또한 학생인 아이들이 할 일이라곤 열심히 공부하고, 선생님 말씀 잘 듣는 정도라고 믿는 게 일반적이다. 그러니 상황의 심각성 정도가 조금씩 다를 뿐 대체로 그 얘기가 그 얘기다. 수많은 아이와 그들의 부모 모두 쉽게 빠져나오기 어려운 깊은 늪에 빠져 버린 듯한 상황이다.

이에 대한 근원적 처방은 결국 제도와 체제에서 구해야 하겠지만, '발등의 불'인 상황에서 할 얘기는 아닌 듯하다. 공교육을 바꾸고, 체제를 바꿔야 한다고 주장하는 건 의미 없는 얘기다. 그들로선 툭하면 집 뛰쳐나가는 녀석과 가슴을 열고 얘기하는 게 절박하다. 그조차 힘겨운 상황에서 시스템이니 체제니 하는 얘긴 너무 한가하다.

집 뛰쳐나가는 녀석 또한 절박하긴 마찬가지다. 잠 좀 자고 싶고, 숨 좀 쉬고 싶다는 건데, 그랬다가는 성적이 떨어지고 벼랑 끝으로 내몰릴 것 같다. 위로받고 싶지만 모두가 다그치기만 할 뿐이다. 스스로 내 삶의 주인 노릇 좀 해보고 싶지만, 모두 어린아이 취급한다. 나름대로 존엄성을 인정받고 싶지만 거의 로봇이나 공부기계 수준으로 내몰리고 있다.

어른이나 아이들이나 피차 심각한 딜레마에 빠져 있는 형국이다. 어른들과 아이들의 바람이 서로 크게 어긋난 상황이며, 서로 조금씩 결핍돼 있다. 그러니 대화는 겉돌고 벽은 날로 높아진다. 어른의 눈에는 아이의 허물과 잘못만 비치며, 아이의 눈에 부모는 부모라기보다는 감독관이기 때문이다.

상황이 이렇게 된 데는 어른이나 아이 그 누구의 잘못도 아니라고 본다. 모두가 우리 사회의 시스템과 돌아가는 메커니즘의 피해자이기 때문이다. 우수한 성적과 더 많은 돈이 곧 성공이라는 인식이 지배하는 사회가 만들어낸 비극이다. 이 비극적인 무대에서는 마침내 가족공동체마저 온전히 유지되는 것조차 힘겨워진 것이다. 그 무슨 묘책을 낸들 어른과 아이, 즉 '우리'를 옥죈 굴레를 벗어나긴 어렵다.

그러니 그저 잠시 쉬었다 가길 권한다. 어떤 노랫말처럼 가다 지치면 쉬었다 가면 된다. 아픈 다리 서로 보듬고 말이다. 어른도 감독관 노릇 그만두고 잠시나마 휴업에 들어가고, 아이는 아이대로 잠도 좀 자고, 숨도 좀 쉬는 시간을 갖도록 하면 좋겠다. 위로받고 싶은 아이에게 그만한 위로가 어디 있겠나 싶다. 그까짓 성적 몇 단계 오르내리는 게 무슨 대수인가. 그보다 중요한 가치는 얼마든지 많지 않은가. 아이의 존엄성과 심신의 건강함이야말로 학업성적 따위와 비교할 수 없을 정도로 고귀한 것 아닌가.

이런 과정을 통해 아이와 부모가 같은 편, 한편이라는 믿음을 갖도록 하면 좋을 것 같다. 감시자나 감독관이 아닌 응원단이나 서포터일 뿐이라는 것을 확실히 보여줄 필요가 있겠다. 선수(?)가 지쳐 힘들어하고 있다면 벤치에서 좀 쉬도록 해야 하며, 몸과 마음 곳곳이 상처투성이라면 어깨를 부축해 함께 운동장 밖으로 빠져나오는 게 좋다. 달리기에 익숙지 않다면 좋아하는 다른 종목을 택하면 된다. 다수가 모여 치열한 경쟁을 벌이는 경기장이 꼭 최선의 장소라는 보장은 어디에도 없으니까.

이런 과정을 통해 아이에게 감동을 줄 수 있다면 더할 나위 없이 좋은 일일 것이다. 적어도 자신의 아빠 엄마는 여느 부모들과 좀 다르다는 것을 보여줌으로써 아이에게 감동을 줬으면 좋겠다. 감동이야말로 아이를 움직이는 가장 큰 힘이기 때문이다. 그럼에도 불구하고 우리의 아이들이 부모에게 감동한 적이 과연 얼마나 되는지, 돌아보면 얼굴이 화끈거린다.

아이의 마음을 움직이는 것은 통제력보다 영향력이다. 영향력은 이성이나 논리에서 비롯되는 것은 아니다. 영향력의 힘(力)은 아이들을 옥죄고 있는 숨 막히는 질서에 맞짱 뜨고, 한 번쯤 깨부수는 '멋지구리한' 장면으로부터 나온다고 믿는다. 아이들은 그런 장면에서 감동하고 감격하며, 그때 비로소 부모는 우리 편이라 믿을 것이다.

아이 네트워크 속에 나는 어디 있나?

오늘날 우리 사회의 핵심적 키워드를 들라면 '소통'이다. '불통'의 시대를 견디다 보니 '소통'이 절실했기 때문일 거다.

어디 사회만 그럴까. 가정에서도 '소통'과 '공감'은 주요 열쇳말로 등장한다. 이보다 더 중요한 게 없다는 듯 자주 등장하는 말이다. 사회가 그러니 가정이라 해서 다를 바 없다. 몇 안 되는 가족 구성원 간에 소통과 공감이 뭐 그리 어렵겠느냐만, 말처럼 그리 쉬운 건 아닌가 보다. 방황하거나 아파하는 아이들 대부분 가정에서의 대화 단절이나 소통 부재를 호소하고 있으니 말이다. 부모 또한 마찬가지다. 소통을 위해 많은 이야기를 해주건만 도통 먹혀들지 않는다고 말한다. 아무리 얘기해도 소용없다는 거다.

소통과 공감을 위한 부모들의 노력은 눈물겹다. 아이 눈치를 봐가며 시답잖은 얘기를 던지고, 어떻게든 대화의 물꼬를 터보려 갖는 노력을 기울인다. 더러 '완존 비굴 모드'로 아이를 향해 웃음을 곁들인 멘트를 날려보지만 돌아오는 반응 냉랭하기 일쑤다. 열불이 나도 꾹 참고 가장 부드러운 목소리로 다가가 보지만 아이의 '쌩까는 모드'에 지쳐 나가떨어진다.

상황이 이렇게 된 데는 몇 가지 오해가 있기 때문으로 보인다. 소통에 관한 오해다. 익히 알려졌다시피 소통이 그리 쉬운 건 아니다. 소통은 단순한 대화 기법이 아니기 때문이다. 가정에서 아이들과의 소통은 일단 일상적이어야 한다. 연월간이나 주간 행사처럼 날 잡아 놓고 하는 것도 아니고, 부모가 필요한 시간에 벌이는 퍼포먼스는 더욱 아니라는 이야기다. 아이와의 관계에 있어 일상 속에서 자연스럽게 이뤄지도록 해야 하며, 진정성이 담긴 행동으로 이뤄지는 거다. 소통은 그저 대화로 이뤄지는 게 아니다. 말과 행동이 한데 어우러질 때 비로소 제대로 된 소통이 이뤄진다고 본다.

소통은 전방위적이다. 서로의 생각과 뜻이 때로는 말로, 때로는 글로 전해져야 한다. 그러니 소통을 위한 기제 역시 다양하다. 고전적인 편지도 큰 감동을 주며, 현대적인 이메일도 동원될 수 있다. 간단한 문자메시지부터 음성사서함도 필요할 거다.

무엇보다 중요한 건 부모가 아이들 네트워크의 일원이 돼야 한다. 아이들의 네트워크에 적극 참여함으로써 소통의 완성도를 결정적으로 높일 수 있을 거라고 본다. '또래 문화'를 매우 중요시하는 아이들은 자신들만의 커뮤니티 네트워크를 단단하게 구축하고는 일상의 대부분 시간을 그 커뮤니티 안에서 논다. 카톡(카카오톡)이나 블로그, 페이스북, 트위터 등 온라인 커뮤니티는 오늘날 아이들이 가장 왕성하게 뛰어노는 사이버 공간이다. 이 밖에도 카톡이나 포털의 다양한 카페 등에 구축해놓은 그들만의 둥지 속에서 위로받고 행복감을 느낀다.

사실 아이들이 부모에게 다가오거나, 부모 세대의 취약한 커뮤니티에 찾아올 일은 거의 없다. 그러니 부모가 아이들에게 다가가는 수밖에 없다. 부모가 아이들의 사이버 네트워크에 적극 찾아 들어가 그들 입장에서 그들과 소통을 도모해야 할 거다. 물론 접근은 쉽지 않다. 아이들만의 둥지는 대부분 '관계자 외 출입금지' 구역이다. 잠입은 되레 화를 불러올 수도 있다. 그러니 그저 개방된 네트워크에 자연스럽게 합류하는 수준에서 시작해야 한다. 트위터나 페이스북 등 열린 네트워크는 이런 측면에서 비교적 손쉽게 다가갈 수 있는 방편이다.

무릇 소통은 쌍방향적이다. 게다가 수평적이어야 한다. 아이가 부모의 눈높이로 불쑥 자랄 수는 절대 없다. 그러니 부모가 자세를 낮춰 아이 눈높이에 맞춰야 한다. 그렇게 부모와 아이의 눈높이가 수평적으로 맞을 때 비로소 소통의 가능성이 열리게 된다. 눈곱만치라도 열린 뒤에는 부모가 입을 열기에 앞서 귀부터 열어둬야 한다. 하고 싶은 말은 부모보다 아이가 훨씬 더 많을 것이기 때문이다.

따지고 보면 부모는 아이에게 너무 많은 말을 해왔다. 말을 했을 뿐 별로 들어주지는 않았다. 이렇게 기울어진 상태라면 그건 이미 훈육일 뿐 소통이 아니다. 부모는 지시하고 아이는 이행 상황을 보고하는 건 소통과 거리가 멀다. 소통은커녕 대화라고 볼 수 없으며, 차라리 아무 말도 안 하는 게 나을지 모른다.

세상에 누구나 다 알아야 할 지식은 없다

세상에 수많은 미신이 떠돌고 있다. 교육에 관한 미신은 유독 더 많이 눈에 띈다. 별 가치 없는 것에 모든 것을 거는가 하면, 이미 쓸 모없는 것으로 드러난 데에도 큰 기대를 건다. 뭔가 잘못됐다는 문 제의식을 느끼고 있는데도 다른 길을 찾지 못하거나 안 하기도 한 다. 부질없다는 것을 알고 있으면서도 잘못된 길을 향해 아이들을 닦달하며 몰아넣기도 한다.

학교에서 가르치는 지식이라는 것도 그렇다. 몇 개의 영어 단어와 수학공식 따위가 아이들의 앞날을 좌지우지한다는 게 도대체 말이 되나 싶은데, 현실은 엄연히 그렇다. 세상에 똑같은 이는 단 한 명도 없다. 그런데도 가는 길은 모두 같아야 한다는 미신이 우리 사회를 지배한다. 언젠가 읽은 글 한 구절을 떠올린다. 교육학자 프레이리 와 호튼이 함께 쓴 '민중의 경험에서 출발하라'는 책 속의 일화다.

한 대학생이 물고기를 낚고 귀가하는 어부를 만났다. 대학생은 어부 에게 자기 나라의 대통령이 누군지 아느냐고 물었다. 어부는 모른다 고 대답했다. 대학생은 그러면 주지사는 누군지, 사는 주 이름은 뭔지 또 물었다. 어부는 모두 모르겠다고 말했다.

잠시 후 어부가 대학생에게 물었다. 자기가 잡은 물고기 하나를 들어 보이며 이름을 아느냐고 물었다. 대학생은 모른다고 답했다. 다른 물고기를 가리키며 물었지만 돌아오는 대답은 모른다는 것이었다. 돌아서며 어부가 말했다.

"누구나 모르는 게 있는 법입니다."

평범하기 짝이 없는 대화지만 뜻하는 바 적지 않다. 어부와는 다른 꿈을 꾸고 있는 대학생으로서는 대통령의 이름을 알아둔다는 건 중요한 일일 수 있다. 하지만 대학생과는 다른 현실에서 판이한 꿈을 꾸고 있는 어부에게는 대통령 이름 따위는 물고기 이름만큼 중요한 가치를 갖지 못한다. 아니, 아예 알아 둘 가치라고는 눈곱만큼도 없는 쓰레기 정보에 불과할지도 모른다.

너굴처럼 대안교육의 길을 걷고 있는 아이들에게 이런 상황은 현실이다. 수학 방정식은 일상에서 아무 쓸모없지만, 자전거 여행루트를 멋지게 개척하는 건 매우 중요하다. 식물도감을 통해 오만 가지 식물 이름을 외우지는 못해도 배추나 무 잘 키우는 법을 현장과 경험으로 익힌다. 교과서에 등장하는 수많은 법칙을 알지는 못해도 전기를 만들어 쓰기도 하고, 책걸상을 만들어 내기도 한다. 중학교 때 학교를 그만두고 일찌감치 거리로 나서 작가 꿈을 키우는 너굴 친구는 수능시험을 본다면 꼴찌를 면치 못하겠지만 나라 안팎 유명 작가들의 소설에 관한 한 누구에게도 꿀리지 않을 거란다. 저마다 갈 길이 다르고 꾸는 꿈이 다르니 잘 아는 것도 제각각인 건 너무나 당연한 일이다.

무엇보다 학교가 아이들에게 가르치고 있는 대부분 지식은 그저 '시험 잘 보기' 위한 것이어서 학교를 빠져나오면 잊어도 좋은 것이라면, 학교 밖 아이들이 현장과 경험으로 배우고 익히는 것들은 대부분 평생 몸에 담아두어야 할 지식이라는 점에서 또 다른 가치를 가진다. 어부가 물고기 이름을 잘 꿰고 있는 것과 마찬가지 이치다. 게다가 학교 밖 아이들이 현장과 경험을 통해 몸으로 체득한 지식 대부분은 '좋아하기에 잘 알거나, 잘할 수 있는 것'이라는 점에서 더욱 각별하다. 하기 싫어도 할 수 없이 해야 하며, 아이 뜻과 상관없이 등 떠밀려 하는 것과는 다르다는 것이다.

모름지기 교육이라면 아이들 각자 좋아하며 잘할 수 있는 '소질'을 계발하고, 각각 가진 꿈을 키워나가도록 도와야 한다는 것은 교육에 관한 초보적 상식이다. 그래야 비로소 국가와 사회가 목청 높여 외치는 '경쟁력'이든 뭐든 자라는 것일 터이니 말이다. 그럼에도 불구하고 획일적 제도의 틀 안에 아이들을 가둬 두고 누구나 다 알아야 한다는 '보편적 지식 세트 메뉴'를 강제로 주입하는 (몰상식이 상식이 된) 상황이라면 당연히 이에 맞서야 한다고 본다. 이제는 그 틀을 개조하든지, 아니면 틀 밖으로 뛰쳐나오든지 둘 중 하나를 택해야 할 때라는 것이다.

규칙과 목표, 적을수록 좋다

평생을 두고 가장 많이 듣는 말 몇 개 들라면 아마도 '목표'와 '계획'이라는 낱말을 떠올릴 사람도 적지 않을 거다. 확고한 목표를 세우고 주도면밀하고도 규칙적인 생활을 하라는 말은 어렸을 때부터 귀에 못이 박히도록 들었을 테니 말이다. 그게 평생 살아가는 데 가장 훌륭한 태도며 자세라 배웠기에, 대부분 그렇게 믿고 따르려 애썼다. 물론 말대로 쉬운 것은 아니어서 대부분 작심삼일이기 일쑤였고, 진득하지 못하고 지구력 없다는 자책감에 많이들 시달렸다.

물론 이는 나라고 예외는 아니다. 외려 남들보다 더하면 더했지 덜하지 않았다. 나 또한 남들과 같이 초등학교 시절부터 수행해야 할 과업 달성을 위해 목표를 세워야 했다. 초등학교 문턱에 들어서기 무섭게 일정한 시간에 일어나 몇 시까지는 학교에 가야 하는 규칙적인 생활에 익숙해져야만 했다. '의무교육'과 '의무취학' 제도에서 누구라도 피할 수 없는 운명이었다. 이후 무려 12년 동안은 그리해야 했다. 이에 더해, 달(月)이나 학기마다 일정 분량 학업 성과 달성을 위한 목표가 주어졌고, 정기 또는 비정기적으로 시험대에 올라야 했다. 모든 과업은 숫자로 측정됐으며, 이에 따라 아이들의 우월

함과 열등함이 꼼꼼하게 구분돼 질서 정연하게 줄 세워졌다.

우월한 아이들의 비법이란 것은 사실 별것 없었다. 목표를 정한 뒤 치밀한 계획을 세워 규칙적으로 학습한다는 것, 단 하나뿐이었다. 단순하고 명쾌한 이치지만 누구도 그리하지는 못했다. 그러기에는 10대 아이들의 몸은 지나치게 에너지가 넘쳤다. 진득하게 앉아 시험문제를 풀려면 몸이 근지러워 잠시도 가만 있을 수 없었다. 곳곳에 널린 것이 궁금하고 흥미로워, 몸은 책상 앞에 있어도 마음은 바깥세상을 떠돌기가 일쑤였다. 그 나이 때 누군들 그렇지 않겠는가.

과거의 내가 그랬듯 오늘의 너굴 또한 그리 다르지 않다. 몇 번이고 제법 거창한 계획을 세우고 나름 규칙적인 생활을 하겠노라고 (너굴의 할머니 말씀대로) '골백번' 다짐하지만 3일은커녕 이틀을 넘기기 어렵다. 시작은 창대했으나 나중은 늘 미약함에 너굴 자신도 '골백번' 좌절하며 자책하곤 했을 거다.

수차례 이런 풍경을 곁에서 지켜보며 걱정하고 고민했다. 저렇게 진득하지 못한 녀석이 뭘 하겠나 싶기도 했으며, 목표와 규칙이 잘못된 건 아닌가 따져보기도 했다. 그 결과 이른 결론은 둘 다 아니라는 것이다. 일단 목표와 계획을 세운 뒤 오랜 기간 그걸 제대로 지켜나가는 건 그 또래 아이들의 본성과 어긋난다. 나와 우리의 10대 때도 그랬고 오늘의 아이들 또한 마찬가지다. 한번 '작심'한 것은 반드시 지키는 일부 아이들이 있겠지만 그건 극히 이례적이어서 참고할 바가 못 된다.

거창한 목표를 세우고 규칙적인 생활을 한다는 것도 마찬가지다. 10대 본성과 조화로워 보이지는 않는 규칙을 군이 강제할 필요가 있겠냐 싶었다. 10대의 삶이란 게 본디 세상 모든 것을 향해 열린 자유로움을 근본으로 하는 터, 그걸 옥죔으로써 뭘 이루도록 한다는 것 자체가 문제일 수 있겠다고 봤다. 대놓고 요구하지는 않았지만, 부모의 욕망이 은근한 압력으로 작용해 세운 목표와 계획일지도 모른다는 생각에 낯부끄럽기도 했다.

세상의 모든 10대는 마음이 끌리는 대로 몸이 느끼는 대로 생각하고 움직일 수 있는 유일한 시기를 살아가는 아이들이다. 설령 소소한 실패를 한다 해도 얼마든지 복구나 만회 가능한 시기를 지나고 있다. 머리와 가슴은 '호기심 천국'인지라 잠시도 가만있질 못한다. 뭐든 해보고 싶은 것 천지다. 이때 해보지 않으면 다시는 해 볼 수 없는 것들을 수시로 만난다. 그런 터에 계획과 규칙을 반듯하게 세워 놓는다는 것은 아이들에게 재앙이다. 규칙은 끝내 덫이 되고, 아이들은 그 덫에 걸려 넘어지기 일쑤다. 그러고는 좌절하며, 열패감에 사로잡히기도 한다.

목표나 계획, 계획적인 삶은 군이 10대가 아니더라도 성인이 된 뒤로 미뤄두는 게 좋겠다. 그렇게 하지 않으려 해도 할 수밖에 없는 시기가 올 것이며, 어쩌면 평생 질리도록 할 수도 있을 것이다. 그러니 오로지 10대들만의, 10대라는 그 찬란하고 빛나는 시기를 마음껏 누릴 수 있도록 믿어주고 밀어주는 것이 좋겠다.

플랜 B를 세워라

대부분 사회가 그렇듯 우리 사회도 문제는 산재해 있는데 이렇다 할 대안이 잘 보이지 않는다. 사회 양극화나 분단 극복, 민주주의와 인권, 먹고 사는 일에 이르기까지 문제는 총체적이다. 어느 영역이고 난맥상을 보이지 않는 곳이 없다. 문제들 가운데 어느 것이 가장 큰 문제인지 따지는 것은 별 의미 없다. 어느 것 하나 중요하지 않은 것이 없으며, 우선순위를 따질 문제도 아니겠다.

그러니 문제 자체에 매달리는 것보다는 사회 전반을 관통하는 '맥락'을 따지는 게 어쩌면 더 의미 있을지도 모른다. 거의 모든 영역에서 흑백논리가 지배하고, 한 장의 카드를 둘러싸고 '도 아니면 모' '올 오어 낫씽(All or Nothing)' 식의 힘겨루기 양상이 벌어지니 말이다. 누구에게나 좌파 아니면 우파란 딱지가 붙고, 네 편이 아니면 내 편이라는 진영논리가 지배한다. '우리 아니면 모두가 적'인 사회에서 '부자 아니면 모두 가난한 자'가 되는 건 필연적이다. 양극화 현상은 날로 더욱 공고해지며, 승자독식(Winner takes all)과 약육강식이란 정글의 논리까지 보태진 양상이다.

이렇듯 어지럽고 숨 가쁘며 답답하기만 한 현실이니 사회적 자극에 내성 약한 10대 아이들이 아파하며 몸부림치는 것 아니겠나 싶다. 가야 할 길은 오로지 하나이며 삶의 양식조차 단 하나뿐인 세상을 눈부시게 푸른 청춘이 견뎌내기란 여간 힘겨운 게 아니기 때문이다. 게다가 오로지 아이들만을 위한 공간이어야 할 학교마저도 정글의 모습을 닮아가고 있다. 학교 안을 지배하는 경쟁 논리는 외려 사회보다 더하면 더했지 덜하지 않을지도 모른다. 어른들은 아이들을 자신들의 무능함과 무책임함, 그리고 탐욕의 제물로 삼아, 다양한 재능과 꿈을 가진 아이들을 단 하나의 트랙에 세워 놓고는 살벌한 경쟁을 벌이도록 내모는 것 아닌가 하는 생각이 들 정도다.

오늘날 학교 현장의 이런 모습에 대한 비판이 잦아지고, 이에 대한 문제의식을 느낀 이들이 많아지면서 학교 밖으로 뛰쳐나가는 아이들이 날로 더욱 늘고 있다. 그저 숨 좀 쉬고 잠 좀 자자는 본능에 따라 무작정 학교 담장을 넘어 탈주를 시도하는 아이들 또한 적지 않다. 교육부가 2013년 9월 밝힌 '2012학년도 초중고 학업중단 현황 조사결과'에 따르면 이런 아이들이 2009년부터 2011년까지 매년 6만~7만 명 안팎에 이른다고 한다. 이 가운데 고등학생이 차지하는 비중은 3만여 명으로 절반 가까이 된다. 그나마 사망, 유학, 이민자는 뺀 수치다. 학령기에 접어들었으나 통계에 잡히지 않은 아이들도 초중고등학교 과정을 통틀어 2013년 20만 명을 훌쩍 넘긴 것으로 밝혀졌다.

그럼에도 불구하고 이 아이들이 어디서 무엇을 하는지는 공식적으로 밝혀진 바 없다. 거리를 방황하거나 개별적으로 알아서 '독학'을 한 뒤 검정고시를 보거나, 아니면 주유소나 PC방에서 알바를 하는 등 전적으로 개개인의 판단과 의지에 따라 알아서 갈 길을 가고 있기 때문이다. 물론 국가는 그런 아이들을 위한 어떤 관심도 책임도 없다. 국가나 사회가 버린 아이들인 셈이다. 학교라는 외길을 벗어난 이상 그에 따른 책임은 전적으로 아이들과 그 가족의 책임이라는 논리다. 그러니 국가가 내준 단 하나뿐인 길을 얌전히 가야 하며, 다른 길은 아예 엄두도 내지 말라는 메시지겠다.

이처럼 완고한 국가의 방침에도 불구하고 현실에서는 수만 명의 아이가 여전히 학교 담장을 넘고 있다. 그 수가 몇 명이든 간에 개개인의 삶 또한 우주보다 무거운 가치를 갖는 터, 제대로 된 국가나 사회라면 마땅히 이들을 돌볼 의무가 있을 것이다. 하지만 불행히도 이 나라는 이런 문제에 관한 한 어떤 책임감도 능력도 갖추지 못한 것으로 보인다. 그 대신 학교 밖 아이들을 범죄자 취급하는 게 우리 사회 현주소다. '탈학교 아이들'은 곧 '잠재적 범죄자들'쯤으로 여기는 시각도 노골적으로 드러낸다. 학교 밖으로 나온 아이들 문제를 '교육적 관점'보다는 '치안적 관점'에서 접근하곤 한다. 문제를 일으키지 않도록 단속하거나 통제 영역에 가둬 두려 할 뿐, 어떤 방책도 보이지 않는다.

부모들 또한 마찬가지다. 아이들이 질식할 것 같다거나 죽을 것 같다 하더라도 속수무책이다. 고작해야 꾹 참고 몇 년만 견디라는 식이다. 설사 아이들이 학교 밖으로 탈주했다 하더라도 이들을 도울 방안을 대부분 알지 못한다. 그저 남아도는 시간에 문제나 일으키지는 않을지 노심초사, 전전긍긍할 뿐이다. 딱한 일이다. 그나마 내놓는 몇 가지 대책이라는 것도 대책 없는 거나 마찬가지다. 기껏해야 학교 대신 학원에서 공부하라며 영어학원에 검정고시 학원, 대입 종합학원 등으로 내몬다. 세상의 모든 그 또래 아이들이 할 일이라고는 죽어라 공부하는 것밖에는 없다고 믿기 때문이다. 물론, 달리 대안을 생각해본 적도 없으니 그럴 거다.

학교 밖으로 나온 아이들을 위한 대안, 즉 플랜 B는 관점 전환을 전제로 한다. 학업성적만이 아이의 경쟁력만은 아니라는 사고의 전환을 요구한다. 행복은 성적순이 아니라는 초보적 상식에 입각할 때 비로소 마련될 수 있다. 좋은 대학, 좋은 직장 외에도 행복한 삶은 얼마든지 가능하다는 지극히 당연한 이치에 입각할 때 비로소 새로운 길이 보인다. 상식이 통하지 않는 사회적 분위기에 휩쓸리기보다, 당당히 이에 맞서 상식으로 돌아갈 때, 그때 비로소 아이나 어른 모두가 행복해질 수 있다고 본다.

플랜 B는 그저 학교 안과 밖이라는 '장소의 이동'이 아닌 '삶의 양식의 전환'이어야 할 것이다. 허위와 모순으로 가득 찬 기존 질서를 벗어나 새로운 생활양식을 자기중심적으로 세워나가는 여정일 수도 있겠다. 대안교육은 이를 인간을 도구화하는 사회 질서 속에서 노예적 삶을 살기보다는 자기 삶의 당당한 주체성을 찾아 나서는 삶의 변혁운동이라고도 한다. 이때 비로소 아이와 부모 모두 행복한 플랜 B는 바르고 곧게 세워질 수 있다는 것이다.

부모는 이러한 믿음 위에 굳게 서서 아이들 또한 참 자유를 누릴 수 있도록 도왔으면 싶다. 아이들이 자신이 좋아하거나, 그나마 잘 할 수 있는 것을 스스로 찾도록 거드는 편이 억압과 강제보다 훨씬 나을 것이다. 아이들 스스로 자기 삶의 주인임을 존중하고 믿어준다는 믿음을 주는 게 무엇보다 중요하다. 스스로 알아서 길을 열어나갈 수 있도록 돕고, 지지하고, 응원을 아끼지 않을 때 비로소 신뢰 관계가 이뤄질 테니 말이다.

안내하거나 권유할 수 있겠지만 가르치거나 명령하지 말라는 건 대부분 전문가의 조언이다. 오롯이 아이들 몫인 아이들 삶에 공공연하게 끼어들 필요는 없다는 것이다. 특히 대안학교를 택하든 홈스쿨링을 하든, 이 또한 아이의 판단에 맡겨두는 것이 좋겠다. 탈학교 아이들이 부모 권유에 못 이겨 억지로 대안학교를 찾은 경우 중도 탈락하는 경우가 대부분인 것도 다 이 때문이다.

물론 학교 밖 아이들이 세상에 없는 길을 만들어간다는 건 말처럼 쉽지 않은 일이다. 앞서 간 이들이 많지 않은데다, 그 어느 길도 탄탄대로는 아니기 때문이다. 그러기에 더욱 공고한 부모와 아이 사이의 믿음과 연대가 필요하며, 외롭게 그 길을 가는 아이들에게 대한 부모의 뜨거운 사랑과 전폭적인 지지가 필요하다. 무엇보다 중요한 것은 아이에 대한 믿음을 끝까지 버리지 말아야 한다는 것이다. 더러 아이들의 일탈이 있겠지만 그 또한 지나갈 것이며, 아이가 잠시 앓는 것일 뿐이니 그리 호들갑 떨 일도 아니다. 중요한 건 부모가 믿는 만큼 아이 또한 부모를 믿고 응원하는 것이다. 그 믿음은 곧 학교 밖이라는 새로운 세상에서 부모와 아이가 손잡고 새 길을 열어 나가는 가장 큰 힘이 된다.

오염된 땅에서 건강한 싹이 올라올까?

토지와 교육 문제는 난공불락의 영역이다. 우리 사회의 갖가지 의제 중 가장 해결이 어려운 사안들이다. 지키려는 자의 기득권이 워낙 큰 데다, 이를 길이 보존하기 위한 수비세력 또한 워낙 막강하다. 법률과 도덕률, 정책 등의 이름을 빌려 정교하게 짜놓은 무형의 시스템도 견고하다. 게다가 이에 빌붙어 떡고물을 챙기는 세력 또한 곳곳에 널려 있다.

물론, 변화를 향한 담론은 무성하다. 전국 곳곳의 대안학교도 그렇고, 학벌철폐를 위해 기동전을 벌이는 '전사'들도 꽤 있다. 하지만 그뿐, 이마저도 변화를 도모하는 대규모 정규전으로 이어지지 못한다. 그저 소수 선지자(先知者)들이 주도하는 게릴라전이 산발적으로 일어날 뿐이다. 짱돌과 돌직구를 던져댄들 상대는 꿈쩍도 안 한다. 게다가 지키려는 자와 바꾸려는 자 사이의 거리는 멀고도 멀다. 담장 역시 높고 견고하니 변화는 거의 없다. 국가의 최고 통치자가 몇 차례 바뀐들 기득권자들에게 약간의 시련은 있어도 변화는 없다. 되레 그들만의 자산 총량은 날로 더욱 커질 뿐이다. 이미 수차례 몸으로 체험한 교훈이다.

자본과 권력 연합인 기득권 세력이 돈 안 되는 공교육에 막대한 자본을 쏟아붓는 이유는 꽤 심오하다. 교육은 권력-자본 연대 세력의 기득권 유지 강화를 위해 작동하는 모든 시스템의 입구이기 때문이다. 이렇게 본다면 토지는 입구부터 출구까지 이어지는 토양이며, 기업은 최종 수익을 만들어내는 출구라 할 수 있겠다. 그러니, 대놓고 교육은 그저 '인적 자원(人的資源)'일 뿐이라 명시한 권력기관의 처방은 교육을 너무 순진하게 이해하는 이들의 이해를 돕기 위한 고육지책에서 나온 것일지도 모른다.

그런 학교가 본연의 전인교육을 실행할 것이라 믿는 이들은 별로 없다. 그렇게 해주길 바라기보다는 반대하는 이들이 더 많을 거다. 그저 아이의 성적을 끌어올려 주고, 무슨 방법을 쓰든 좋은 대학만 갈 수 있도록 해준다면 그보다 더 좋을 수 없다는 게 대다수 부모의 간절한 욕망이다. 이렇듯 자본과 권력의 욕망과 학부모들의 욕망이 서로 맞물려 증폭되면서 오늘날 학교는 국가가 관리 운영하는 거대한 입시학원이 됐다 해도 지나침이 없다.

물론 입시와 별 관계없는 문화예술 및 체육 분야 등 교과목도 적절하게 안배하고, 아이들의 창의성과 민주적 시민의식 고양을 위한 교과목도 배치하는 등 '모양 갖추기'를 시도하기는 한다. 하지만 이는 생색내기 수준일 뿐이다. 마치 꽃꽂이에 잡풀을 섞는 것처럼. 게다가 이처럼 전인교육을 위한 과목을 끼워 넣는 것 또한 현대사회의 기업이 요구하는 '인적 자원'의 스펙이 다양해졌기 때문이라는 풀이도 있다. 그저 암기 과목 달달 외우는 수준 갖고는 (그들 말마따나) 창의적이며 혁신적인 사고를 바탕으로 한 거대 외국 기업과 맞설 수 없기 때문이다. 적잖은 기업이 인문학 강좌를 열고, 좀 더 진보적인 학자들을 불러 노동자들을 교육하는 것도 마찬가지 맥락이라 볼 수 있겠다.

기업은 이렇듯 날로 더욱 정교하고 교묘한 쪽으로 개량돼가는 동안 학교 현장 속내는 곪아가고 있다. 일부 교육감들이 주도한 혁신 교육이나 학생인권헌장 등 제도를 통해 일부 변화의 바람이 불고 있기는 하다. 하지만 본질은 달라질 것은 없어 보인다. 아이들이 처한 현실은 여전히 암담하고, 경쟁은 날로 더욱 치열해지고 있기 때문이다. 자본과 권력이 곧 학력이고, 학력은 다시 자본 또는 권력이 되는 현실에서 사회 양극화는 더욱 심화해 가고 있으니, 오를 사다리조차 빼앗긴 아이들로서는 학교 안에서 구할 수 있는 희망이나 미래는 거의 존재하지 않는다.

이른바 '있는 집' 아이들도 걱정스럽긴 마찬가지다. 권력과 돈으로 치밀하게 짜 놓은 틀 안에서 좋은 스펙과 경쟁력을 가진 '인적 자원'으로 사육되고 있으니 그렇다. 그럼에도 불구하고 아이들 대부분은 더 많은 돈과 권력을 보장받을 수 있다면 그게 무엇이든 기꺼이 감수하겠다는 게 요즘 세상이다. 몇억 정도 준다면 누구 대신 감옥이라도 갈 수 있다는 아이들이 다수라고도 하니, 자유와 건강한 욕망을 짓누른들 별로 문제 될 게 없다. 하지만 이른바 '있는 집' 아이들의 이런 인식이야말로 더 심각한 문제가 아닐 수 없을 것이다.

　이런 현실에서 아이들이 안녕하기를 기대한다는 건 무리다. 피 끓는 십대 아이들을 우리에 가둬놓고 무탈하길 기대하는 것 자체가 염치없는 짓이다. 다치고 아프며, 끝내 이 땅을 등지는 아이들이 속출하는 현실은 어쩌면 필연적이랄 수 있겠다. 누군가를 집단 따돌림으로써 변태적 대리만족감을 느끼고, 폭력으로 억눌림을 해결하고, 그 과정에서의 희생양이 돼 스스로 세상을 떠나는 아이들이 속출하는 것이니 말이다. 병든 학교에서 자라는 아이들은 필연적으로 병들기 마련이다. 오염된 토양에서 건강한 싹이 올라오지 않는 것과 같은 이치다.

　물론 오염된 환경에서 오래도록 견뎌온 아이들은 그럭저럭 살아남는다. 아프긴 해도 순응하며 끝내 버티고 버텨 뛰어난 소수의 위대한 승리를 뒷받침해준다. 덕분에 좁은 땅 곳곳에 널려 있는 수많은 대학 가운데 한 곳에 들어가 그럭저럭 별일 없이 그러저러한 삶을 이어간다.

학 벌 學閥? 학 력 學歷? 학 력 學力!

오로지 배움을 위해 이런저런 학교에 다니는 사람은 얼마나 될까. 감히 장담하건대 그리 많지 않을 거라고 본다. 나부터 그렇다 할 수 없는 처지다. 어린 시절 초등학교에서 다닐 때부터 대학에 이르기까지 16년 이상 학교생활을 통틀어 배움은 오로지 수단일 뿐 그 자체가 목적이라는 이야기는 들어본 적이 거의 없다. '열심히 공부한다'는 것은 기껏해야 '훌륭한 사람'이 되는 방편이나 '성공'을 위한 수단이었을 뿐이라고 배웠다. 아울러, 공부 안 하면 거지가 된다거나 낙오자, 패배자, 루저(Loser) 등 상상할 수 있는 최악의 상황이 주입된다. 배움은 곧 돈이며, 성공의 다른 말이었다.

학교의 이러한 가르침은 교육의 본질과 거리가 멀다는 것은 아마도 그리 가르친 교사들도 잘 알고 있었을 거라 본다. 그런데도 그렇게 가르쳤으며, 여전히 그럴 것이다. 돈이 수단이 아니라 목적이며 그 자체가 삶의 가치가 된 '거꾸로 사회', '가치 전도의 사회'이다 보니 해괴한 일이 교육 현장에서조차 아무렇지도 않게 벌어지고 있다.

학벌은 이런 사회에서 성공을 향한 일차적 조건이다. '출신 학교나 학과에 따라 이루어지는 파벌'이라는 사전적 정의부터 음습한 권위적 분위기를 풍긴다. 하지만 일단 그 네트워크로 진입하면 안온한 삶을 보장받을 것이라는 믿음이 신앙처럼 떠돈다.

학벌이 유지 강화되는 이치는 여느 조폭 집단과 그리 다를 바가 없다. 출신학교나 학력(學歷)이 같은 자들이 기업이나 집단에서 배타적 무리를 형성한다는 것인데, '학교'를 지역이나 동네라는 낱말로 바꾼다면 그 행태가 여느 조폭 집단이나 마찬가지라는 거다. 실제 지난 2011년 한 여론조사 기관이 시행한 조사를 보면, 취업이나 이직에 영향을 미치는 여러 요인 가운데 학벌이 가장 중요한 것으로 생각한다는 응답이 1위를 차지하기도 했다. 업무능력이나 경력, 자격증 따위는 이와 비교되지 않는다는 것이다. 정부 고위 관료들 역시 몇몇 특정 대학 출신들이 전체의 절반 이상 차지하고 있는 게 현실도 이런 현상을 부추기고 있는 것 아닌가 싶다. '법보다 주먹'이라는 조폭이나, '실력보다 학벌'이라는 정부·기업이나 거기서 거기라는 생각마저 든다.

학벌의 이러한 부정적인 뉘앙스 때문인지 요즘에는 학력(學歷)이라는 말을 학벌과 비슷한 의미로 종종 사용하는 것으로 보인다. 학력이란 곧 '학교에 다닌 경력'을 일컫는지라 학벌과 별반 다를 바 없는 데도 말이다. 재벌이나 파벌이라는 말처럼 '패거리' 느낌을 주는 '벌(閥)'자 대신 '지낼 력(歷)'자를 넣어 '느낌 세탁'을 했을 뿐 그 폐해는 학벌과 마찬가지다. 기업이나 기관, 심지어 공공부문에 이르기까지 거의 모든 사회적 영역에 걸쳐 학벌이나 학력에 따른 차별이

횡행하고, 이 때문에 청소년들과 학부모들은 오로지 더 좋은 학벌이나 학력을 얻기 위해 맹목적인 입시 경쟁으로 10년 가까운 세월을 허비하는 폐해 말이다.

대안교육은 우리 사회에 만연한 이러한 부정적 현상에 대한 대안으로 학력(學力)이라는 낱말에 주목하고 있다. 학력(學力)의 사전적 정의는 학력(學歷)과 사뭇 다르다. 학력(學歷)을 영어로 풀어쓰면 'Academic background'나 'Educational background'처럼 배경이 강조되지만, 학력(學力)은 'Academic ability'로 '능력'이 강조된다.

그런데도 정부는 헌법 제31조 1항(모든 국민은 능력에 따라 균등하게 교육받을 권리를 가진다)에서 적시하고 있는 '능력'이란 말을 '학력(學歷)'과 '학력(學力)'을 함께 뜻하는 것으로 보고, '법률로 정한 교육 과정을 이행한 자들'에게만 '균등하게 교육받을 기회'를 제공하고 있다. 쉽게 말해 헌법에 등장하는 '능력'은 곧 학력(學歷)과 동의어이며, 이는 곧 '법률로 정한 교육 과정 이행', 즉 정부가 법률로 정해 놓은 교육기관을 마친 자들에게만 균등하게(?) 교육받을 권리를 부여하겠다는 뜻이다. 대안학교의 길을 가면서 도서관에서 수천 권의 책을 읽었든, 대안교육 과정을 제아무리 오래도록 경험했든 상관없이 공교육 과정을 거치지 않는 한 '균등한 권리'는 부여되지 않는다는 거다. 물론 검정고시라는 편의장치가 작동하기는 하지만 공교육 밖에 머무는 한 일상적 배움의 길에서 국가로부터 '교육적 지원을 받을 권리'는 전혀 누릴 수 없다는 것이다.

이 때문에 우리 사회 공교육 제도에 문제의식을 느끼고 있는 교육학자들과 대안교육 관계자들은 학벌주의 또는 학력(學歷)주의 철폐와 함께 제대로 된 학력(學力) 중심의 사회적 제도를 마련해야 한다고 보고 활발한 논의를 펼치고 있다. 물론 이 같은 논의 중심에는 우리 사회 교육에서 나타나는 여러 문제의 근원이 학벌 또는 학력(學歷)사회, 그리고 이를 뒷받침하는 대학 서열화라는 인식이 폭넓게 형성돼 있다. 교실의 붕괴와 무한 입시경쟁이라는 학교의 문제는 결국 사회적 불평등을 구조화하는 데까지 이른다는 점에서 학벌 또는 학력(學歷)주의를 벗어나는 것은 매우 시급한 현안으로 보는 것이다.

이러한 문제의식에도 불구하고 학력(學力) 중심의 사회적 제도를 어떻게 마련할 것인지에 대해서는 확실한 공감대를 형성하고 있지 못한 것으로 보인다. 일각에서는 '직무능력 평가제도의 사회화'와 '대안적인 교육 조직과 서비스' 등을 대안으로 제시하고 있지만, 대안교육 내부의 폭넓은 합의는 물론 이를 제도화하기까지 넘어야 할 산이 높고 험한 것으로 보인다.

그럼에도 불구하고 분명한 것은, 우리 사회를 왜곡하며 아이들을 억압하고 있는 등 수많은 사회적 폐해에도 불구하고 좀처럼 달라질 기미를 보이지 않고 있는 학벌주의와 학력(學歷)주의는 반드시 극복되어야 하며, 이는 결국 교육 수요자인 대다수 학부모의 몫이라는 점이다.

교육 기본권을 되찾자

'헌법이 보장한 기본권'은 누구에게나 꽤 익숙한 말이다. 법률 용어이기에 전문가(?)들의 몫이었지만 광장으로 나와 떠돌면서 그리된 것 같다. '대한민국은 민주공화국'이라 외쳐대고, 국민 기본권을 보장하라는 요구도 오랜 세월 참 많이 들어왔다. 가장 기본적인 시민 권리조차 지켜지지 않는 데 대한 시민사회 의식이 성숙해졌기 때문일 거다.

그렇다면 교육기본권은 어떤가. 아무래도 이 부분은 좀 낯선 듯하다. 교육은 그저 공공영역이, 즉 공교육 시스템이 알아서 할 뿐인데 무슨 기본권을 요구하냐 되물을 수 있겠다. 실제 교육기본권 회복 운동을 벌이는 이들의 목소리는 높지만 아직은 폭넓은 참여를 획득하진 못하고 있는 것으로 보인다. 교육은 저마다 제 자식 문제일 뿐이며, 각자 알아서 할 일이기에 단결이 쉽지 않기 때문일 거다. 잘 모르는 문제에 관심을 두기보다는 그 시간에 남보다 한 발짝이라도 더 앞으로 나가는 게 낫겠다는 생각도 할 수 있겠다.

게다가 '교육 기본권'이란 게 대체 뭔지 잘 알려지지 않은 것도 사실이다. 대부분 사람에 있어 그게 '내 문제'라고 생각해 본 적이 거의 없기 때문이다. 내 아이가 학교 안에 머물고 있는 한 교육에 관한 거의 모든 것은 다 학교가 알아서 할 일이며, 방과 후는 전적으로 각 가정의 몫이라 보기 때문이다. 한 해 동안 수만 명에서 십수만 명의 아이가 (자발적이든 타의에 의해서든) 학교 밖으로 나와 교육 사각지대에 방치돼도, 내 아이가 아닌 한 관심을 두기 어려울 것이다. 그러니 교육기본권은 여전히 낯설며 억압된 채 한 치도 확장되지 않고 있는 게 현실이다.

그렇다면 헌법이 보장하고 있다는 그 교육기본권이란 대체 뭘까? 누구나 어릴 적 국민의 4대 의무니 권리니 하는 걸 배우긴 배웠다만, 그게 헌법에 어떻게 명시돼 있는지 살펴볼 일은 별로 없을 거다. 헌법에 등장하는 교육기본권에 대한 사항을 종합하면 대략 다음과 같이 요약할 수 있겠다.

"교육이란 인간으로서의 존엄과 가치를 실현하고 인간다운 생활을 확보하기 위하여 개개인의 성장 가능성을 찾아내어 스스로 학습을 통해 인간적으로 성장·발달하도록 조장하는 계획적, 의식적 작용이다."

이 짧은 글은 교육의 목적과 방법을 압축적으로 담고 있다. 다시 말해 교육의 목적은 "인간의 존엄과 가치를 실현하는 것(헌법 10조)"이며, 이러한 목적과 함께 "인간다운 생활을 할 권리(헌법 제34조)"를 명시하고 있다. 헌법의 이 조문은 시민의 권리이자 국가의 의무이기도 하다는 거다. 참 좋은 이야기며 지당한 말이다.

한데, 정의(定義)는 제법 반듯하고 훌륭하지만, 그게 우리 사회에 제대로 적용되고 있다고 믿는 사람이 과연 있을까. 아니, 그대로 현장에 '적용돼야 한다'고 보는 사람조차 그리 많지 않을 것 같다. '법대로'라면 교육 현장에서 그런 '국민의 권리'가 보장되어야 하는데, 그렇다고 말할 수 있는 사람조차 별로 없는 게 현실이다. 국민이 당연히 누려야 할 권리는 너무도 당연하게 무시되거나 외면받고 있다.

몇 가지 대표적인 것을 들어 보면 학생의 학습권은 아예 보장되지 않고 있다. 교육 과정에 대한 학생 참여는 감히 꿈도 꾸지 못할 일이다. 학교 운영에 대한 참가권도 사정은 마찬가지다. '법대로'라면 학생은 학교의 당당한 주체이며, 이들 역시 인간의 존엄성을 보장받아야 함에도 전혀 보장되지 않는다.

학부모라고 다를 바 없다. 민주적 국가라면 당연히 누려야 할 권리인 학부모들의 교육청구권이나 학교 선택권도 대부분 무시되고 있다. 교사들이 누려야 할 권리 역시 마찬가지다. 교육의 자유와 전문직 종사자로서 누려야 할 권리나 정치적 자유, 노동기본권은 극도로 제한돼 있으며 심지어 박탈된 상태이다.

아이러니한 것은 이 모두 공교육 영역의 학교 현장에 관한 일임에도 불구하고 최근 몇 년 새 대안교육계를 중심으로 활발하게 논의되고 있다는 점이다. 이는 제도권 교육의 여러 문제로 학교 밖으로 나오는 아이들이 많아지면서, 이런 아이들이 교육의 사각지대에 방치되거나 소외되고 있다는 대안교육계의 문제의식에서 비롯됐기 때문으로 보인다. 국가라면 마땅히 책임져야 할 것을 외면하고 있으며, 국민이라면 당연히 누려야 할 권리를 놓치고 있기 때문일 것이다. 교육기본권은 바로 그 국가의 책임과 국민의 권리를 말하는 것이다.

교육기본권이 담고 있는 내용은 글머리에서 밝힌 것처럼 공교육 영역은 물론 학교 밖 청소년에 이르기까지 폭넓다. 하지만 아직은 우리 사회에 이에 대한 인식이 취약하며 폭넓은 공감대가 형성돼 있지 않은 형편이라고 본다. 그러니 대안교육계로서는 당장 시급한 학교 밖 아이들이 당연히 누려야 할 교육기본권을 되찾는 데 집중하고 있는 모습이다.

자의든 타의든 학교 밖으로 나온 아이들의 수는 해마다 크게 늘어 지난 2011년 한 해 동안만도 7만 6000여 명(한국교육개발원)에 이른다. 이 가운데 5% 정도가 대안교육 영역에 머물 뿐 나머지 95%는 교육 사각지대에 방치되고 있다고 봐야 할 것이다. 이 아이들을 더는 모른 척 외면해서는 안 된다는 것이다. 학교 안에 있든 밖에 있든 모든 청소년은 교육을 받을 권리가 있으며 차별당하지 않을 권리가 있다고 보기 때문이다. 국가든 기성세대든 간에 이를 외면하는 것은 아이들에 대한 인권침해며, 심지어 구조적 폭력일 수 있다고 본다. 아울러 우리 사회의 후진성을 드러내는 부끄러운 장면일 것이다.

대안교육계가 주장하는 교육기본권 회복의 일차적 과제 역시 이 문제에 집중돼 있다. 무엇보다 학교 밖 아이들을 위한 교육 지원 법률을 시급하게 제정할 것을 주장하고 있다. 다시는 학교 밖 아이들이 교육 사각지대에 방치되지 않도록, 아이들이 원하는 곳에서 원하는 교육을 받을 수 있도록 해야 한다는 것이다. 어찌 보면 자의든 타의든 학교 밖으로 나온 아이들이야말로 현 공교육 제도와 시스템의 희생자일 수도 있기에, 이들의 권리를 되찾을 수 있도록 하는 것이야말로 대안교육이 앞장서야 할 일이다.

이 때문에 학교 밖 청소년들이 대안교육기관에서 배우기를 원할 경우 정부는 이를 지원해야 하며, 대안교육기관에 대한 지원 역시 확대할 것을 요구하고 있다. 적지 않은 학교 밖 아이들에게 배움의 기회를 제공하면서도 거의 모든 교육 재정을 학부모들에게 의존하는 상황이 계속되어서는 안 된다고 보는 것이다. 이 밖에도 학교 밖 청소년들이 어떤 형태로든 배움을 지속해나갈 수 있도록 돕기 위한 지원센터 설치, 대안교육기관 학습 청소년들에 대한 학력 인정 등 다양한 정책과 제도가 마련되어야 한다는 것이 대안교육계의 한결같은 목소리다.

이러한 교육기본권 운동의 저변에는 교육을 국가가 독점함으로써 수많은 사회적 문제가 발생하고 있다는 문제의식이 깔려 있다. 다양성을 인정하지 않는 획일적 교육의 한계도 그렇거니와, 이 때문에 청소년들의 인권과 인간의 존엄성마저 심각하게 침해당하고 있다고 보는 것이다. 따라서 교육기본권운동은 곧, 청소년들로 하여금 인간의 존엄성과 행복추구권, 인간다운 생활을 할 권리를 찾는 것이며, 다양성을 인정하지 않는 우리 사회의 편견과의 싸움이라는 것이 대안교육계의 주장이다.

최근 몇 년 새 활발하게 논의되고 있기는 하지만 교육기본권 회복 운동이 나아갈 길은 멀고 험해 보인다. 장기적으로는 학교 중심 교육체제 변화까지 이끌어내려면 넘어야 할 산도 적지 않다. 무엇보다 대부분 국민의 무관심과 냉소라는 벽이 높다. 모든 국민이 교육 문제와 무관하지 않음에도 불구하고 대부분 이러한 문제의식을 느끼고 있지 않거나 냉소적인 것이 현실이기 때문이다. 이 또한 오랜 기간 지속해 온 국가 독점 교육 체제의 유산일 것이다.

그렇다고 현실 탓만 하고 있기에는 우리 아이들의 상황이 너무 안타깝다. 언제까지 모른 척, 못 본 척하고 어른들이 만들어 놓은 낡은 틀에 가둬 둘 수는 없는 일이다. 이제라도 국가의 책임을 묻고, 아이와 우리 모두의 권리를 되찾는 여정에 조금씩이라도 힘을 보태야 할 것이다. 다시는 아프거나 다치거나 스스로 삶을 등지는 아이들이 없도록 말이다.

'대안학교 길들이기'가 된 정부의 지원

너굴이 대안학교에 들어간 얼마 뒤 정부가 대안학교들도 일정 조건을 충족하면 지원하겠다 해서 논란이 일었다. 당시 40여 개에 이르는 대안학교를 제도의 틀 안에 넣어 지원과 관리를 하겠다는 의도였다. 형편 어려운 대안학교들로서는 '지원'이야 고마운 일이겠지만 문제는 '관리'였다. 당연히 정부가 제시한 '일정 조건'이 쟁점이 됐다.

쟁점은 교육과정과 대안학교 인가 심의, 교사 자격 기준, 학교 면적 등이었는데, 대안학교 대부분은 그 어느 것 하나 받아들일 수 없는 조건들이었다. 이를테면 교과 과정의 50% 이상을 국·영·수 등 '국민 공통 기본 교과'로 하라는 등 대안학교의 설립 취지나 정체성과 크게 어긋났으니 '지원'이 아무리 달다 해도 받아들이기는 불가능한 일이었다. 결국, 대안학교 대부분은 지원도 간섭도 사양하겠다는 입장을 보였다. 당시 정부가 제시한 기준대로라면 소규모 사립 귀족학교들이 대안학교 간판을 걸고 수익사업을 벌이기 딱 좋겠다는 이야기도 들렸다.

당시 논쟁을 지켜보면서 정부의 편협한 시각에 혀를 찼다. 정부의 대안학교 지원이 마치 시혜를 베푸는 것처럼 비쳤기 때문이다. 다시 말해, 학교 밖 청소년들을 지원하는 것은 정부가 할 일이 아니지만 말 잘 들으면 해주겠다는 것처럼 보였다는 것이다. 이후 정부가 손보겠다는 '대안학교 설립, 운영 규정'이 어떻게 바뀌었는지는 알 수 없지만, 이런 시각은 아마도 크게 달라지지 않았을 것으로 본다.

이처럼 대안학교 지원을 둘러싼 논쟁이 뜨겁게 벌어진 이후 대안교육 현장에서는 대안학교 지원 제도화보다는 더 근원적인 문제에 초점을 맞추고 있다. 학교 밖으로 나오는 청소년들은 날로 늘어나지만, 국가조차도 아무런 관심을 보이지 않는 (후진적이거나 반 인권적) 상황을 널리 알리는 한편, 법률 제정 등 사회적 지원 시스템을 구축하기 위해 많은 노력을 기울이고 있다.

● 바뀌지 않으면 달라지면 된다

싸이가 노랫말을 쓰고 가수 이승기가 부른 '음악시간'이라는 노래
가 있다. 노랫말 가운데는 이런 구절이 있다.

> 학교에서는 내가 원하는 음악을 무시해
>
> 걸핏하면 자습하라며 음악을 무시해
>
> (중략)
>
> 왜 우리는 다 다른데 같은 걸 배우며 다른 길을 가게 하나
>
> 왜 음악을 잘하는데 다른 걸 배우며 다른 길을 가게 하나
>
> (중략)
>
> 왜 우리가 잘하는 걸 인정하지 않으며 칭찬하지 않는 걸까
>
> 왜 음악을 잘하는데 다른 것을 배우며 다른 길을 가게 하나요

싸이와 이승기의 명성에도 불구하고 대중적으로 큰 인기를 끌지
는 못했지만, 마니아들 사이에는 비교적 잘 알려진 노래다. 대중가
요로는 이례적으로 청소년들의 꿈과 학교 문제의 핵심을 정면으로
꼬집고 있다는 점도 눈길을 끈 요인일 거다. 노랫말은 대안교육계

에서 흔히 말하는 '돌고래의 죽음'과 비슷한 맥락이며, SNS시인 하상욱의 짧은 시처럼 "특별한 아이를 평범하게 만드는" 학교 현실을 담고 있다. 이런 현실을 오스트리아 출신 사상가인 이반 일리치는 "학교가 학생들에게서 스스로 배울 능력을 빼앗았다"고 지적한다.

우리 시대 학교가 안고 있는 여러 문제는 대중가요에 등장할 정도로 대중적 공감의 폭이 큰데도 노래는 그저 노래일 뿐 학교는 요지부동 달라지지 않고 있다. 달라지기는커녕 날로 경쟁이 치열해지는 현실에 발맞춰 일부 학교의 경우 무늬만 학교일 뿐 거의 학원과 다를 바 없는 형국이다. 대부분 고등학교의 평가 지표는 이른바 명문대 및 '인 서울 대학' 입학률이 되어버린 지도 오래다.

학교가 공교육 본연의 자리로 돌아가지 못하는 것은 사실 학교만의 잘못은 아니라고 본다. 공교육이라는 개념과 학교라는 제도가 생긴 것이 약 200년 전쯤이며, 그 배경은 정치 사회적 패러다임 변화에 따른 것이라고 보면 필연적인 결과라고도 할 수 있겠다. 최근 사회 전반에 걸쳐 경쟁이 치열해지면서 학교 또한 비슷한 양상으로 치닫는 것을 보면 학교라는 것이 얼마나 허약한 것인지 잘 알 수 있을 것이다.

게다가 학교라는 것은 초중고등학교와 대학교라는 학제로 수직 계열화로 돼 있어 궁극적으로 그 정점에 있는 대학 입시제도가 달라지지 않는 한 결코 바뀔 수 없게 돼 있다. 최근 20~30년 사이에 수많은 대학이 생기고, 대부분 대학이 급격하게 취업학원 비슷하게 탈바

꿈하면서 고등학교와 중학교의 풍경도 덩달아 크게 바뀌었다는 것은 이를 잘 보여준다. 더 좋은 직장에 들어가기 위해 더 좋은 대학에 가야 하며, 더 좋은 대학에 가기 위해 더 좋은 고등학교에 진학해야 하고…. 그 악순환은 마침내 철부지 어린아이들에게도 큰 영향을 미치고 있는 것이 현실이다.

2010년 한국을 방문한 적이 있는 일본 '배움의 공동체' 창시자 사토 마나부 교수는 일본의 일부 학교들이 그나마 작은 변화라도 일으킬 수 있었던 것은 이른바 '명문대학'들의 선발 방식이 바뀌었기 때문이라고 한다. 대학들이 선발 방식을 바꾸게 된 배경은 문제 풀이와 점수 따기에 능한 학생들의 학문적 성과가 매우 낮기 때문인데, 도쿄, 교토, 게이오대학 등은 그런 학생들이 입학에 성공한다 하더라도 졸업하기가 쉽지 않다고 전한다. 마나부 교수가 소개한 이들 대학의 입학 전형 방식은 뜻밖에 단순하다. 그저 어려서부터 책 많이 읽고 생각 많이 하며, 여럿이 함께하는 질 높은 배움의 경험이 풍부하면 된다는 거다.

일본 대학의 사정이 그렇다면 한국 대학 역시 사정은 마찬가지일 텐데, 왜 변화하지 않는 것일까. 다시 마나부 교수의 말을 빌리면 학교는 생물(生物)이기 때문이라는 것이다. 학교를 이루는 내부의 다양한 요소들, 즉 교사와 학생, 학부모 등을 중심으로 한 내부로부터의 변화를 위한 노력과 함께 학교 밖으로부터의 변화를 이끌어내기 위한 추동력이 함께 가해질 때 비로소 가능하다는 것이다.

이러한 요소들 가운데 학부모가 차지하는 비중은 매우 높다고 본다. 아이들의 진로를 결정하는 데도 부모의 역할은 절대적이며, 가장 큰 영향력을 주는 것도 부모이기 때문이다. 한데, 그런 부모들이 오늘날 가장 희망하는 자녀의 직업은 공무원이나 교사다(2011년 교육과학기술부, 학교 진로교육 현황). 경쟁이 치열한 사회다 보니 이른 바 '안정성'을 최우선 가치로 꼽고 아이들을 그런 방향으로 몰아가는 것이다. 그러니 공무원이나 교사 임용고시는 해마다 최고 경쟁률을 경신하고 있다. 국가도 기업도, 심지어 학교도 '창의성', '상상력', '창조', '혁신', '융합' 등 온갖 수사를 경쟁적으로 이야기하고 있지만, 그런 인재를 키워내야 할 산실인 학교는 그와는 딴판으로 흘러가고 있다. '직업의 안정성'을 욕망하는 부모와 학교 또는 '밥그릇'의 안정성을 지켜야 하는 교육관료들의 욕망이 배움의 현장을 망치고 아이들 꿈조차 빼앗아버린 결과를 낳은 셈이다.

이렇게 볼 때 학교를 바꿀 수 있는 주체는 결국 학부모뿐이라는 결론에 이른다. 학교 내부로부터의 자발적 변화를 기대하기란 사실상 거의 불가능하다고 보기 때문이다. 비록 전교조 교사들을 중심으로 다양한 노력이 이뤄지고는 있으나 아직은 그 한계가 뚜렷해 보인다. 반면, 학부모들은 좀 다르다. 이미 과포화 상태에 이른 특정 직업군을 향해 아이들을 다그치기보다는 우리의 아이들이 꿈을 갖고 제 갈 길을 갈 수 있도록 하는 데 힘을 쏟는 편이 더 나을 것이라고 본다. 아이들과 날마다 싸우기보다는 아이들 미래는 스스로 꿈꾸며 만들어나가도록 돕고, 그 꿈을 억누르거나 빼앗는 학교와 당당하게 맞서야 할 것이다. 그때 비로소 아이들은 제 편이 돼 준 부모를 믿어 줄 것이라고 본다.

어찌 보면 이러한 부모들의 노력은 이미 대안교육이 시작된 1990년대 초 이후 20여 년 동안 계속되고 있다고 봐야 할 것이다. 대안교육이 시작된 배경 가운데는 도무지 바뀔 가능성 없어 보이는 공교육의 변화를 기다리느니 차라리 새로운 길을 만들어가자는 뜻도 함께 담겨 있다고 본다. 이와 함께 공교육의 학교 밖에서 아이들이 행복할 수 있는 새로운 가치의 교육을 제시함으로써 공교육에 변화를 위한 자극과 영향력을 주자는 것도 대안교육 존재 이유 중 하나라고 본다. 이른바 '외곽을 때리는 수법'이라 해도 좋을 것이다.

실제 대안교육 20여 년의 역사는 공교육에도 상당한 자극을 주었다고 본다. 앞서 살펴본 것처럼 몇몇 자치단체에서 시범적으로 운영하고 있는 '혁신학교'들이 운영하고 있는 프로그램은 상당 부분 대안학교에서 이미 해왔거나 해오고 있는 것들이다. 그러니 제대로 된 공교육 '혁신'은 곧 대안학교를 닮아가는 것이라고 봐도 좋을 것이며, 더 많은 대안학교가 만들어져야 하는 이유다.

거듭 강조하건대 잘못된 공교육이 아이들을 아프게 하거나 꿈을 빼앗고 있다는 것은 누구도 부정하기란 어려울 것이다. 그럼에도 불구하고 공교육은 스스로 바뀔 가능성은 거의 없다는 것 또한 누구나 잘 알고 있다. 결국, 바뀌지 않는 공교육을 바꾸려면 우리 스스로 바뀔 수밖에 없을 것이다. 그렇다면 한편으로 좀처럼 변하지 않는 학교와 맞서는 한편, 학교 밖에 아이들이 갈 수 있는 더 많은 길을 내고, 더 새롭고 참된 교육의 장을 더 많이 만들어야 한다. 하상욱이 시로 말하고, 싸이가 노래로 말한 것처럼 아이가 원하는 것과 잘하는 것이 학교가 원하는 것과 다르다면 쫄지 말고 당당하게 목소리를 높이고, 과감하게 다른 길을 가야 한다고 본다. 그럼으로써 학교밖에 더 많은 길이 날 때 공교육도 비로소 조금이나마 바뀔 수 있을 것이다.

● 각개전투의 한계를 넘어

막내딸 너굴이 초등학교 이후 공교육 밖으로 나온 것과 달리 다섯 살 터울 큰딸은 악기를 전공한 탓에 예고를 거쳐 사범대 음악교육과를 졸업했다. 여느 아이들과 비슷한 경로를 걸은 거다. 덕분에 초·중·고등학교 12년 동안 공교육 과정 학부모 노릇을 해야 했다. 비록 성실하다 할 정도는 아니더라도 최소한의 학부모 구실은 해줘야 아이든 누구든 두루 좋겠다는 생각에 나름 남들 하는 만큼 했다.

물론 학교와의 관계에 관한 한 최전방에는 아내가 나섰다. 아내는 큰딸 초등학교 때부터 학교운영위원에, 무슨무슨 '엄마 모임' 멤버라는 명목 등으로 종종 학교 일에 호출됐다. 직장 다니며 시부모까지 모시는 처지라 쉽지 않은 상황이었지만, 그렇다고 뿌리칠 수 있는 입장도 아니었다. 맡기면 해야 했고 나오라면 가야 했다. 학교 쪽의 이런저런 요청을 거스른다 해도 별다른 불이익이 없을 것이란 학교 관계자의 설명에도 불구하고 주어지는 일은 마다치 않고 해냈다. 이따금 일정이 겹치거나 형편이 안 되는 난감한 상황에서도 내가 아는 한 책임과 의무를 져버린 적은 거의 없었다. 물론 학교 쪽에서 볼 때는 만족스럽지 않을 수 있었겠지만 온 힘을 다했다고 본다.

이런 상황을 곁에서 지켜보면서 말은 안 했지만 불편했다. 더욱이 큰딸이 초중고등학교 시절 명색이 언론인이랍시고 이런저런 학교 문제를 언론을 통해 고발하면서도 정작 제 딸내미 다니는 학교에 관한 한 눈 감고 귀 막아야 했다. 명백하게 드러나는 불법이나 비리 등이 있었던 건 아니지만 안 듣고 안 보는 게 속 편했다. 그럼에도 수군거리는 소리가 간혹 들려오긴 했지만, 대부분 학부모의 자발성(?)이라는 명분을 갖고 있어 딴죽을 걸 일도 아니었다. 물론 공연히 긁어 부스럼을 만들 필요가 있겠냐는 지극히 현실적인 이유도 있었겠다.

이런 상황은 세상 모든 학부모라면 비슷한 입장일 것이다. 아이 교육을 전적으로 학교에 맡겨둔 이상, 아이의 부모들과 학교와의 관계는 우리 사회 논리 그대로 '을'과 '갑'의 관계가 된다. 이를 세상 사람들은 아이가 학교에 볼모로 잡혀 있는 형국이라 일컬으며, 그러니 그 앞에서 그 누구도 감히 토 달 수 없을 것이라 말한다. 누구에게나, 언제나 학교가 '슈퍼 갑'인 거다.

그러니 교육 문제에 관한 한 대다수 국민은 현실 순응적이다. 그럴 수밖에 없어 보인다. 문제의 심각성을 잘 알지만 어쩔 수 없기 때문이다. 아이를 학교에 보낸 부모 입장이 그리된 데에는 공교육 제도 자체가 가진 문제가 일차적 원인이다. 학부모들이 특별히 보수적이거나 소극적이어서가 아니라는 이야기다. 다시 말해, 공교육이라면 마땅히 이뤄야 할 가치는 뒷전에 미뤄둔 채 일찌감치 아이들을 경쟁으로 내몰고 서열화하는 데서 오는 필연적인 현상이라는 것이다.

초등학교야 좀 덜하지만 대부분 중고등학교의 경우 경쟁과 서열화는 시간이 흐를수록 더욱 심해지고 있는 게 현실이다. 저마다 명문대나 '인 서울'이라는 좁은 문을 향해 치열한 경쟁을 벌이는 상태에서 현실을 진단한다거나 뒤를 돌아보는 것은 가능한 일이 아니다. 학부모 입장에서 '아이들 가르치느라 바쁜' 학교를 향해 이러쿵저러쿵 토 단다는 것은 쉽지 않은 일이다. 소소한 일(?)로 학교와 불화를 빚는다는 것은 자칫 의도와 달리 불이익을 당할지도 모르니 어리석은 짓이다. 그러니 공교육 문제를 머리로는 알고 있지만, 당장 내 아이의 내일이 걸린 문제이니 그저 귀 막고 눈 감고 있는 게 상책이다.

그렇다고 해서 아이가 학교를 졸업하거나 학교 밖으로 나온 뒤에는 공교육 문제에 관심을 가질 수 있을까? 아이가 대안교육 틀 안에 있는 학부모들이야 공교육 개혁 또한 중요한 사안이니 나름대로 고민하고 참여하겠지만, 대부분 어른에게는 관심 밖이다. 일단 아이

가 학교를 졸업한 뒤에는 '내 아이의 문제'가 아니니 그렇다. 공교육
은 반드시 개혁되어야 한다고 보지만 더는 내 문제가 아니다. 아이
를 학교에 보내고 있는 분들끼리 알아서들 하란 이야기인데, 기대하
기 어려운 일이다.

공교육 개혁 필요성에 대해서는 국민 대부분 부정하지 않는 게 현
실이지만 누구도 이를 위해 힘을 보태지 않는 우울한 상황의 배경에
는 이처럼 학부모의 이해관계와 맞물려 있는 구도 때문일 것이다.
그러니 이 땅 모든 10대, 또는 '우리의 아이들'을 함께 걱정하기에 앞
서 당장 '내 아이'의 앞날에 모든 것을 거는 학부모들의 욕망이야말
로 부조리하고 불합리한 공교육 시스템이 오래도록 유지되도록 하
는 토양이 돼주고 있는 셈이다.

손을 맞잡으면 강해지고 커진다는 원리가 적어도 공교육 내부에
서는 전혀 먹히지 않은 채, 저마다 '내 아이'의 손만 잡고는 '각개전
투'를 벌이고 있는 새 공교육은 날이 갈수록 입시 학원을 닮아가고
있다. 덩달아 학교 안 아이들의 아픔과 몸부림은 날로 더 커져 큰 사
회적 문제로 번져나가고 있다. 고려대 강수돌 교수는 이를 '일종의
파괴 과정, 즉 내면 파괴로서의 인간파괴'라고 지적한다.

그렇다면 이제라도 아파하는 아이들의 외침에 귀 기울여야 하지 않
을까. 저마다 제 아이만을 향한 눈길을 한번쯤 거두고, 제각각 알아서
하기를 잠시 멈추고, 이러지 말자고 말할 수 없을까. 오로지 내 아이
를 위해 모든 것을 걸면서 마침내 부모 아이 할 것 없이 모두가 지쳐버

리는 각개전투의 한계를 이제는 넘어설 때가 되지 않았을까. 아직도 아니라면 과연 얼마나 더 많은 아이가 앓거나 다치거나 가뭇없이 스러져야 비로소 가능한 것일까. 생각하면 할수록 아득하기만 하다.

● 넘어져도 좋아, 별을 보고 걷자

"별을 보고 걷자."

너굴이 대안학교를 나온 뒤 4년 동안 많이 한 이야기다. 뜬구름 잡는 이야기일 수 있겠다. 너굴 또한 이게 대체 뭔 소리인지, 제대로 알아듣기는 했는지 모르겠다. 문자 메시지로, 이메일로, 이따금 말로도 수없이 읊어 댔는데 말이다. 물론 이 말의 앞과 뒤에 여러 사연이 함께 오갔으니 어림잡아 헤아렸을 것으로 생각한다. 한때 대안학교에 다닌 경험도 말의 뜻을 이해하는 데 도움이 됐을 수도 있겠다.

'별을 보고 걷자'라는 말은 그리 새로운 이야기도 아니다. 누구나 많이 들어 익숙한 이야기일 것이다. 사막이나 첩첩산중, 또는 어둠 속에서 길을 잃지 않으려면 별을 보고 방향을 잡아야 한다는, 상식적인 말이니까.

이런 말을 굳이 10대 너굴에게 틈나는 대로 되풀이한 것은 해온 것은 우리네 삶 또한 사막이나 어둠 속을 걷는 것과 다를 바 없겠다는 생각 때문이다. 세상사 한 치 앞으로 내다볼 수 없는 오늘의 현실이 딱 그 짝이다. 그러니 한눈팔다가는 자칫 길을 잃기에 십상이다. 맑은 눈으로 별을 보며 걸을 때 비로소 제 길을 갈 수 있을 거로 생각한다.

'별을 보고 걷자'라는 말 앞에는 '발끝만 보고 걷지 말자'는 말도 사족처럼 곁들였다. 탁하고 어두운 세상인데도 사람들은 저마다 발끝만 보고 걷고 있는 것 아닌가 하는 생각이다. 나 또한 마찬가지겠지만 당장 눈앞에 보이는 것들에 집착해 제 갈 길을 놓치고 있는지도 모른다. "오늘 할 일을 내일로 미뤄서는 안 된다"는 초등학교 시절 들은 말씀에 한 치 어긋남이 없기 위해 그야말로 분골쇄신, 견마지로를 다하고 있는 게 우리네 살아가는 일상의 풍경 아닌가 싶다.

이를 위해 누구나 다 나름대로 목표를 세우고 계획대로 움직인다. 목표는 대부분 현실적이어서 더 높은 사회적 지위와 더 많은 재화 따위로 설정한다. 그러고는 치밀하게 짜 놓은 계획대로 목표를 향해 분주하게 움직인다. 아이들은 아이들대로 더 높은 점수와 더 앞쪽 자리를 향해 분주하게 달린다. 높은 곳과 앞쪽을 향한 좁디좁은 길에서 날마다 치열한 경쟁을 벌인다. 남보다 더 빠른 속도로 달려야 하며, 한시도 쉴 틈 없이 움직여야 한다.

어른이나 아이 할 것 없이 모두 더 많고, 더 높은 것을 향해, 더 빨리 달려야 하는 세상이다. 달리는 속도가 빠를수록 시야 폭은 좁아져 과연 어디로 가는 것인지, 길을 잃는다. 더불어 몸과 마음의 피로와 상처는 한시도 떠나지 않는다. 더 많이 가질수록 욕망 또한 더욱

커져 행복은 여전히 멀고도 멀다. 과속사회, 피로사회라는 신조어
가 떠돌고, 부상자가 많으니 따로 치유(힐링, Healing) 프로그램 신세
를 져야 하는 시대다. 별을 보고 걸어야 길을 잃지 않는다는 이야기
는 잊혀진 상식이 됐다.

너굴이 발끝을 보고 걷지 말았으면 좋겠다는 건 상식으로 돌아가
자는 이야기다. 세상 모든 사람이 이루고자 하는 꿈은 욕망일 뿐 꿈
이 아니라고 보기 때문이다. 재물과 지위의 크고 높음이 결코 행복
을 보장하는 건 아니라는, 살다 보니 깨우친 이치를 전하고 싶었다.
군이 뭇 사람들의 멘토들이 전하는 메시지를 들먹이지 않아도 나이
좀 먹었다는 이들이라면 얼추 헤아릴 수 있는 이치겠다.

그러니 눈부시게 시퍼런 청춘이 세상의 재물과 권력을 좇아 청춘
을 허비하지 않았으면 좋겠다고 생각했다. 대신 너굴은 스스로 좋
아하는 것, 그나마 잘할 수 있는 것, 그게 뭔지 모르지만 즐겁고 행
복할 수 있는 것을 향해 뚜벅뚜벅 걸어갔으면 좋겠다는 거다. 군이
높은 곳에 오르지 않아도, 더 많은 것을 갖지 않고도 충분히 행복할
수 있다고 믿기 때문이다. 아직은 그게 뭔지 모르니 그저 '별'이라 했
다. 어떤 별인지도 알 수 없지만 별 하나 가슴에 품고 행복하게 걸었
으면 하는 간절한 바람이 있다.

별을 향해 걷는 길은 험할 수도 있겠다. 외롭기도 하고 이따금 두
려울 수도 있을 것이다. 이제껏 걸어온 길도 그랬다. 발끝을 보지 않
으니 숱하게 넘어졌다. 모두 어디론가 맹렬히 달려가는 모습을 바

라보며 부럽기도 했으며, 걱정스러운 정도를 넘어 두렵기도 했다. 가는 사람 거의 없는 길을 저 혼자 걸으면서 잘 모르긴 해도 수없이 회의하고 좌절하기도 했을 것이다. 아픔과 외로움도 다 약이 된다 는 얘기는 10대의 너굴에게는 아마도 위로가 되지 않았을 것이다.

아무튼, 그렇게 너굴은 6년의 세월을 걸어왔다. 대안학교와 로드 스쿨러 생활 6년을 마감하며 지난여름 불볕더위 속에서 마라도에서 임진각까지 700km 가까운 거리를 3주 동안 걸었다. 세계라는 더 큰 학교로 나아가기에 앞서 한반도 구석구석에 발자국을 남기고 싶었 던 거다. 몇 번이고 포기하고 싶은 순간도 있었지만 끝내 오로지 두 발로 걸어 임진각에 이르렀다. 로드스쿨러 6년 세월을 스스로 대견 하게 마무리하고 싶었을 것이다.

이제 너굴은 세계라는 가장 큰 학교를 향해 떠나게 된다. 한반도 울타리를 넘어 세계 곳곳을 (그 기간이 얼마나 될지 알 수 없지만) 떠돌 것이다. 수많은 도시와 농어촌에서 수많은 사람을 만나게 될 것이 며, 다양한 삶의 모습을 보고 느끼고 경험하게 될 것이다. 지금껏 너 굴의 일상이 그러했듯이 앞으로의 여정 또한 순탄치만은 않을 것이 다. 외롭기는 마찬가지일 것이며, 아프고 고통스러운 순간도 적잖을 것이다. 돌부리에 채어 넘어지는 일도 숱할 것이며, 좌절의 순간도 시시각각 닥칠지 모른다. 이제는 더는 곁에 있어 줄 가족조차 없는 고립무원의 지경에서 너굴은 당당하게 홀로 떨치고 일어나야 할 것 이며, 배낭 하나에 잇대 고독한 순례를 해나가게 될 것이다.

'별'은 그런 너굴에게 하나뿐인 동반자며 길라잡이일 수 있을 것이다. 너굴이 한평생 안고 가야 할 꿈이며 희망이기도 하다. 비록 가진 것 없고 누릴 권력 없어도 인간의 존엄성을 당당하게 지켜나갈 수 있도록 이끄는 힘이 될지도 모른다. 비록 딛고 선 땅은 거칠고 험해도 눈은 하늘의 별을 보면서, 지금까지 그래 왔듯 앞으로도 자유롭고 행복하게 제 갈 길을 가는 뚜벅뚜벅 걸어갔으면 하는 간절한 바람이다.

그러다 넘어지면 다시 일어나고, 또다시 별을 보면 걸어가는 거다. 그렇게 지구를 한 바퀴 돌고 나면 뭘 하든 당당하고 행복하게 한 세상 살아갈 수 있을 것이라 믿는다.

부록

너굴양 이야기

다음의 이야기는 저자의 막내딸이자 주인공인 너굴 양이 써내려간 글입니다. 첫 번째는 방송대에 처음 들어간 직후 쓴 글이며, 두 번째는 지난해 말 성년이 되기에 앞서 지난 대안교육 과정 전체를 돌아보며 최근 쓴 글입니다.

_ 대안교육, 그리고 방송대

"나의 두 번째 정규학교, 방송대."

나에게 방송대는 두 번째 정규 학교다. 대부분 사람에게 대학은 초등학교와 중학교, 고등학교를 거친 뒤 찾는 곳이다. 하지만 나는 초등학교 졸업 후 대안학교를 잠시 다녔고, 그 뒤 홈스쿨링 (Homeschooling)을 하는 등 대안교육의 길을 걸어왔다. 보통의 또래 아이들과는 전혀 다른 길을 걸어왔기에 방송대는 내게 더욱 각별하고, 더욱 다르며 무거운 의미가 있다. 이렇게 방송대에 들어온 나의 나이는 17살, 만으로 16년 3개월이다.

나는 초등학교 졸업 이래 무척이나 자유로운 인생을 살아왔으며 지금도 그렇게 살고 있다. 대안학교에서는 계절이 바뀌는 때마다 아이들끼리 직접 계획해 떠나는 여행이 있었다. 봄이 오는 따뜻한 시기에는 부모님들과 함께 뛰는 체육대회가, 여름에는 오종종한 후배들의 장기자랑이 대단한 구경거리인 축제가 열린다. 가을이면 가을맞이여행을 가고, 겨울이면 한 해를 마무리하며 논문 등 발표회를 연다.

대안학교에서는 평생 잊지 못할 추억거리도 많았다. 하지만 나의 대안학교 생활은 2년 반 만에 막을 내렸다. 대안학교에 다닌 지 2년이 다 되어가도록 동성 친구라고는 정신지체장애를 앓고 있는 아이 한 명뿐이었다. 항상 챙겨주고, 도와줘야만 했던 학교생활에 지쳤을 때, 일반 학교를 자퇴한 여자아이가 편입했다. 나는 주말에도 그 친구와 붙어 다녔다. 그러기를 일 년, 내가 그 아이에게 휘둘리고 있던 사실을 알아챘을 땐, 친구 같던 선생님들과 싸늘한 신경전까지 벌인 뒤였다. 동성 친구나 다름없던 남자아이들도 나를 외면했다. 선후배들의 등하교시간, 뒷욕의 단골소재가 나와 친구였으리란 것도 충분히 예상할 수 있다. 결국, 난 많은 것을 잃고 자퇴를 했다.

그렇게 홈스쿨링을 시작했다. 주어진 시간은 무한대였고, 무엇이든 나 스스로 찾아서 해야 했다. 잠에서 깨는 일부터 하루 동안 무얼 할 것인지 전부 나 스스로 결정해야 했기에 시간이 허투루 쓰일 때도 있었다. 그래도 고군분투하며 지낸 2년 정도의 시간은, 강한 책임감과 혼자 무언가를 하는 자유 등을 일깨워준 멋진 시기였다.

하고 싶은 것을 끊임없이 생각하고 직접 찾아도 다니면서 다양한 경험을 많이 했다. '고은' 시인의 강연, '이만교' 선생님의 '글쓰기 공작소' 수업, '2011 S/S Seoul fashion week'와 서울종합예술학교 'Street Dance전공' 학과가 함께한 서울 디자인 한마당 등 흥미 때문이든 필요성 때문이든 원하는 어떤 것이 있다면 왕복 4시간을 들여서라도 다니면서 지냈다. 코엑스로, 예술의 전당으로, 마로니에 공원으로, 혼자 '잘'도 빨빨거리고 다녔다.

_ "자유로움의 한계, 그리고 방송대"

이런 모습에, 나름대로 바삐 제 하고 싶은 일을 찾아다니는구나, 하며 박수를 보낼지도 모른다. 하지만 가장 골치 아픈 문제점은 숨어 있었다. 아직 누구를 이끌기보다는, 앞장서 걸으며 손잡아주는 사람에게 의지하는 것이 익숙한 나인데 어찌할 바 없이 나 스스로를 끌어야만 하는 상황이 온 것이다.

학원에만 가도 저번 시간에 내준 숙제를 했는지 확인하고 다음 시간에 해올 숙제를 내주는데, 난 학원에도 다니지 않았다. 그래서 시간 흐름도 흐지부지되기 일쑤였고, 종종 자괴지심에 빠져 이러다간 우울증이 걸리겠다 싶을 정도였다.

평일 오전에 청소년 수련관에서 30~60대의 언니, 이모들과 영어회화 수업을 듣는 것 외에는 이렇다 할 규칙적인 일과가 없었다. 시간을 허비하지 않으려고 시간표도 수십 번씩 만들어 보고, 규칙적인 일과를 만들고자 이것저것 조금씩 해보기도 했지만, 늘 뜻대로 되지 않았다.

그렇게 물먹은 솜마냥 무겁게 축 처져서 어둡고 좁은 미로의 길을 헤맬 때, 방송대라는 반딧불이가 문득 나타나 나를 인도했다. 원격강의 기반의 대학이라는 것은 생소했지만 기분 좋은 신선함이었다.

mp3에 음성강의를 담아 다니면서 언제 어디서든 공부를 할 수 있다는 점은 아주 효율적이라고 생각한다. 한 학기에 한 번, 출석 수업을 진행해 교수님과 눈을 마주치며 공부할 수 있는 시간을 제공하는 것 또한 뛰어난 운영방식인 듯하다.

게다가 폭넓은 연령층의 사람들을 만날 수 있다는 것이 흡족하였다. 마음만 연다면, 가사에 능통한 주부님이든 할머니뻘 되는 어르신이든 국문과라는 울타리 안에서 친구가 될 수 있으니 말이다.

또 방송대는, 어떤 분야의 전문가에게 전문적인 지식을 배울 기회가 없었던 나에게, 관심 있게 보기만 했던 갖은 분야를 깊이 있게 공부할 기회를 주었다. 이렇듯 방송대는 대안교육의 길을 걸어오는 동안 줄곧 나를 힘들게 했던 문제들을 한꺼번에 해결해주는 모범답안이 되어주었다.

_ "방송대를 통해 이루고 싶은 꿈"

나는 아빠를 많이 닮았다. 손톱 물어뜯는 습관도 할머니부터 아빠, 그리고 나에게까지 내려온 유전이다. 기름진 고기보다 잡곡밥에 된장찌개를 더 좋아하는 식성도, 구부정한 자세로 TV를 보는 습관도, 밥에 우유를 말아먹는 특이한 입맛도, 욱하는 성격도 꼭 빼닮았다.

이건 말하기 머쓱하지만, 글재주도 조금 닮았다. 아빠의 글솜씨에 비해 나는 한참이나 모자라다. 그래도 나는 14살 때부터 글쓰기에 남다른 흥미를 느꼈고 그 때문에 서툰 솜씨로 종종 글을 쓰기도 했다. 그러면서 이런저런 글을 써왔다. 글에 대해 소양이 밝은 전문가의 지식이 내게 필요하다는 것을 알게 된 나는, 나에게 딱 맞는 방송대에 내가 원하던 국어국문학과로 입학하게 되었다.

나는 아직 '이러이러한 작가가 될 것이고 어떤 작품을 전문적으로 쓸 것이다' 등의 구체적 계획은 없다. 사실 내 꿈이 정말 작가인지도 확실치 않다. 국문학 전공으로 입학하기 불과 두세 달 전까지만 해도 내 꿈은, 세계적인 패션 매거진 '보그(Vogue)'의 에디터였기 때문이다.

하지만 곰곰이 생각해 볼수록 내게 맞는 듯한 분야는 디자인보다 글쓰기라는 생각이 들곤 한다. 그 때문에 방송대에 들어오면서 '일단' 국문학과를 택했고, 국문학과에서 글에 관한 공부를 좀 더 폭넓고 진지하게 해보고 싶다는 생각을 하고 있다.

이따금 어른들은 나에게 졸업 후 진로를 물어보곤 하는데, 작가라는 꿈은 단순히 대답을 위해 만들어낸 것일지도 모른다. 실제 많은 사람이 글로 밥 벌어먹기 쉽지 않다는 말을 하기도 하고, 근사한 직업들 다 놔두고는 왜 하필 작가냐는 식으로 말하기도 한다. 하지만 나로서는 임시로 정한 목표든, 아니면 실제 작가가 되든 간에 작가라는 건 제법 멋진 일이라고 생각한다. 남들 말마따나 '17세 문학소녀'의 환상일지 모르지만, 누구나 좋아하는 것을 하며 사는 게 최선이라고 생각하기 때문이다. 돈벌이가 안정적인 공무원이 되려고 소설가의 꿈을 포기하는 소녀, 프로게이머가 되겠다는 아들을 혼쭐내는 엄마를 볼 때마다 정말 메말랐다는 생각을 하곤 한다.

정말 좋아하는 일을 하고 싶다면 끼니를 거르는 것도 받아들여야 한다는 이야기를 많이 들었다. 나 또한 그 말에 공감한다. 아직은 정말 글쓰기가 내가 가장 하고 싶은 일인지 확신할 수 없지만, 글에 대해 좀 더 깊이 알기 위해 방송대에 들어왔다. 가고 싶은 길에 한발 더 깊이 들인 것이다. 이미 한발 들인 이상 최선을 다해 글공부에 매달려 볼 생각이다.

나는 아직 꿈을 키울 나이다. 무엇이 될 것인가를 고민하기보다는 어떻게 사는 게 올바르게 사는 것인가를 배우는 때이다. 어렵게 들어온 방송대에서 돈보다 더 중요한 가치를 배우고 익히면서 내 삶의 양식을 제대로 멋지게 그려내고 싶다.

_ 나는 초졸이다

"나는 최종학력 '초졸'이다."

카페 에어컨 주변 푹신하고 듬직한 의자에 앉아 딸기빙수를 우걱우걱 퍼먹고 싶은 생각만 간절한 뙤약볕 날씨인 몇 해 전 여름날. 고등학교 학생들이 코앞으로 다가온 기말고사를 대비해 선생님이 찍어주는 문제에 코 박고 필기할 때, 나는 대안학교에서 전교생이 먹을 맛있고 건강한 점심을 친구들, 선생님과 함께 만들거나, 친구들과 하고픈 여행 주제를 가지고 더욱 신나게 떠나는 여행을 계획하곤 했다.

나의 십대 때에는, 건물 한 층이었던 우리 학교, 체육공원, 도서관, 청소년수련관, 예술가의 집, 여의도 한강공원 등등 서울과 경기 알수 없는 이곳저곳을 쏘다니며 보냈다. 대안학교를 떠난 뒤에는 고은 시인, 서명숙 제주올레 이사장 등의 설레는 특강을 찾아다니고, 아르바이트를 하면서 언젠가는 떠날 해외여행을 준비하며 지냈다. 그러다가도 문득문득 소속감을 갖고 싶다는 생각이 절실하게 들기도 했다.

나는 중학교조차 다닌 적이 없어 와자지껄 천방지축 친구들과 부대껴 공부하다가 시험이 끝나면 우르르 시내로 나가 신나게 놀았던 적 없었다. 눈에 불을 켜고 공부했다가 하루는 미친 척하고 맘껏 놀다가 꾸역꾸역 공부해서 '인 서울' 4년제 대학에 입학해야 학부모님들에게 자랑스러운 아들딸이 되는 우리나라 10대의 현실에 북받쳐 오르기도 하는 고등학교 시절도 없었다. 아이들 대다수와 정반대로 도서관에서는 공부하기 싫은 책들을 억지로 보는 대신 소시오패스 범죄심리학 책에 빠져들어 읽었고, 도서관이 따분한 날엔 집까지 한 시간 반 동안 걸으면서 생활영어책을 중얼중얼 읽었다.

자고 싶을 때 자고, 읽고 싶은 책 읽고, 보고 싶은 영화 보고, 듣고 싶은 강연을 들으러 가고, 참여하고 싶은 활동을 찾아다니며 참여해도 이렇다 할 소속감이 없으니 늘 허한 기분이 들기도 했다. 여행경비에 보탬이 되려고 아르바이트를 하다가도 교복 차림에 큰 배낭이 무거워 보이는 고등학생이나, 노트북가방을 들고 빠른 걸음을 걷는 대학생을 보면, 더더욱 마음속에 빈 공간이 크게 느껴졌다. '난 한 번이라도 목표를 위해 저렇게 열정적이었을 때가 있었나?' 생각이 들곤 했다.

반강제적인 시스템에 어쩔 수 없이 수능 디데이를 세어가며 학교, 독서실에서 산다고 해도 그들은 적어도 대학이라는 목표가 있었고, 충분히 뜨거웠다. 패스트푸드점 계산대 앞에 가만히 서 있는 나와 그들의 목표 사이에서 공통점을 찾아보기 힘들었다.

홈스쿨링을 시작한 2009년 9월부터 지금 2013년 9월까지 곧잘 흔들리는 하나가 있다. '난 지금 행복할 것이고, 앞으로도 다수 의견에 굴하지 않고 그저 내가 원하는 나의 모습만을 보고 갈 것이다.' 하지만 대한민국의 10대, 20대를 보면서 종종 혼란이 온다. 왜냐하면 그들이 99%이고 내가 1%이기 때문이다. 내가 택한 아무도 안 가는 길을 걷는 게 맞는 건가 생각을 자주 한다. 나는 스카이다이빙을 도전할 기회가 온다면 당장 도전할 수 있을 만큼의 '깡'도, 모험정신도 없다. 그런 만큼 난 내 미래에 대해 더 진중해져야 했고 지금도 마찬가지이다.

나는 꿈이 여행자이다. 누가 진로에 대해 물어본다면 난 항상 그렇게 말해왔다. 그럴 때마다 돌아오는 반응은 열에 여덟이 '그 꿈 말고 직업 말이야'라는 말이었다.

대한민국 10대라면 거의 모두가 거치는 일반적인 코스를 밟고, 20대가 되면 더욱 치열해지는 우리나라의 현실. 그렇지만 나는, 우리나라에서 알아주는 대학교에 다니면서 기본으로 딴다는 자격증들과 거의 만점에 가까운 토익 토플, 그 후에는 높은 연봉의 '알아주는' 직장을 전혀 바라지 않는다. 돈이 많다고 행복해지는 게 아니라는 것쯤은 어른들 모두가 알고 있을 법한데 말이다. 그럼에도 대기업에 이력서 넣는 사람들의 수는 날로 치솟는다. 나는 내가 대기업에 다닌다고 생각하면 오히려 족쇄 같을 것 같다. 직원 수가 상대적으로 적은 중소기업에 비해 많이 느낄 완벽한 일처리의 중압감, 수많은 상사의 표정과 속마음을 눈치 봐야 할 것 같은 불편함, 정신적·육체적으로 힘에 부쳐서 진지하게 퇴사를 생각해도, 대기업을 바라보는 수많은 사람이 눈에 밟히고, 자진 퇴사하면 내가 나중에 할 것만 같은 후회, 내가 좋아하는 것들을 하다가 좋지 않은 일이 생길 때면 들릴 '그렇게 왜 ….' 높은 연봉을 목표에 두고 목표 달성한 이후의 행복을 바라보는 삶을 살아가지 않았으면 좋겠다. 지금 금전적으로 넉넉지 않아도 저녁시간 온 가족이 식탁에 둘러앉아 서로 하루 일과를 나누고 웃을 수 있으면 그것이 진정 행복이지 않나.

_ '마라도에서 임진각까지 걸으며'

난 내년에 워킹홀리데이를 시작으로 전 세계를 작은 동네 구석구석까지 다 내 머리와 몸과 마음에 담을 것이다. 많은 돈은 필요 없다. 카오산로드에 도착해서 길거리에서 한국 돈으로 2000원도 안 되는 치킨팟타이와, 작은 투명봉지에 담아주는 몇백 원어치 망고를 먹고, 저렴한 유스호스텔에서 잠잘 돈만 있어도 행복할 것 같다. 명품 쇼핑가와 치솟은 건물들이 화려한 대도시를 '관광'하기보다 물 흐르듯 여행하다 마음이 한껏 편안해지는 작은 마을에 정착해 현지인처럼 '생활'하고 싶다. 돈이 떨어지면 난 내가 어떻게든 돈을 마련할 방법을 찾을 거라고 말할 수 있다. 이번 여름 다녀온 국토대장정에서 나는 나의 가능성을 생생하게 보았기 때문이다.

2013년 7월 22일~8월 8일, 19박 20일, 674km. 마라도에서 임진각까지 걷고 또 걸었다. 아침 여섯 시에 기상해서 비몽사몽 코로 아침을 먹고 후다닥 짐을 싸서 나설 준비를 한다. 모자를 쓰고 배낭을 메고 목에 두를 수건에는 차가운 물을 흠뻑 적신다. 기분 좋은 아침 공기를 마시면서 힘차게 출발한다. 얼마 있지 않아 햇볕이 아스팔트를 달구면 아지랑이가 아른거린다. 그렇게 1시간, 1시간 반에 한 번씩 쉬어가며 도착한 점심을 먹는 장소에서는 급식 팀이 만들어준 맛있는 점심을 먹는다. 그리고 학교강당이나 건물 옆 그늘, 운동장 나무그늘 밑에서 1시간 정도 낮잠을 자고 다시 출발한다. 그렇게 다시 걷기 시작하면 햇살이 뜨거워도 힘을 보충해서 신나게 출발할 수 있었다. 몇 시간 동안 비처럼 내리는 땀 닦으면서 걷다 보면 1km 남았다는 팀장님의 목소리가 들린다. 곧이어 '승리의 함성' 노래가 나오고 그렇게, 많은 날은 36.1km 적은 날은 26km 정도 걸은 하루를 마무리했다.

국토대장정 일정이 시작되는 바로 전 주에도 비가 오고 날씨가 궂었다. 그래서 걷는 연습을 전혀 하지 못한 상태에서 국토대장정을 시작하게 되었다. 솔직히 중간에 낙오할 수도 있겠다는 생각을 했었다. 국토대장정을 다녀온 사람들의 글을 읽어보면 예행연습을 한 사람들이 많았다. 그렇게 하지 않은 나는 체력이 많이 부족해서든 발에 물집이 심하게 잡혀서든 낙오할 가능성을 염두에 두고 미리 걱정했었다. 평소에도 걷기를 즐겨 하지 않았기에 더 근심되었다. 완주하겠다는 결심만으로 이루어낼 수 있는 게 아니었기 때문이다. 하지만 걷는 17일 동안 발에 생긴 물집은 아기 물집 4개가 전부였고, 근육통이나 심각한 물집 등 때문에 지원팀 차량을 타고 거리를 단축시키는 건 단 한 번도 하지 않았다.

처음 2~3일은 예상했던 것만큼 힘들었다. 다리와 허리가 아파서 힘들었다기보다는 더위 참기가 너무 힘들었다. 물과 이온음료를 하루 4리터 이상씩 마시는데도 갈증이 났다. 그런데 3일을 넘기니까, 정말 이상하게 행복한 기분을 종종 느꼈다. 신기하게도 하루에도 4, 5번씩 벌써 집에 갈 시간이 가까워졌구나 생각이 들기 시작했다. 햇볕에 따뜻해진 이온음료를 마실 때도, 흐르는 땀을 닦은 후 얼마 안 있어 또다시 닦을 때도, 아무 생각 없이 걷다가도, 매번 하늘을 바라볼 때도 시간이 너무 빠르게 흐르는 걸 느끼고 아쉬워했다. 내 몸과 마음이 생생하게 살아 있는 기분이 들어 순간 눈물이 고이기도 했다.

중학교 1학년 나이에도 학교에서 도보여행을 간 적이 있는데 그때는 행군하면서 정말 많이 힘들었다. 도시락부터 잠옷까지 들어간 배낭은 무거웠고, 체력도 잡히지 않았던 14살짜리가 하루 23~25km를 걷기엔 버거웠다. 여러모로 2007년 5월의 도보여행은 힘에 부치는 여행이었다. 그 외에도 지리산에 오르다가 해가 지면 산장에서 조별로 김치찌개 등 밥을 지어 먹고 설거지하고 이튿날 또 올라 사흘 동안 지리산 천왕봉에 오른 여행도 갔었고, 변산반도의 한 공동체 마을에서 벽돌을 쌓아놓은 집 형체에 진흙을 발라 말려서 흙집을 만들거나 하루 온종일 허리 숙여 모내기하던 여행도 종종 갔었다.

하지만 나이를 먹고, 한계에 다다랐을 때도 밟고 지나갈 수 있을 만큼의 여유가 생기니 보는 시각차이가 컸다. 그렇게 즐기면서 행군을 하고 '승리의 함성'을 들으며 그날의 숙영지에 들어서면 내가 기특하고 대견스러웠다. 하루 종일 걸어도 싫증이 나지 않고 오히려 국토대장정 기간이 더 길었으면 좋겠다고 생각을 했었다. 오리엔테이션과 해단식을 제외한 16박 17일 행군을 끝낸 나를 돌아보면 세상 어디서 무슨 일이 닥쳐도 유연하게 대처할 수 있겠다는 뻔뻔한 자신감도 생겼다.

_ '고속도로를 버리고 오솔길로'

이렇게 행복하고 자유로운 10대 시절을 보낸 내가 자랑스럽다. 또한 주관과 가치관이 뚜렷한 나에 대해 자존감이 높다. 하지만 가끔 나도 못 가본 고속도로에 대한 미련이 들 때가 있다. 나만 중고등학교 학창시절 추억이 없는 것 같아 슬플 때도 있었다. 그렇지만 난 내가 걸어온 좁고 굽은 오솔길이 더 좋다. 금전적으로 여유가 있지 않은 우리 집이지만 부모님은 내가 하고 싶어 하고 배우고 싶어 하는 게 생기면 지지해 주시고 도움을 주신다. 우리 엄마, 아빠가 나의 부모님이라는 게 진심으로 내 생에 가장 큰 행운이다. 아빠 책에 덧붙여 글을 쓴다고 그냥 쓰는 말이 아니다. 내가 진심으로 사랑하는 사람을 만나서 결혼을 하게 된다면 우리 부모님이 나를 키운 것처럼 나도 내 딸을 키울 것이다.

아빠가 해주신 말 중에 그런 말이 있다. 돌고래, 사자, 독수리, 거북이가 땅에서 100미터 달리기로 승자를 결정할 수 없다는 것이다. 아이들도 마찬가지다. 자신 있는 분야가 셀 수도 없이 다양한데 공부라는 틀 하나로 순위를 매겨버리면 다른 가능성이 높은 아이들은 자존감이 낮아지고 자신의 가능성을 보지 못한다.

학부모님이 아니라 부모님의 시선으로 아이들을 바라봐주셨으면 한다. 아이들이 고속도로를 달리는 걸 힘들어한다면 바닷길이나 산길을 걷게 해줘도 좋다. 성공 뒤에 올 행복을 위해 달리라고, 다 너를 위한 것이라고 말하며 채찍질하지 말고, 아들딸이 돈이 없어도 행복한 삶을 살 수 있겠다는 무언가를 찾았다면 응원해주시길 바란다.

어느 때보다 행복하게 웃고 있을 그들 얼굴을 본다면 더는 고속도로에 미련 부릴 수 없을 것이다.